너의 옷이 보여

너의 옷이 보여 2

킹묵 현대 판타지 소설

초판 1쇄 찍은 날 § 2019년 5월 7일
초판 1쇄 펴낸 날 § 2019년 5월 14일

지은이 § 킹묵
펴낸이 § 서경석

총괄팀장 § 노종아
편집책임 § 강민구
편집 § 김대용

펴낸곳 § 도서출판 청어람
등록번호 § 제387-1999-000006호
등록일자 § 1999. 5. 31
어람번호 § 제1-3022호

주소 § 경기도 부천시 부일로 483번길 40 서경B/D 3F (우) 14640
전화 § 032-656-4452 팩스 § 032-656-4453
http://www.chungeoram.com
E-mail § chungeorambook@daum.net

ⓒ 킹묵, 2019

ISBN 979-11-04-91991-6 04810
ISBN 979-11-04-91989-3 (세트)

청어람

킹묵 현대 판타지 소설

너의 옷이 보여

2

FUSION FANTASTIC STORY

너의 옷이
보여

Contents

제1장
가죽 장인

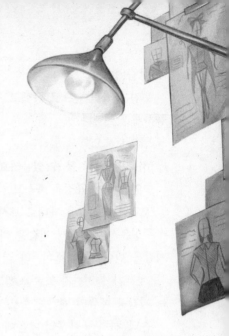

"뭘 보십니까?"

"아니에요."

"그럼 이만 가시죠."

자리에서 일어난 우진은 지나쳐 가려다 아직 정리 중인 좌판을 봤다. 구두는 상당히 볼품없고 촌스러운데 막상 박스에 담는 손길은 보물을 담듯 조심스러웠다. 어떻게 내놓고 전시를 하는지 궁금할 정도였다. 그 모습에 남아 있는 물건들에 저절로 눈이 갔다.

"어?"

"왜 그러십니까?"

"저 지갑이요. 저 지갑!"

"네? 지갑을 사시려고 하십니까? 흠… 디자인이 너무 올드한 것 같습니다."

우진은 좌판 앞으로 향했고, 주인이 매튜를 힐끔 보더니 시큰 둥하게 맞이했다.

"골라보세요."

"저 지갑을 좀 볼 수 있을까요?"

주인은 금세 표정을 바꾸고는 우진을 향해 미소 지었다.

"오랜만에 지갑을 제대로 보시는 분을 맞이했네요. 잠시만요."

주인은 케이스에서 지갑을 꺼내더니 우진에게 건넸다. 우진은 지갑을 받아 들고 뚫어져라 살펴보더니 자신의 가슴에 대보았다. 자세가 불편한지 얼굴을 찡그린 우진이 매튜를 봤다. 그러고는 지갑을 매튜의 재킷 안으로 넣었다.

"손님! 하하… 아무리 마음에 드셔도 계산부터."

주인은 걱정하는 얼굴이었고, 매튜는 얼굴을 찡그리고 있었다.

"절 사 주시려는 겁니까? 제 스타일이 아닙니다."

"네? 아! 그게 아니라."

"그런데 왜 제 안주머니에 넣으시려는 겁니까?"

"잠시 비교해 볼 게 있어서요."

매튜의 가슴에서 지갑이 살짝 보일 만큼만 빼놓았다. 김 교수의 멜빵에서 봤던 낡은 가죽과 상당히 비슷해 보였다. 게다가 낡아 보이는 것과 다르게 굉장히 부드러웠다.

"아저씨, 이 가죽 무슨 가죽이에요?"

"굉장히 부드럽죠? 소가죽입니다. 코팅도 하지 않았는데 코팅 한 것 같죠? 하하."

수업 중에 원단 및 가죽에 대한 수업도 있었다. 그래서 코팅이 되지 않은 것까진 알겠는데, 가죽 색이 상당히 특이했다.

"소가죽이라고요? 색이 좀 어두운 것 같은데. 저절로 색이 변해도 이렇게까진 아니지 않아요?"

"아… 하… 하하……"

궁금해서 물었을 뿐인데 주인의 반응이 이상했다.

"가죽이 좀 상해서 싸게 파는 겁니다. 그래도 이태리 유명한 테너리에서 만든 가죽이에요."

"네, 그건 아는데 코팅도 안 한 거 보면 베지터블이네요. 그런데 소가죽이 이런 색이 나오나요?"

"가죽공에 하십니까?"

주인은 우진을 위아래로 훑어보더니 조심스럽게 물었다. 우진은 대답하기 전 매튜를 힐끔 쳐다봤다.

"아니요? 전 옷 만드는 디자이너… 예요."

"참 나, 그럼 이걸 살 생각도 없으시겠네요."

"아, 그게 아니라 어떤 가죽인지 궁금해서요."

"홍수 나서 물먹은 겁니다! 됐습니까? 그래도 에센스도 잘 발라 주고 그래서 문제없습니다! 오히려 자연스럽게 에이징된 거지! 잘 알지도 못하면서. 지갑이나 이리 줘요. 저 사람이 올드하다고 한 것도 참았더만!"

주인은 지갑을 뺏어가더니 이내 고개를 돌려 버렸고, 우진은 주인이 영어를 알고 있어 머쓱해졌다.

그럼에도 궁금증은 계속되었다. 물먹은 가죽치고는 상당히 관리가 잘되어 있었다. 과연 그게 다인가 생각할 때, 알아듣지 못

하고 있던 매튜가 물었다.

"왜 그러시는 겁니까?"

"제가 저 가죽이 궁금해서요. 저걸로 김 교수님 서스펜더를 만들면 좋을 거 같거든요."

"서스펜더요? 그걸 직접 만드시겠다고요?"

"무리겠죠……?"

"당연하죠. 외주업체가 있다면 모를까, 당분간은 옷에만 신경 쓰셔야 합니다."

우진 역시 가죽을 보지 않았다면 멜빵을 만들 생각은 하지 않았을 것이다. 하지만 김 교수의 멜빵과 똑같아 보이는 가죽 때문에 고민이 되었다. 왼쪽 눈으로 본 비전과 다른 점이라고는 그 멜빵뿐이었다.

"아저씨, 혹시 이거랑 똑같은 가죽을 구할 수 있나요?"

"이 가죽을요?"

"네. 제가 좀 사고 싶어서요."

"지금은 없죠. 얼마나 사시려고요?"

"조금요… 한 평 정도……?"

"에이, 안 팔아요. 그거 팔아서 뭐 하려고."

"그럼 어느 정도를 구매해야 살 수 있을까요?"

"한 마리 스킨 장으로 있죠. 장당 구매하시면."

오늘 쓴 돈만 해도 자본금의 반을 썼다. 분명 지금 구매하는 것은 무리였다. 멜빵을 만들어본 적도 없는데, 잘못하면 돈만 날릴 수도 있었다. 하지만 쉽게 포기가 안 되어, 우진은 좌판 앞에서 고민을 했다.

"혹시 장당 얼마예요……?"

"장당 15평 정도인데 싸게 드릴게요. 아무리 관리했다고 해도 물먹은 거니까."

"그래서 얼마나……."

"장당 5만 원?"

"살게요!"

"몇 장이나요?"

"한 장요……."

주인은 기대하고 있던 것과 달랐는지 피식 웃었다. 그래도 5만 원이 아쉬운지 고개를 끄덕였다.

"그럼 택배로 보내 드릴 테니까 주소랑 연락처 주세요."

우진은 주소를 부르려다가 마음을 바꿨다. 혹시나 원하는 가죽과 다를 수 있기에 직접 보고 구매하고 싶었다.

"제가 직접 보고 구매할 수 있을까요?"

"번거롭게… 알았어요. 그럼 신설동 세운 슈즈로 찾아오든지, 아니면 여기로 이 시간에 와요. 가게로 올 거면 아침에 오고요."

"세운 슈즈요?"

"네, 그쪽도 전화번호 줘요."

우진은 주소까지 받아 적고선 휴대폰 번호도 넘겨주었다.

*　　　　*　　　　*

방 안까지 원단을 옮겨준 매튜는 볼일이 있다며 갔다.

"우진아, 저 사람은 누구야? 왜 아들한테 깍듯이 인사해?"

그러고 보니 부모님께 매튜에 대해 얘기를 한 적이 없었다. 우진은 매튜에 대해 설명했고, 설명을 들은 아버지는 표정 없이 고개만 끄덕였다.

"아빠가 전에 한 말 기억하지? 약속하고 사람 관계가 중요하다는 거. 월급도 약속인 거 잊지 않았으면 좋겠다. 아직 시작 단계라 바로 주긴 힘들다는 거 알아. 그래도 네가 가져갈 이득보다 줄 것부터 확실히 해야 한다. 알겠지?"

"네."

아버지가 방에서 나가신 뒤 우진은 무거운 얼굴로 옷감을 정리했다.

자신도 모르게 단순히 제프가 보냈기에, 그리고 자신이 알아서 왔다고 생각하고 너무 편하게만 생각했다.

함께 있기에는 너무 과한 사람이었다. 그런데도 다른 사람들이 놀랄 때 부러워만 했지, 그런 건 생각지도 못했다.

오늘만 해도 하루 종일 원단을 들고 다녔다. 너무 미안했고, 너무 부끄러웠다.

우진은 옷감 정리를 마친 뒤 책상에 앉았다. 매튜가 없었다면 첫 주문도 받지 못했을 것이다. 그렇다고 매튜에게 부담이 된다고 말하기엔 며칠 사이에 너무 중요한 존재가 되어버렸다.

한참을 생각해 봐도 현재 할 수 있는 건 디자인 말고는 없었다. 현재로선 열심히 디자인을 해 그걸로 성공하는 수밖에 없었다.

우진은 곧바로 연습장을 꺼낸 뒤 곧이어 태블릿 PC도 켰다. 태블릿에는 어제 그리다 만 패턴이 떠 있었다. 정확히는 몸통의 앞부분 하나만 그려져 있었다.

몸이 몹시 피곤했지만, 사람이 없는 만큼 더 많이 움직여야 했다. 매튜가 치수를 완벽하게 재놨고, 디자인은 이미 눈으로 확인했기에 패턴을 그리는 건 어렵지 않았다.

우진은 어느새 집중하기 시작했다. 잠시 뒤, 태블릿에는 바지와 재킷, 와이셔츠의 모든 패턴이 완성되어 있었다. 그런 뒤에 우진은 곧바로 한쪽에 말려 있는 커다란 종이를 꺼내왔다.

종이를 펼친 우진은 태블릿을 보며 실제 크기로 패턴을 그리기 시작했다. 얼마나 집중을 하고 있는지 눈 한 번 깜빡이지 않았다. 어느덧 와이셔츠의 패턴까지 모두 그린 우진은, 블레이저 재킷의 모양을 유지해 줄 심지를 먼저 제작해 보기로 했다.

"모 심지가 괜찮겠지. 일단 융심부터 넣고."

심지가 제대로 만들어져야 옷 태가 살기에 중요한 작업이었다. 접착제로 할 수도 있지만, 아무래도 비접착 심지에 비해 내구성도 낮았고, 옷이 울 때도 있었다. 비접착 심지는 보통 맞춤 정장에서 사용되었지만, 김 교수의 옷은 정장 형태의 블레이저 재킷이었다.

우진은 직접 심지를 만들기 시작했다. 어느덧 천에는 '八' 모양의 바느질이 빼곡했다. 어깨 심지, 허리 심지 하나하나 완성이 되어갔고, 손바느질을 하느라 손이 아파오기 시작했다.

그때, 누군가 자신의 어깨를 두드렸다.

"안 주무셨어요?"

"무슨 소리야? 밤새 이러고 있었어?"

시계를 보니 새벽 5시가 넘어가고 있었다. 어머니는 못 말린다며 빨리 자라고 하시고는 다시 나가셨다. 집중한 나머지 시간이 이렇게 흐른 줄도 몰랐다. 아침 일찍 매튜를 만나기로 했으니, 아무래도 잠을 잘 순 없을 것 같았다.

우진은 심지를 마저 만든 뒤 다시 책상에 앉았다. 집중이 풀리자 피곤함이 몰려와, 책상에 앉아 하품을 하며 잘못된 것이 있나 다시 확인을 했다. 그러다 빠져 있는 것을 찾았다.

가죽을 사러 가면서, 정작 멜빵 디자인을 하지 않았다.

*　　　　*　　　　*

다음 날. 신설동으로 향하는 우진은 지하철이 아닌 차를 타고 있었다. 매튜가 약속 시간을 조금 미루자고 하더니 어디서 차를 구해온 것이다.

"짐을 싣고 다녀야 할 것 같아서 승합차로 골랐습니다. 그런데 얼굴이 안 좋으신 거 같은데 괜찮으십니까?"

"네, 괜찮아요."

하룻밤 새운 자신보다 매튜의 안색이 더 안 좋아 보였다. 우진은 차 내부를 둘러봤다.

어렸을 때 공장에서 쓰던 차와 비슷했다. 은색의 스타렉스. 상당히 오래된 차종이지만, 이것만으로도 감사한 걸 넘어 부담스러웠다.

그래도 확실히 편하긴 했다. 내비게이션에 영어 설정을 할 줄 몰라서 가는 길 내내 내비게이션이 말하는 소리를 통역한 것만 빼면.

그사이 받은 주소에 거의 도착했다. 창밖에는 가죽을 파는 상점들이 주욱 나열되어 있었다. 상점들을 지나쳐 한참이나 가다 보니 외진 곳에 도착했고, 상당히 허름해 보이는 간판이 보였다.

세운 슈즈.

가게 유리창에는 점포 정리라는 글까지 붙어 있었다. 아직도 한국에 이런 가게가 남아 있나 싶을 정도로 허름해 보였다. 하지만 신발을 사러 온 것이 아니기에 상관없었다.

우진이 가게 문을 열고 들어갔다. 내부는 외관과 다르게 상당히 신경 써서 전시한 느낌이 왔다. 정리에 일가견이 있는 우진이 인정할 정도로 깔끔해 보였다.

딸랑—

한데, 손님이 아니라고 해도 누가 오면 주인이 나와야 하는데 아무도 나오지 않았다.

"저기요, 계세요?"

가게 안쪽에서 동대문에서 봤던 아저씨가 나왔다. 작업을 하고 있었는지 한 손에는 팔 토시를 끼고 한 손에는 가위를 들고 있었다.

"신발을 만들던 중이라. 어서 와요."

안쪽으로 들어가니 신발이 전시되어 있던 곳과는 또 다른 분위기였다. 구두 가게라고 해서 가죽의 양이 적을 줄 알았는데, 보통 피혁 가게들만큼 가죽이 있었다. 상당히 많은 칸이 나뉘어 있었고, 가죽이 그 칸들을 채우고 있었다. 그리고 칸마다 인증서로 보이는 종이가 코팅되어 꽂혀 있었다.

"오기 힘들었을 텐데 잘 찾아왔네요? 자 여기서 골라봐요."

주인은 상당히 많은 양의 가죽을 꺼냈다. 보통 피혁 가게에서 볼 수 있는 가죽은 직사각형으로 잘라놓은 가죽이었다. 그런데 주인이 내미는 가죽은 소 형상 그대로였다.

게다가 크기도 상당했다. 15평이라고 들었는데 넉넉잡아 20평은 되어 보였다. 그리고 쌓여 있는 가죽들이 전부 그 크기였다.

우진은 매튜도 한번 보라고 말하려고 뒤를 돌아보았다. 매튜는 턱을 만지며 칸에 붙어 있는 인증서들을 보고 있었다. 한참을 보던 매튜가 나지막하게 탄성을 뱉었다.

"이거… 지금은 사라진 로사에서 만들어진 겁니까……?"

우진은 말까지 더듬는 매튜의 모습에 주인을 봤다. 주인은 역시 영어를 아는 모양이었다. 매튜를 향한 시선이 새로웠다. 그러더니 우진을 보며 매튜가 누구냐는 듯 손가락으로 가리켰다.

"혹시 제프 우드라고 아세요?"

"제프 우드? 모르는 사람도 있어요?"

"거기 수석 MD세요."

"흠? 그런 사람이 왜 여기에. 설마 학생도, 아니, 그쪽 분도 제프 우드?"

"아! 아니요. 전 상관없어요."

주인은 두 사람의 관계가 궁금한지 매튜와 우진을 번갈아 봤다. 그러고는 매튜를 보더니 시큰둥하게 대답했다.

"지갑은 잘 볼 줄 모르더니 로사는 들어봤나 보네."

"네?"

어제 무심코 뱉은 매튜의 말을 가슴에 담아뒀나 보다. 그런 주인의 모습에 매튜는 이유를 모르는 듯 어깨를 으쓱거렸다. 우진은 곤란함에 어색한 미소만 지었다.

"로사가 유명한 가죽 업체인가요……?"

"네. 제프 우드에서 지금까지 나온 여성 백 중 가장 유명한 백이 2007년도 한정판으로 나온 작품입니다. 그게 로사에서 나온 가죽으로 만든 마지막 작품입니다. 한때는 백이십만 달러가 넘는 금액에 거래되었죠."

"일, 일억……?"

우진은 들고 있는 가죽을 조심스럽게 내려놓았다. 그러자 주인이 우진의 모습이 신기한지 멀뚱히 관찰했다. 왜 제프 우드에서 나온 백인이 옆에 있는지 모르지만, 아무래도 제프 우드와는 상관이 없는 것 같았다.

"그건 제프 우드란 이름값이 크니까 그런 거고요. 이 가죽이 비싸긴 한데 그 정도는 아니죠. 그리고 어제 말한 대로 하자가 있는 제품이라서 후… 그 이유가 크죠. 뭐 구매하러 왔으니까 그래도 속이면 안 되겠죠? 사실 물에 잠긴 데다가 20년 가까이 된 가죽이에요. 그래도 엄청 관리했습니다."

"그래도 이걸 5만 원에 주셔도 돼요……?"

"뭐 더 주시든가요, 하하. 그런데 어제 언뜻 듣기엔 이걸로 서스펜더 만드신다고 하신 거 같은데, 가죽 만져본 적 있어요?"

"가죽은 아직 만져본 적 없어요."

주인은 턱을 긁적이며 걱정된다는 얼굴로 가죽을 봤다.

"공예 재료는 있죠? 원단 가위로 자르면 날 나갈 텐데……."

디자인을 해야 한다고만 생각했지, 나머지 것에 대한 생각을 하지 못했다. 가위는 물론이고 가죽 실조차 없는 상태였다.

"휴, 뭐 시간 좀 있으니까 잘라줄까요?"

우진은 머쓱한지 뒤통수를 긁적였다.

＊　　　　＊　　　　＊

가게 안쪽으로 들어가니 수선 가게의 두 배 정도 되는 공간이 있었다.

"길이는 세로로 자르면 될 테고, 폭은 어느 정도? 30㎜? 아니면 35㎜?"

우진은 폭조차 정하지 않았다. 김 교수에게서 본 멜빵은 아주 일부분에 불과했기에 모든 것을 스스로 디자인해야 했다.

아침부터 지금까지 생각해 봤지만, 멜빵 디자인을 해본 적이 없어서 너무 어려웠다. 게다가 김 교수의 특별한 점이 멜빵 하나라는 것 때문에 더 부담되었다.

"뭘 그렇게 고민해요? 얇으면 보통 30㎜, 약간 두껍다 싶으면 35~36㎜ 정도로 할 텐데."

"어떻게 아세요?"

"어이고? 설마 한 번도 안 만들어봤어요?"

"네. 그렇긴 한데……."

주인은 가죽을 내려놓더니 헛웃음을 뱉었다. 그러고는 이내 매튜를 보며 이해했다는 듯 고개를 끄덕였다.

"하긴, 같이 일하는 사람 중에 만질 수 있는 사람이 있겠죠? 내가 괜한 걱정을 했네요."

"저 혼자 해요. 아! 옆에 분도 도와주고 계시고요."

"흠, 이상하네. 혹시 저 사람이 자기 입으로 제프 우드에서 왔다고 그러면서 같이하자고 그래요? 확인해 봤어요?"

갑자기 속삭이는 주인의 모습에 우진은 무슨 오해를 하는지 이해했다. 나이 어린 자신의 옆에 유명한 브랜드에 있던 사람이 붙어 있는 것이 이상했을 것이다.

"그런 분 아니세요."

"그럼 다행이고요. 그런데 이거 처음이면 좀 번거로울 텐데. 맡기시죠? 제가 바로 제작해 드릴게요."

"네?"

"공짜는 그렇고 수고비만 받고 만들어 드릴게요. 디자인 있어요? 가만있어 봐요. 없으면 내가 만든 것들이 있거든요."

주인은 밖으로 나가더니 상자에까지 담겨 있는 멜빵을 가져왔다.

"이건데 어때요? 남녀 공용으로 만들어서 살짝 얇죠? 하하."

"하… 하하."

직접 착용해 보는 주인의 모습에 우진은 어색한 미소를 지었다. 가죽이 다른 건 둘째 치고, 디자인이 너무 촌스러웠다. 멜빵의 폭이 너무 얇은 데다가 촌스럽기까지 했다. 마치 교과서에서 본 일제강점기 친일파 같은 느낌이었다.

"어제 구두도 보셨죠? 구두랑 지갑도 제가 직접 만든 겁니다. 하하."

어제 봤던 구두들도 보자마자 느낀 점이 촌스럽다는 것이었다. 그래도 주인의 제안은 솔깃했다. 디자인대로 뽑아낼 수만 있으면 지금으로서는 더 괜찮을 것 같았다. 우진은 주인의 솜씨를 살펴보려 멜빵을 자세히 봤다.

가죽에 대해 자세히 모르다 보니 무엇을 봐야 하는지 몰랐다. 그러다 보니 옷을 볼 때도 티가 나는 이음새나 마무리에 중점을 두고 살폈다.

"음."

분명히 손으로 만들었다고 했는데 조그만 흠도 없었다. 바느질 마감을 하려면 끝부분이 약간 두껍게 바느질이 되거나 마감 처리가 보여야 하는데, 그런 것조차 보이지 않았다. 혹시 뒤로 접은 건가 봤지만, 그것도 아니었다.

"아저씨, 이거 어떻게 한 거예요?"

"오. 그걸 보셨네요? 눈썰미 좋은데요? 그래도 그건 말해줄 수 없죠. 우리 가게만의 비밀인데."

우진은 이해한다며 고개를 끄덕였다. 그러고는 한 개만 보고 판단하기 어렵다는 생각에 주변을 둘러봤다.

"어휴, 됐네요, 됐네. 그거 하나 맡기려고 하면서 엄청 깐깐하시네."

"아, 죄송해요. 중요한 일이다 보니까……."

"멜빵이 멜빵이지. 너무 깐깐하게 그러면 다른 가게들도 싫어 할 텐데, 그럼 직접 만들어야죠. 뭐."

"그런 게 아니라, 좀 중요하거든요. 제가 만드는 옷이 세상에 단 한 벌뿐인 맞춤옷이라서… 제대로 만들었으면 하거든요."

그러자 주인이 상당히 놀란 얼굴로 변했다. 우진은 멋쩍게 웃을 수밖에 없었다. 누가 보더라도 너무 거창한 목표라고 생각하는 게 당연했다.

"첫 주문이라 잘하고 싶어서요."

그러자 주인이 당황한 얼굴로 손사래를 저었다.

"아! 오해예요. 손님 말에 잠시 아버지 생각이 나서요. 그쪽 분처럼 손님밖에 모르던 분이셨거든요. 정말 오해하지 마셨으면합니다. 제가 아버지께 배웠다 보니 갑자기 생각이 나서 그런 거예요. 여기가 사실 아버지 도움으로 차린 가게거든요. 하하."

"아, 그러셨구나."

"한국에 와서 처음 차린 가게예요."

"원래 해외에 계셨었어요?"

"하하, 네. 이탈리아! 제가 20살 때 한국에 왔으니 올해가 딱 20년 됐네요. 아버지가 이탈리아에서 많이 유명한 분이셨거든요."

우진은 갑자기 듣게 된 자랑에 어색한 얼굴로 고개만 끄덕였다. 그러자 옆에서 지켜보던 매튜가, 상황이 궁금했는지 우진을봤다.

"선생님, 문제가 있으면 제가 맡겠습니다."

"아, 그런 거 아니에요. 여기 가게 원래 주인분이 유명하신 분이라는 얘기였어요."

"이 가게 말씀이십니까?"

눈치 없이 의아하단 얼굴로 가게를 둘러보는 매튜였다. 아니나 다를까, 주인은 기분이 상한 듯했다. 매튜는 그런 것도 느끼지 못하는지 가게를 보며 고개만 끄덕였다.

싸해진 분위기에 우진은 서둘러 입을 열었다.

"아버님이 유명하셨어요?"

"휴… 유명하셨죠. 헤슬에서 일하셨습니다."

"헤슬이요……?"

"네, 제! 프! 우! 드! 보다 가방과 액세서리 부분에서는 단연 앞선다는 헤! 슬! 에 계셨죠. 하하."

매튜가 들으라는 듯 그 부분만은 영어로 말했다. 그러자 매튜가 관심이 생겼다는 듯 주인을 봤다.

"지금의 헤슬이 있기까지 구두 부분에서 큰 공을 세우셨죠, 하하."

우진은 이상한 분위기에 정리를 하려 했지만, 매튜는 흥미롭다는 얼굴로 우진의 옆에 앉았다. 그러고는 주인을 빤히 쳐다보더니 의아하단 얼굴로 조심스럽게 말했다.

"아드리아노?"

"듣긴 했나 보네."

갑자기 매튜의 눈이 동그래졌다.

우진도 어디서 들어본 것 같은 이름이었다. 가만히 생각을 하니 그 이름이 떠올랐다.

"아드리아노? 아드리아노 마르키시오……? 그분이 아버지시라고요?"

"하하, 맞습니다."

"그런데 제가 알기로는 이탈리아 분으로 아는데……."

"맞아요. 저도 이탈리아 사람입니다. 세운 마르키시오. 지금은 마세운이라고 하죠. 지금 국적은 한국이거든요. 하하."

"음……?"

동양인의 모습이었다. 아시아 출신이라고 하면 모를까, 백인의 흔적은 전혀 보이지가 않았다.

"제가 입양아였거든요. 하하."

*   *   *

우진의 집에 있던 매튜는 며칠 전 충격에서 아직까지 헤어나지 못한 것처럼 보였다. 우진도 쉽게 믿어지지 않을 정도이니, 매튜는 영 믿으려고 하지 않았다. 주인이 앨범까지 들고 온 후에야 우진과 매튜는 그의 말을 믿을 수 있었다.

사진으로만 봤던 사람이지만, 디자이너들은 아직까지도 신발하면 아드리아노를 꼽곤 했다. 그래도 그런 유명한 사람의 아들이 왜 이런 허름한 곳에서 이러고 있는지 이해가 되지 않았다. 그렇다고 초면에 왜 망했냐고 물어볼 수도 없었다.

매튜도 마찬가지였는지, 구해온 마네킹에 핀을 꽂으면서도 멍했다. 회사에까지 물어봤는데 회사에서도 알지 못했다.

"원단은 이게 좋겠어요. 모랑 캐시미어 나일론 혼방인데. 살짝 두껍죠?"

매튜는 정신을 차리려 뺨을 가볍게 두드렸다.

"네, 그러네요."

그런 매튜의 모습에, 우진은 자신이라도 아드리아노에 대한 생각을 접고 당장 중요한 작업에 집중하려 숨을 가다듬었다.

원단을 많이 사 왔기에 샘플을 만들었다. 그리고 그중 제일 적당한 원단으로 결정을 내렸다. 마네킹에 걸려 있는 옷은 가봉이지만, 교수가 입었던 옷과 같은 디자인대로 만들어서 그런지 제법 느낌이 났다.

마네킹을 보던 우진은, 문득 이 옷이 자신이 만든 디자인이 맞을까 하는 생각이 들었다.

지금 이대로라면 왼쪽 눈으로 본 디자인을 그대로 카피한 것이나 다름없었다. 왼쪽 눈은 겉모습만 보이고 안을 볼 수 없었다. 하지만, 분명 무언가 다른 점이 있을 것만 같았다.

'멜빵 말고 다른 게 있나. 일단 멜빵부터 만들어봐야겠다.'

매튜는 여전히 생각에 잠겨 있었고, 우진은 멜빵 디자인을 시작했다. 멜빵은 비슷비슷하지만, 그 속에서도 차별을 두려고 했다.

멜빵 전체가 보였다면 좋았을 텐데, 너무 조금 보였기에 그림을 그리면서도 이것이 맞는지 스스로 의심되었다.

"아, 궁금하다……."

"아, 궁금하다……."

매튜와 우진은 서로 다른 궁금증에 동시에 말을 뱉었다.

*   *   *

서운대의 교수실에 자리한 우진은 원단을 보여주면서도 교수에게서 눈을 떼지 못했다.

"이 원단 상당히 괜찮네요. 너무 얇지도 않고, 너무 두껍지도 않고. 혼방인가요?"

"네. 캐시미어, 모, 나일론 혼방이에요. 모가 70% 정도고요."

"적당해 보여요. 하하, 디자인은 유지해 주시는 거 맞죠?

"네. 블레이저 재킷 스타일 그대로 유지하려고요."

"좋네요. 언제쯤 완성이 될까요?"

"곧바로 작업에 들어가면 되니까 일주일 정도면 되겠네요."

발품 판 보람이 있었다. 교수의 마음에 들지 않으면 어떡할까 조마조마했는데, 다행히 마음에 들어 했다.

그 뒤로도 세부적인 대화를 나눴지만, 디자인이 바뀌는 걸 원하지 않는 교수 때문에 빠르게 결정할 수 있었다.

하지만 세상에 하나뿐인 디자인이 아니라는 점이 계속 신경 쓰인 우진은 같은 스타일을 유지하면서 다른 점을 찾기 바빴다.

교수는 원하는 걸 얘기해 보라는 말도 없이 빙빙 돌기만 하는 우진이 신기했다. 그때 우진이 마치 품에 안길 것처럼 가깝게 얼굴을 들이밀었다.

"제가 벗어드릴게요. 아! 저기 옷걸이에 같은 옷이 있네요."

교수는 재킷을 벗으려다 말고 옷걸이를 가리켰고, 그 순간 교수의 멜빵이 우진의 눈에 보였다.

혹시나 왼쪽 눈으로도 멜빵의 모습이 모두 보일까 싶었지만, 아쉽게도 재킷을 입고 있는 상태로, 여전히 손가락만큼만 보였다.

매튜는 교수가 가리킨 옷을 들고 와 우진에게 내밀었다.

우진은 교수가 이상하게 생각할 수 있었기에 교수를 봐야 하는데도 옷을 볼 수밖에 없었다. 교수가 말했던 대로 입고 있는 옷과 한 치의 다름도 없었다. 색까지도.

'아무리 이 디자인이 좋다고 해도 어떻게 다 똑같지?'

"하하, 제가 좀 특이하죠? 패션업계에서 일하면서도 제 옷에 변화를 주는 건 싫더라고요. 정한 대로 입어야 일이 잘 풀리는 기분이라서요."

속마음을 듣기라도 한 듯 교수가 말했다. 우진은 그 말에 어떤 생각이 문득 스쳐 갔다. 옷도 똑같은데 멜빵이라고 다르지 않을 것 같았다.

"교수님 혹시 서스펜더 좀 볼 수 있을까요?"

"서스펜더요? 잠시만요. 벗어드려야 하나요?"

"그냥 계셔도 돼요."

김 교수는 재킷을 벗었다. 아주 기본 중의 기본인 클립이 집게로 된 멜빵이었다. 재질은 스판덱스를 사용해 탄력이 있었다.

우진은 약간 걱정스러웠다. 변화를 싫어하면 가죽을 싫어할 수도 있었다.

"선생님, 혹시 가죽 멜빵은 어떠세요?"

"가죽이요? 가죽은 중요한 날에만 착용하는 제품이 하나 있습니다."

이미 가지고 있다면 가죽을 싫어하는 것은 아닐 테니 괜찮겠다고 생각하며, 우진은 멜빵을 눈에 담으려 집중했다.

차이점이 있으니 홀로그램처럼 보였을 것이다. 우진은 일단 들고 온 가방에서 노트를 펼치고 곧장 그림을 그리려 했다.

"그런데 가격은 얼마나 생각해야 할까요?"

교수가 질문을 했고, 대답은 우진이 아닌 매튜에게서 나왔다.

"이미 보셔서 아시겠지만, 기본적으로 천 달러입니다. 아! 한국 돈으로 백만 원입니다. 추가되는 부분이 있으면 따로 말씀드리겠습니다. 괜찮으십니까?"

"하하, 물론이죠. 벌써부터 기대되는군요."

우진은 잘못한 것도 없음에도 가격에 대한 얘기에 가슴이 두근거리며 식은땀이 났다.

*　　　*　　　*

며칠 뒤.

김 교수와 미팅을 마치고 집으로 온 우진은 곧바로 작업에 들어갔고, 삼 일이 지난 오후가 되어서야 재킷을 끝으로 모든 게 완성되었다. 거의 잠도 자지 않았기에, 집중이 풀리는 순간 피곤함이 몰려왔다.

"정말 3일 만에 완성할 줄이야……."

그동안 옷을 만드느라 바빴기에 오랜만에 만나는 매튜였다.

"제프 선생님보다 더한 사람을 볼 줄은 몰랐습니다."

"제가 부족하니까 열심히 해야죠."

"부족하지 않습니다."

매튜는 손바느질로 완성시킨 옷을 보며 혀를 내둘렀고, 우진은 듣기 싫은 말은 아니기에 가볍게 미소를 지었다.

"아! 옷걸이랑 멜빵 클립 주문한 거 왔어요?"

"아직 안 보셨습니까?"

"네?"

"제가 어제 여기 두고 갔습니다."

"어제 왔었다고요?"

"가격 책정하려고 매일 왔는데, 말 걸어도 못 들으셔서 그냥 돌아갔습니다."

방을 둘러보니 정말 커다란 상자가 있었다. 상자를 열어보니 정말 옷걸이였다. 옷을 만드느라 집중해서 왔다 간 줄도 몰랐던 우진은 머리를 긁적이며 옷걸이 하나를 꺼내 올렸다.

"주문한 대로 나왔습니다."

기본적인 '시옷' 모양의 검은색 상의 옷걸이였다. 옷걸이의 가운데 금색으로 'I.J'의 로고가 인쇄되어 있었다. 집게가 달린 하의 옷걸이도 마찬가지였다. 기본형에 디자인을 추가해서 요금이 더 들긴 했지만, 충분히 만족스러웠다.

단추 공장에 의뢰한, 멜빵에 들어갈 클립과 연결 고리도 마찬가지였다.

* * *

"그리고 이건 제가 조사해 온 내용입니다."

"그게 뭔데요?"

"선생님이 작업하시는 동안, 필요하실 거 같아서 준비했습니다."

매튜가 갑자기 서류를 내밀었다. 서류를 펼치니 수많은 멜빵이 보였다.

"참고가 되었으면 해서 소비자들의 경향을 조사한 겁니다."

앞부분은 연도별로 시작하더니 뒷부분에서는 분기별까지 조사되어 있었다. 놀란 것도 잠시였다. 이 많은 자료를 조사하고 정리했을 것을 생각하면 고마워하는 게 당연한데, 우진은 고마

움보다 미안함이 먼저였다.

소비자 경향을 파악하는 일이 MD의 업무 중 하나라고 해도, 우진에게는 왼쪽 눈이 있었다. 앞으로도 분명 이런 일이 있을 테고, 매튜가 괜한 일을 하게 될 수도 있었다. 그렇다고 왼쪽 눈에 대해 말을 하자니 어떻게 반응할지 몰라 걱정스러웠다.

"매튜 씨."

"네, 말씀하시죠."

"이거 조사하는 데 오래 걸리셨죠?"

"아닙니다. 회사에서 받은 겁니다."

"아… 어쨌든 제가 필요하면 조사할 테니까, 제프 우드의 도움을 안 받았으면 해요…….."

"흠, 하긴 아직 절 믿기엔 어려우시겠죠. 하지만 정말 스파이 짓을 하려는 건 아닙니다."

제프 우드에서 계속 받기만 하는 것 같아 한 말이었다. 그런데 어떻게 이해를 했기에 저런 오해를 하는 건지, 머리가 복잡했다.

"그런 거 아니에요. 그냥 번거로우실까 봐 그래요. 그리고 멜빵 디자인은 이미 정해서 그리기만 하면 돼요."

"네, 이해합니다. 그리고 그 밑에 건 빨리 정하셔야 합니다."

일에 대해선 철두철미한 사람이 대화를 나누다 가끔씩 자신만의 세계에서 빠져드는 경우가 있었다. 우진은 괜히 목을 긁적이고는 매튜가 말한 부분을 찾기 시작했다.

페이지를 넘기던 우진은 고개를 천천히 들어 올렸다.

"천백 달러……? 20만 원 정도 더 받는다고요?"

"네. 지금 선생님 작품은 수작업으로 제작한 정장들에 비해 부족하지 않습니다."

"너무 비싼 게 아닌가 싶은데."

"저번에 말씀드린 대로 'I.J'의 포지셔닝 작업입니다."

"그래도 너무 비싼 거 같아요."

"천백 달러도 싸게 잡은 겁니다. 신생님이 지금 작업한 재킷을 한번 보시죠. 심지를 직접 제작하시지 않았습니까? 기성복 재킷은 대부분 접착 심지를 사용하는 반면, 선생님의 작품은 수작업으로 비접착 심지를 사용하셨습니다. 비접착 심지가 값이 나가는 건 당연한 겁니다. 가격만은 저에게 맡겨주시죠."

백만 원도 부담스러웠는데 거기에 이십만 원을 더한다는 말이 상당히 부담스럽게 느껴졌다. 그러다 보니 남아 있는 원단에 저절로 눈이 갔다.

"그럼 쉬시죠. 아! 참, 내일 세운 슈즈하고 약속 잡아놓을까요?"

아무래도 오늘 밤도 잠을 자진 못할 것 같았다.

*   *   *

우진의 디자인을 살펴보던 세운은 시큰둥한 얼굴로 상상 속에서 만들기라도 하듯 허공에 손을 움직였다.

"이거 가져오려고 그렇게 오래 걸렸어요?"

"네……."

"얼마 안 걸리겠네. 부자재들도 다 그쪽에서 가져왔고. 작업비는 한 오만 원이면 적당하려나? 아무래도 가죽보다 실값이 더 나갈 거 같아서요. 나도 뭐 팔아만 봤지 다른 사람 걸 만들어본 적이 없어서, 비싼 건가 싼 건가 정확히는 모르겠네요. 그 정도면 어때요? 지갑을 8만 원씩에 팔거든요, 하하."

"네, 그렇게 해주세요. 잘 부탁드려요."

"왜요? 여기 있으려고요? 하긴 얼마 안 걸릴 거 같긴 해요."

며칠 동안 제대로 잠을 잤던 적이 없었지만, 결과물이 궁금한 나머지 자리를 뜰 수 없었다. 우진은 세운의 허락하에 작업실에 자리했고, 혹시나 작업에 방해가 될까 봐 조용히 지켜봤다. 매튜도 아드리아노에게 배운 실력이 궁금했는지 우진의 옆에 자리했다.

세운은 콧노래를 흥얼거리며 종이에 패턴을 그리기 시작했다. 옷을 만들 때 패턴부터 그리는 것은 다르지 않았다. 패턴을 다 그린 뒤 잘라내기까지 한 세운은 우진이 구매한 베지터블 가죽을 들어 올렸다.

우진은 학교에서 배우긴 했지만, 막상 직접 해보지는 못한 작업이기에 흥미로웠다.

옷을 만드는 것과 도구만 달랐지, 나머진 별반 다르지 않았다.

세운은 가위가 아니라 반달처럼 생긴 재단 칼을 대고 거침없이 재단을 했다. 힘도 들이지 않는 것 같은데 손만 왔다 가면 가죽이 잘려 나갔다.

그런데 우진이 보기에는 재단한 가죽이 너무 넓어 보였다. 분명 디자인한 것은 30㎜였는데, 지금 잘라놓은 가죽은 그보다 넓어 보였다. 하나만 그렇겠지 했는데 재단한 모든 가죽이 넓었다.

"저기, 아저씨. 다시 자르실 거예요?"

"아닌데요? 알아서 잘 해줄게요. 이상하면 다시 해줄 테니까 걱정하지 마요."

세운은 피식 웃더니 가죽에 납작한 포크 숟가락 같은 것을 대고 망치로 두드려 바늘구멍을 만들었다. 그러고는 가죽을 뒤집어 30㎜를 중심으로 양쪽에 5㎜씩 남도록 선을 그었다. 그다음에는 아까 재단할 때 사용했던 반달칼을 다시 손에 쥐고는 가죽의 뒷면을 벗겨내기 시작했다. 그러자 매튜가 흥미롭다는 듯 입을 열었다.

"오, 아드리아노 씨의 유명한 기술이군요."

"네? 그냥 피할 하는 거 아니에요?"

"맞습니다. 한번 보시죠. 얼마나 비슷하게 할지."

우진은 가죽 두께를 벗겨내는 피할이 다르면 얼마나 다를까 하는 생각으로 세운을 봤다. 그런데 수업 때 동영상으로 본 것과는 달랐다. 가죽 뒷면을 전체적으로 깎는 게 아니라, 한 번 깎고 만지고 다시 깎는 작업이 계속되었다.

계속 같은 작업을 하는 터에 우진은 피곤함이 몰려왔다.

금방 한다고 하더니 벌써 한 시간이 지나 있었다. 그 뒤로도 한 시간을 더 같은 작업을 했다.

"휴, 힘드네. 이제 본딩을 해봅시다."

세운은 미리 뚫어놓은 구멍을 확인해 보더니, 서랍에서 플라스틱 칼과 은색 통을 꺼냈다. 그러고는 재단한 가죽에 얼굴을 파묻듯이 가까이 하고선 본드 칠을 시작했다.

우진은 그제야 왜 넓게 재단을 했는지 이해했다.

옷을 만들 때도 시접이라는 부분이 있었다. 재봉선부터 천 끝까지의 넓이. 그 부분이라는 것을 이해하니 어떻게 나올지 더 궁금해졌다.

한참이 지나서야 본드 칠을 마친 세운이 고개를 들었다.

"오케이, 마른 다음에 바느질해야 하니까 잠깐만 기다려요. 화장실 좀 다녀올게요. 아, 커피 마실래요?"

"네? 네. 감사합니다."

세운이 나가자 옆에 있던 매튜가 우진의 팔을 강하게 잡아당겼다.

"왜 그러세요?"

"선생님, 저 사람하고 계속 거래하셔야 합니다."

"네?"

"선생님, 아니, I.J가 커나가려면 저 사람이 반드시 필요합니다."

매튜는 손가락을 가리켜 본드 칠한 끈을 가리켰다. 우진은 의아해하며 끈을 자세히 보았다.

"이탈리아 방식. 단면을 염색이나 코팅하지 않고 가죽으로 시접해 감싸는 방식이죠. 그리고 그 시접하고 나서 튀어나온 부분을 긁지 않아도 되는 것이 아드리아노 씨의 장기입니다."

우진은 매튜의 말을 듣고 자세히 살폈다. 과연 신기할 정도였다. 옆면이라면 모를까, 끝의 곡선 부분에조차 튀어나온 곳이 없었다. 분명 주름은 보이는데 튀어나오는 부분이 없다는 건 말도 안 됐다.

손으로 만져보니 느낌은 약간 났지만, 거의 단면이나 다름없었다. 너무 신기한 나머지 손으로 쓰다듬을 때, 세운이 돌아왔다.

"아이참, 이 사람이. 그걸 만지면 어떡해요!"

"아! 죄송해요. 신기해서."

"음? 뭐가 신기해요?"

"여기 주름진 부분이 매끈해서요……."

"아! 그거? 아까 피할 할 때 못 봤어요? 겹치는 부분 바느질할 때 안 찢어지도록 최대한 얇게 깎았잖아요. 그리고 아까 가죽 자를 때도 끝부분 잘라냈고. 그래서 오래 걸린 거예요."

아무리 가죽공예에 대해 모른다고 해도 그게 쉬운 일이 아니란 건 알았다. 이런 기술을 가지고 있는 사람이 도대체 왜 이런 곳에 있는지 이해가 가지 않았다.

우진은 감탄하며 세운의 모습을 지켜봤다. 정성을 들여 바느질을 하더니 이제는 멜빵의 중심 가죽에 문양을 새겼다. 그리고 그것 또한 한 땀, 한 땀 정성을 들여 세공 중이었다.

우진은 그 모습에 명품을 만드는 장인들의 모습이 떠올라, 옆에 있는 매튜에게 조용하게 속삭였다.

"굉장하네요."

"바느질이야 선생님도 굉장하시지 않습니까. 그래도 저 무늬 새기는 건 굉장하네요. 역시 눈여겨볼 필요가 있는 사람입니다."

"아! 제가 무슨. 조금 작게 말하세요, 좀."

우진은 매튜에게 주의를 준 뒤 세운을 봤다. 이미 들었는지 무늬를 새기다 말고 우진을 보고 있었다.

"실력이 좋은가 봐요? 디자인만 봐선 나랑 비슷해 보이는데."

"아… 아니에요. 그냥 매튜 씨가 절 너무 좋게 봐주셔서 그래요."

세운은 우진을 물끄러미 보더니 칼을 내려놓았다. 그러고는 의자까지 돌리더니 우진을 보며 말했다.

"내가 말을 안 할까 했는데, 아무래도 하는 게 낫겠어요. 남일 같지 않아서 하는 말인데, 이런 디자인으로는 이쪽에서 먹고살기 힘들어요."

"네? 아……."

자신에 대해 잘 모르고 하는 말이기에 우진은 어색한 미소로 답을 넘겼다.

"이런 얘기하기 싫은데, 이 가게 보이죠? 왜 이런지 알아요? 후… 가장 큰 이유는 따로 있지만, 그런 것까지 얘기하긴 그렇고. 솔직히 인정하긴 싫은데 나도 내 디자인이 별로라는 거 알아요. 그래도 난 내 실력을 믿고 있었어요. 그런데 그게 너무 안일한 생각이었던 거예요. 튼튼하고 정성이 들어가면 최고다? 그거 다 옛말이거든요. 저 양반이 모시던 사람 정도면 아무거나 만들어도 사람들이 온갖 미사여구를 붙여가며 칭송하겠죠. 그런데 우리들은 아니에요. 그러니까 저 양반이 뭐라고 부추기든 스스로 잘 생각하고 해야 해요. 가게 망할 때까지 남아 있을 거 같죠? 안 그래요."

매튜는 알아듣지 못하지만, 그래도 왠지 자신 때문에 그런 말을 듣게 된 것 같았다. 그렇다고 세운에게 나쁜 감정이 일진 않았다. 몇 번 보지도 않은 자신을 걱정해서 하는 말이라는 걸 알았기에, 우진은 어색하게 웃고만 있었다.

"나처럼 실패할까 봐 걱정돼서 한 말이에요. 에이. 아직 젊은 사람한테 내가 괜한 말을 했네."

"괜찮아요. 이해해요. 그런데 저기 저분이 좀 눈치가 없으셔서 그렇지, 정말 좋은 분이세요. 제 가게를 처음부터 지금까지 전부 저분이 만들어주셨거든요."

"그래요? 그렇다면 다행이고요."

우진이 고개를 끄덕거리자, 세운이 피식 웃었다.

"어이구, 디자이너님. 사람이 좀 어깨 좀 펴고 살아요. 가게 얼굴이 그렇게 쭈그리고 있으면 어떡해요, 참."

"네……."

같은 말을 매번 여러 사람들에게 듣고 있었다. 우진도 신경 쓰는 부분이기에 인정한다는 듯 고개를 끄덕였다.

"또, 고개만 끄덕거리네. 하하, 참. 아무튼 이것도 인연인데, 앞으로 가죽으로 뭐 만들 거 있으면 가져와요. 공짜로는 안 되고. 하하."

"정말요?"

"그럼요. 내가 거짓말은 안 하거든요."

"아, 잘됐다."

너무 반기는 우진의 모습에 세운은 오히려 자신의 기분이 좋아졌다.

"그렇게 좋아요? 하하."

"네, 사실 매튜 씨가 아저씨… 아니, 선생님과 꼭 일을 함께할 수 있어야 한다고 했거든요."

"저 양반이 그래도 보는 눈이 있어. 하하. 그래도 많이는 안 돼요. 나도 내 작품을 다듬을 시간이 필요하거든요."

세운은 매튜를 보고 피식 웃더니 의자를 돌렸다. 그러고는 다시 가죽으로 고개를 숙였다.

우진은 자신이 안쓰러워서 한 말이란 걸 알지만, 매튜에게 말했다간 괜히 꾸지람을 들을 거 같아 그 얘기만 쏙 빼놓고 매튜에게 속삭여 얘기를 했다.

"잘하셨습니다. 정말 큰 힘이 되어줄 겁니다. 그럴 게 아니라 미자 양 신발부터 맡겨보시는 게 어떻습니까?"

"아! 그럴까요?"

우진은 곧바로 태블릿 PC에 있는 스케치를 불러왔다. 하이힐이면서 샌들처럼 끈으로 이어져 구멍이 상당히 많았다.

우진은 자신이 그린 스케치를 보고 작업 중인 세운을 힐끔 본 뒤 옆에 있던 종이를 가져왔다.

스케치를 좌측면, 우측면, 정면까지 그려놨었기에 옮겨 그리는 일은 어렵지 않았다.

그렇게 그림을 모두 완성했을 때쯤, 갑자기 종이에 그림자가 생겼다.

고개를 드니 어느새 왔는지 세운이 옆에 와 있었다.

"이게 뭐예요? 하이힐?"

"아! 이런 것도 가능하세요?"

"음… 줘봐요."

세운은 심각한 얼굴로 종이를 뚫어져라 봤다. 그러더니 멜빵 디자인을 봤을 때처럼 허공에 손을 저었다.

"이걸 지금 그린 거예요……?"

"아니에요. 전에 그렸던 거예요."

"허… 이거 말고 다른 것도 있어요?"

"있긴 있는데. 전체적인 스케치만 있어서."

"한번 봅시다!"

우진은 부모님의 옷을 만들 때 그렸던 스케치를 찾은 뒤 보여 주었다.

"이 옷들도 직접 디자인한 거고요?"

"네, 맞아요. 부모님 옷이거든요."

"내가 할 말은 아니지만, 이 신발들은 무난하네요."

세운은 태블릿 PC의 페이지를 넘겼다. 그러다 미자의 스케치를 보게 되었다.

바디컨 원피스에 신발까지 그려진 스케치.

신발의 스케치만 볼 때와는 또 달랐다. 너무 아름답게만 느껴졌다. 그리고 한 장을 더 넘겨보니 이번엔 사진이 나왔다.

스케치에서 튀어나온 것처럼 똑같은 옷을 입은 사진.

미자의 사진이었다.

"이 신발은 아니지! 없으면 만들어서라도 신겨야지!"

—

제2장
첫 주문 완수

우진은 어색한 미소만 짓고 있었고, 세운은 입술이 마르는지 침을 바르며 페이지를 계속 넘겼다. 그리고 이번엔 바비의 사진을 보게 되었다.

"정말 숍이 처음이에요?"

"아, 네. 멜빵 드릴 분이 첫 고객이세요."

"하… 그럼 이 사람들은 모델이고요?"

"전문 모델은 아니고. 아! 영상 보여 드릴까요?"

우진은 저장돼 있던 영상을 보여주었고, 영상을 다 본 세운은 숨을 크게 들이마셨다.

"완전 아무것도 없어 보이는 여자를 이렇게 변하게 한 거네요. 참… 아, 부끄러워지네. 아까 내가 한 말들은 잊어요."

"네?"

"아니, 디자인이 뭐 그렇다는… 아무튼 아까 한 말은 못 들은 걸로 해요. 휴, 이제야 저 사람이 왜 붙어 있는지 조금은 알 거 같네."

세운은 페이지를 앞쪽으로 넘겨 신발 스케치를 찾았다. 그러고는 작업 순서를 생각하는지, 아까보다 더 큰 움직임으로 허공에 손을 휘저었다.

"디자인은 컷아웃 힐이고 높이는 한 8㎝ 정도 돼요?"

"아! 네, 맞아요."

"이거 광나는 거 맞죠? 구멍이 많아서 가죽이 튼튼해야겠네. 어떤 거로 할까. 코도반이 좋겠네."

"코도반이요?"

"네, 말 엉덩이 가죽. 이게 소가죽보다 질겨요. 가만있어 봐요. 코도반 있거든요."

우진이 공부를 했다고 하더라도 가죽에 관해서는 겉핥기 수준이었다. 기본적인 것은 알지만, 가죽에 대해 전부 아는 것은 아니었다.

세운이 가져올 가죽이 무엇인지 궁금했다. 잠시 후 세운이 광택 칠을 한 것처럼 반짝거리는 가죽을 들고 왔다. 우진이 보기에도 미자의 신발과 굉장히 잘 어울릴 것 같았다.

"이건데. 어때요?"

"좋은 거 같아요. 이것도 물먹은 건가요……?"

"음? 이건 물먹어도 잘 안 변해요. 워낙 숨구멍이 작아서 물도 안 새는 게 코도반이에요."

"하하… 네. 이건 비싸겠죠?"

"이게 비싼 가죽이죠. 이거 무두질만 6개월은 걸려요. 이 정도면 한 15데시니까 가죽값만 한 30만 원은 하겠네요."

우진의 눈이 휘둥그레졌다. 현재로서는 절대 불가능이었다. 가죽을 사고 공임비까지 내고 나면 앞으로 밥 먹을 돈도 없었다. 하지만, 눈앞에 가죽이 있다 보니 아쉬움이 컸다.

"혹시… 일주일 뒤에 구매해도 될까요?"

세운은 별생각 없이 디자인에 어울릴 만한 가죽을 보여주고 싶어 가져온 것이었다. 그런데 우진의 질문으로 정신이 들었다. 구매만 한다면 아무런 문제가 없지만, 반응으로 보아 아무래도 자금이 부족한 모양이었다.

"음, 그래요. 뭐, 일주일 뒤에 가죽값만 주는 걸로 합시다."

"정말요?"

"그럼 정말이지 거짓말이겠어요. 하하, 얼굴에 어떻게 그렇게 감정이 드러나실까."

세운은 우진을 보며 씨익 웃더니, 가죽을 작업대 위에 조심스럽게 올려놓았다.

"완성시켜 놓을 테니까 일주일 뒤, 그때 와서 가죽값만 줘요. 그럼 다시 멜빵을 완성 좀 해봅시다."

"아! 감사해요!"

세운은 다시 멜빵을 들고 마지막 작업인 클립을 끼우기 시작했고, 우진은 벌써부터 기대가 되는지 얼굴에 함박웃음이 피어났다. 그러고는 매튜에게도 설명을 해주자, 매튜도 좋은 생각이라는 듯 고개를 끄덕였다.

우진은 앞으로 신발이 보여도 제작할 수 있다는 기대감 때문에 미소가 사라지지 않았다. 그러다가 문득 세운은 어떤 옷에 어떤 신발을 신고 있는 모습으로 보일까 궁금해졌다. 우진은 매튜를 힐끔 보더니 가방에서 렌즈 통을 꺼냈다.

"아, 뻑뻑하다. 잠을 못 자서 눈이 뻑뻑하네요. 하하하."

"졸려서도 참으시죠. 작업하는 데 예의가 아닙니다."

자연스럽게 렌즈를 빼려다가 꾸지람을 받은 우진은 머리를 긁적이고는 세운을 봤다.

"어?"

왼쪽 눈으로 보이는 세운의 하얀 티에는 이상한 문양이 커다랗게 박혀 있었다. 한 개의 사각형과 그 속에 커다랗게 인피니티 무늬가 있었다. 몸에 붙는 것 같으면서도 아닌 것 같은 옷. 분명 매튜에게서 봤던 옷이었다.

"왜 그러십니까? 많이 피곤하십니까?"

"아… 아니에… 아!"

질문에 대답을 하려 고개를 돌리던 우진은 매튜를 위아래로 훑었다. 그러고는 다시 고개를 빠르게 돌려 세운을 봤다.

긴팔로 된 하얀 티에 팔에 새겨진 인피니티 기호. 그리고 검은색 데님바지와 검은색 구두.

복사라도 해놓은 것처럼 똑같았다.

그러고 보니 매튜의 옷은 평범하게 보인다는 이유로 뒷모습을 보지 않았었다.

"매튜 씨! 잠시 뒤로 좀 돌아보시겠어요?"

"네?"

"잠깐만요."

매튜가 등이 보이게 뒤를 돌았고, 그 순간 우진의 머리는 혼란스러워졌다. 세운과 매튜의 옷이 똑같았다. 옷 색깔부터 하얀 티의 등에 그려진 인피니티 무늬까지 모든 것이 똑같았다.

'커플 티도 아니… 아… 그건 아닐 거야.'

우진은 생각을 털어내려 고개를 흔들었다. 지금까지 비슷한 옷은 있었지만, 이렇게 똑같았던 적은 없었다. 그리고 똑같은 옷이 나와서는 안 됐다. 세상에 하나뿐인 디자인을 모토로 내걸었는데 이렇게 똑같은 디자인이 나오는 건 문제가 있었다.

"선생님, 피곤하시면 바람이라도 쐬고 오시죠?"

매튜의 말을 들은 세운도 바느질을 하면서 우진을 향해 말했다.

"그렇게 해요. 나 신경 쓰지 말고 피곤하면 차에서 쉬고 있어요. 앞으로 자주 볼 거 같은데 그렇게 딱딱하게 굴 필요 없잖아요. 내가 그런 거에 목매는 사람도 아니고. 하하."

그 말을 들은 우진은 무언가 생각이 번뜩였다. 그러고는 매튜를 한 번 봤다가 다시 세운을 봤다.

'저 두 사람이 입고 있는 옷이 혹시 앞으로 나하고 같이 일하는 사람들이라서 그렇게 보이는 건가……? 저 패턴은 뭐지?'

정확히는 모르겠지만, 지금으로서는 그 생각이 제일 적당하다고 판단되었다. 우진이 혼자만의 생각에 빠져 있을 때, 세운의 목소리가 들려왔다.

"오케이 끝. 한번 착용해 봐요."

"아! 잠시만요."

우진은 정신을 차리고 다시 렌즈를 착용했다.

"한쪽만 렌즈를 끼고 다녀요? 눈이 많이 나쁜가."

"그냥 좀 제대로 보고 싶어서요."

우진은 멋쩍게 웃고는 멜빵을 만져봤다. 외관은 넘겨준 디자인 그대로였다. 멜빵을 어깨에 걸친 우진은 세세하게 살폈다. 끝길이를 조절할 수 있는 버클의 바느질도 상당히 섬세했다. 그리고 저번에도 느꼈듯이 바느질의 마감 처리가 보이지 않는 게 신기했다.

"감사합니다. 정말 잘 나온 거 같아요."

"하하, 그래요? 마음에 드니 다행이네요. 박스에 담아줄까요? 그런데 벌써 시간이 동대문 가야 할 시간이네. 하하. 아, 그 하이힐은 내가 내일모레쯤에 패턴 만들어놓을 테니까 와서 직접 확인할래요?"

"그래도 되면 감사하죠."

"인사 그만해요! 옆에 저 양반이 계속 한숨 쉬네."

옆을 보니 매튜가 마치 자신에게 보라는 듯 양어깨를 쫙 펴고 있었다.

*　　　　*　　　　*

매튜와 함께 집으로 돌아온 우진은 생각에 잠겼다.

세운과 매튜.

도대체 왜 두 사람이 같은 모습으로 보일까에 대한 고민이었다.

지금은 같은 옷을 입고 있는 사람이 두 사람뿐이지만, 몇 명이 더 있을지 알 수 없었다.

만약에 옷을 만들어달라는 사람들이 전부 같은 옷이 보이게 되면 큰 문제였다. 그러다 보니 우진은 매튜에게서 시선을 떼지 못했다.

'저 옷이 뭔데 같은 옷으로 보이는 걸까… 그냥 죄다 미싱으로 박은 거 같은데.'

눈에 대해 조금 알 것 같다가도 새로운 것이 튀어나오고 있었다. 그때, 마네킹을 만지고 있던 매튜가 고개를 돌렸다.

"선생님, 한번 확인해 보시죠."

"네? 아! 네."

"서스펜더를 제작하길 잘한 것 같습니다. 느낌이 훨씬 잘 사네요."

김 교수와의 약속이 당장 내일이었기에 우진은 정신을 차리려 고개를 흔들었다. 그리고 마네킹을 보자 재킷을 벗겨낸 보라색 와이셔츠가 보였고, 그 위에 착용시킨 멜빵이 보였다.

그러자 옷만으로도 김 교수에게서 받았던 느낌이 났다. 옅은 보라색의 와이셔츠와 검게 느껴질 정도의 짙은 보라색 멜빵의 조화가 상당히 좋았다.

멜빵의 색이 더욱 살아나 옷 전체가 부각되는 느낌이었다. 전체가 보이지 않아 내심 걱정했는데, 생각보다 잘 나온 것 같아 대만족이었다.

왼쪽 눈이 기본적인 형태를 알려줬고, 세운아 만든 것이기는 했지만, 가죽을 찾고 김 교수가 같은 디자인을 추구한다는 것에 힌트를 얻어 만들어진 작품이었다.

우진은 이렇게 하나씩 해나가자는 생각으로 다짐하며 와이셔츠를 벗겼다. 그러고는 행거로 가, 120만 원이라는 옷값으로 인한 부담감 때문에 하나 더 만든 와이셔츠를 꺼내왔다.

"그게 뭡니까?"

"서비스……?"

"흠, 좋습니다."

우진은 매튜를 힐끔 본 뒤 마네킹에 같은 디자인의 하얀색 와이셔츠를 입히기 시작했다. 그렇게 다시 멜빵까지 착용시켜 본 우진은 마네킹 앞에서 고개를 갸웃거렸다.

"어? 왜 검게 보이지? 매튜 씨도 검게 보여요?"

"네, 그러네요. 이것도 좋은데요?"

고개를 갸웃거리며 우진은 멜빵을 풀었다. 그러자 손에 들린 멜빵은 짙은 보라색이었다. 멜빵을 보며 이유를 찾던 우진은 고개를 번쩍 들어 올렸다.

"아! 색대비구나! 염색도 안 한 가죽이 이게 되는 거였어?"

우진은 급하게 바비가 보낸 원단으로 향했다. 그러고는 깔끔하게 정리되어 있는 원단을 꺼낸 뒤 원단을 접어 마네킹에 걸치고 그 위에 다시 멜빵을 걸쳤다. 원단의 색을 바꿔가며 같은 행동을 하던 우진은 멍한 얼굴로 마네킹을 바라봤다.

"흰색일 때는 검게 보여서 모던한 스타일이고, 노랑일 땐 완전 보라색으로 보여서 화려해 보이네. 신기하네."

바탕이 되는 와이셔츠 색의 영향을 받아 조금씩 다른 색으로 보였다. 계시대비(繼時對比) 효과가 나타난 것이다.

이런 효과는 대부분 무대연출에나 이용하지, 옷에 사용하는 경우는 없었다. 옷은 포인트를 주려면 확실히 주거나 전체적인 느낌을 중요하게 생각했다.

하지만 액세서리라면 달랐다. 마음에 들지 않으면 벗어내면 그만이었다.

"좋은데요. 이건 따로 판매해도 되겠습니다."

매튜는 사진기를 꺼내 원단을 바꿔가며 사진을 찍었다.

*　　　　*　　　　*

다음 날. 서운대 교수실에 자리한 우진은 굉장히 만족한 얼굴이었다.

"너무 좋습니다. 이거 원래 입던 옷들보다 가격은 좀 비싸도 너무 좋은데요? 어떻게 만드셨길래 어깨를 올려도 불편하지도 않고 옷 태도 무너지지 않죠?"

"아, 어깨 심지 밑으로……."

우진이 기쁜 마음으로 말을 하려 할 때, 매튜에게 제지당했다.

"우리 I.J만의 노하우입니다. 마음에 드시는지요?"

"하하, 물론이죠. 정말 마음에 듭니다. 옷감은 물론이고 이 색감이 정말 마음에 드네요. 말로 들었을 때는 사실 좀 걱정했는데, 막상 완제품을 보니 너무 마음에 듭니다. 하하."

"다행입니다. 선생님이 많이 고생하셨습니다. 그리고 선생님 작품에 대한 비밀은 아직 못 찾으셨습니다."

"비밀이요? 뭐가 또 있습니까?"

김 교수는 자신의 옷을 들춰봐도 모르겠는지 매튜를 봤고, 매튜는 우진에게 말하라는 듯 손을 내밀었다.

"서스펜더가 좀 특이해요."

"서스펜더요? 이게 뭐 특별한가요? 가죽 색이 좀 특이하단 거 말고 디자인도 기본이고. 저도 패션업계에 오래 있어서 이런 서스펜더는 많이 봤습니다."

"가죽으로 만든 것만 빼고 디자인은 교수님 거랑 거의 같아요. 그냥 가죽이 좀 특이하거든요. 혹시 와이셔츠만 바꿔 입어보실래요?"

교수는 와이셔츠를 벗으면서 멜빵을 힐끔거렸다. 그래도 여전히 모르겠는지 고개를 갸웃거렸다. 매튜의 도움으로 흰 와이셔츠로 갈아입고 멜빵까지 다시 착용한 뒤에도 교수는 여전히 알아차리지 못했다.

우진은 미소를 지으며 거울을 가리켰다.

"전 잘 모르겠는데요. 이 검은 서스펜더가 뭐가 특이하단 건지… 어?"

교수는 눈치를 챘는지 멜빵을 잡아당겼다. 우진과 매튜는 서로를 보며 미소 지었다.

"원래 이 색이었나? 어? 이렇게 보면 색이 변하네? 이게 뭐죠? 광택이라도 있으면 빛에 비춰서 그러려니 하겠는데……."

"잔상이에요. 디자인이 워낙 무난하다 보니 튀지 않아요. 그래서 와이셔츠의 전체적인 모습부터 보고 그다음에 멜빵을 보게 되더라고요. 지금 교수님도 그러셨죠?"

"아… 이해됐습니다. 빨강색을 오래 보다가 노란색을 보면 황

록색으로 보이는 것처럼 말이죠?"

우진은 고개를 끄덕거렸고, 교수는 신기한지 연신 멜빵을 쓰다듬었다.

"생각지도 못한 걸 받았네요. 하하, 이거 중요한 아이템이 생긴 것 같아 살짝 떨립니다. 이거 가죽이 뭐죠?"

그러자 이번에는 매튜가 우진에게 고개를 숙여 양해를 구하고 나서 말했다.

"I.J에서 어렵게 모신 가죽공예 마스터가 직접 관리하시던 가죽입니다."

"오! 그렇군요. 하긴 그렇지 않고선 이런 가죽이 있을 리가! 무두질이나 관리가 엄청 특별했나 보군요!"

거짓말은 아니지만, 왠지 죄짓는 기분에 우진은 헛기침을 했다. 김 교수는 상당히 마음에 드는지 멜빵을 살펴보다 고개를 갸웃거렸다.

제3장

같은 옷

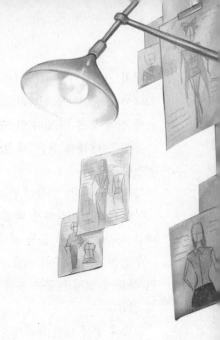

"어? 이거 마감 처리가 안 보이네요? 이상하네. 이 기술은 아드리아노 선생님 말고는 없는데……."

우진은 약간 놀란 얼굴로 교수를 보며 물었다.

"아드리아노 선생님을 아세요?"

"그럼요. 제 신발 보이죠? 이십 년 전에 헤슬에서 어렵게 구한 겁니다. 지금 신고 있는 신발은 죽 신고 있지만, 한 켤레는 아예 신지를 못하겠더라고요. 제가 신발을 수집하고 그러진 않는데 왠지 보관해야 할 것 같아서. 하하. 참, 호정 그룹 산하에 있는 '에뚜알' 아시죠?"

"'에뚜알'이요? 신사화 전문으로 파는 곳 맞죠?"

"네, 아시네요. 오래전에 거기서 아드리아노 선생님과 계약한다고 얘기가 돌았거든요. 워낙 비밀리에 진행돼서 그 소문이 진짜인지 긴가민가했는데, 아드리아노 선생님이 한국에 와버렸죠. 그래서 공공연하게 진짜라고 소문이 돌았고, 다들 엄청 기대했는데 한국에 온 지 얼마 안 돼서 돌아가셨다고 들었어요."

우진은 매튜를 들은 게 있냐는 얼굴로 봤고 매튜는 고개를 천천히 저었다.

"그건 스카우트 팀들이 알고 있을 겁니다."

"아, 얘기가 이상하게 빠졌네요. 아무튼 이 멜빵에서 보이는 마감 처리를 보다가 문득 생각나서 그만. 하하."

우진은 혹시 세운이 지금 그렇게 지내는 이유가 김 교수가 말한 부분에 있지 않을까 자세히 듣고 싶었지만, 김 교수도 아는 게 없었다.

그렇게 옷에 대한 대화가 이어졌고, 우진은 슬슬 일어나려 했다.

"제가 돈을 계좌 이체로 보내긴 했는데, 이 옷을 보니 오히려 돈을 보낼 때 걱정하던 게 죄송하네요. 사실 선생님께 죄송하지만, 매튜 씨를 만나고만 싶다는 생각에 큰 기대를 하지 않았거든요. 그런데 정말 앞으로도 죽 이용할 것 같습니다."

"만족하셔서 다행이에요. 교수님 같은 분을 첫 고객으로 맡을 수 있어서 감사했습니다."

"별말씀을! 제가 지인들에게도 소문 좀 내겠습니다, 하하."

그러자 매튜가 상당히 근엄한 얼굴로 입을 열었다.

"주문을 하실 거면 빨리하셔야 합니다. 선생님께서는 주문이 하나 들어오면 그 시점부터는 다음 주문을 받지 않으십니다."

"아! 그러시군요. 굉장하네요. 그러니까 이 정도 퀄리티가 나왔죠. 안 봐도 금방 유명한 숍이 될 것 같네요. 하하, 그럼 제가 오히려 이득인 건가요? 명품 옷을 싼 가격에 구매했다는 게?"

"그렇습니다."

우진은 왠지 부끄러워 얼굴이 붉어졌다. 사람을 대할 땐 그렇게 눈치 없던 매튜인데, 고객을 대할 땐 거의 사기꾼 같은 느낌이었다.

"그리고 교수님이 괜찮으시다면 저희 홈페이지에 교수님 사진을 게재했으면 합니다. 'I.J'에 방문하는 다른 고객들에게 완성품을 입은 고객들의 사진을 보여 드릴 예정입니다. 부담스러우시면 거부하셔도 됩니다."

"제 사진을요?"

"네. 저희 홈페이지에서 보셨겠지만, 전부 모델이 아닌 일반인입니다."

"전부 다요? 저번에 그 전속 모델이라는 학생은……"

"그분은 일반인이신데 저희가 영입한 분입니다. 만약 나중에라도 생각이 바뀌시면 바로 내려 드리도록 하겠습니다."

"네, 뭐 그렇다면… 그런데 여기는 좀 지저분해서."

매튜도 동의한다는 듯 고개를 끄덕이더니 자리에서 일어섰다.

*   *   *

우진은 서인대 캠퍼스 벤치에 앉아 촬영한 사진을 봤다. 몇 장 되지는 않았지만, 그중 재킷을 벗어 들고 멜빵에 손을 끼고 있는 사진이 아주 마음에 들었다.

"선생님, 축하드립니다. 시작이 좋습니다. 김 교수가 엄청 마음에 들어 하더군요."

"다행이에요."

"김 교수의 반응을 보니 지인들에게 소개를 해줄 것 같습니다."

우진은 그 말에 흠칫 놀랄 수밖에 없었다. 매튜와 세운처럼 같은 옷이 보인다거나, 김 교수가 또 옷을 주문해 버리면 큰일이었다. 아무리 생각해 봐도 두 문제를 해결하려면 직접 만드는 방법밖에 없었다.

"이제 가실까요?"

"조금만 앉아 있다가 가요."

우진은 캠퍼스를 지나다니는 사람들을 살펴볼 생각으로 가방에서 렌즈 통을 꺼냈다. 렌즈를 빼는 일이 처음에는 번거롭지 않았는데, 지금은 뺄 때마다 매튜의 눈치도 봐야 했기에 여간 번거로운 일이 아니었다.

렌즈를 뺀 우진은 일단 왼쪽 눈을 감고 있었다. 한꺼번에 많은 사람들이 보이면 또다시 오바이트까지 할 수 있었다. 우진은 천천히 눈을 뜨고 혼자 지나가는 사람들 위주로 살폈다. 역시나 특이한 사람은 보이지 않았고, 다행히도 같은 옷을 입고 있는 사람들도 보이지 않았다.

"눈이 불편하시면 병원을 가보시죠."

"아, 아니에요. 괜찮아요."

우진은 머쓱하게 웃고선 다시 지나가는 사람들을 살폈다. 슬슬 익숙해지자 두 명, 세 명으로 무리 지어 다니는 사람들까지 봤다. 어지럽기는 했지만, 참을 수 있을 정도였기에 떨리는 마음으로 같은 옷을 입은 사람들이 있는지 찾아봤다.

그때, 앞을 지나가는 학생 무리가 갑자기 멈췄다. 우진은 혹시 자신이 쳐다본 것 때문에 오해를 할까 봐 급하게 사과를 하려 했다.

"그런 게 아니……."

"선생님, 아니세요?"

"네?"

"미자네 옷가게 디자이너 맞죠? 미자 보러 오셨어요?"

미자 친구들이었다. 얼굴이 기억나진 않지만.

우진이 안도의 한숨을 내쉴 때, 앞에 있던 학생들 중 한 명이 전화를 꺼냈다. 딱 봐도 미자에게 메시지를 보내는 것처럼 느껴졌다. 안 그래도 미자에게 신발이 만들어지면 사진을 다시 찍어 줄 수 있겠냐는 부탁을 하려던 참이었다.

"그런데 선생님, 엄청 동안이세요!"

"선생님이래. 꺄하하하."

여학생들은 자기들끼리 신나서 웃고 떠들었고, 우진은 이런 관심은 처음이라 어쩔 줄 몰라 했다. 선생님이라고 불리는 것도 아직 어색했다.

그때, 뒤에 있던 건물에서 큰 소리가 들려왔다.

"선! 생! 님!"

"아… 미자 씨."

여학생들은 또다시 마구 웃었다.

"미자 씨래. 어우, 이상하다. 히히히."

"미자 씨! 빨리 와!"

우진은 빨개진 얼굴로 미자를 봤고, 미자는 전과 다르게 환한 미소를 보이며 손을 흔들었다.

렌즈를 빼고 있던 우진의 눈에는 몸에 붙는 원피스를 입고 뛰어오는 미자의 모습이 보였다. 그 때문에 우진은 얼굴이 더욱 붉어진 채로 애꿎은 눈만 비볐다.

미자는 여전히 미소가 가득한 얼굴로 다가와 매튜에게도 인사했다.

"학교에 왜 오셨어요?"

"볼일이 있었거든요."

"그러셨구나. 바쁘신데 제가 방해한 거예요?"

"아니에요. 볼일 다 보고 가려던 참이에요. 안 그래도 미자 씨… 한테 부탁할 것도 있었거든요. 크흠."

마치 관객처럼 흥미로운 얼굴로 지켜보는 미자 친구들 때문에 우진은 괜히 헛기침을 뱉었다.

"저번에 보셨던 스케치 기억하세요?"

"네! 당연하죠."

"그 스케치에 있던 신발을 만들 거 같거든요."

"신발요?"

"네, 기억 안 나세요?"

"기억나죠. 하이힐이었죠……?"

아무래도 신발은 기억이 나지 않는 것 같은 미자의 모습에, 우진은 오히려 자신이 멋쩍어졌다. 하긴 처음에 부탁했을 때도 탐탁지 않아 했다. 그렇기에 지금 모습이 충분히 이해되었다.

"하이힐인데, 완성되면 혹시 그 신발 신고 다시 촬영해 주실 수 있을까 해서요."

"그래요? 저번처럼 가게에서 촬영하는 거예요?"

"네, 그럼 좋죠."

"그럼 엄마한테는 제가 말할게요. 영업 끝난 시간이면 괜찮을 거예요!"

미자는 전과 다르게 말도 잘했고, 무엇보다 적극적으로 변해 있었다.

"옷은 그대로인 거죠?"

"네, 달라지는 건 신발뿐이에요."

"알았어요! 옷 그대로 가지고 있어요!"

우진은 미자의 변한 모습이 적응이 안 돼서 어색하게 웃기만 했다. 할 말도 전했고, 볼일도 끝난 우진은 자리에서 일어섰다.

"전 일이 있어서 그만 가볼게요."

"벌써요? 식사는 하셨어요?"

"아까 교수님하고 먹었어요."

"아, 네. 알았어요. 그럼 전화 주세요!"

혹시 자신을 좋아하는 건 아닐까, 라는 생각이 들 정도로 미자는 매우 아쉬워했다. 그러다가 평소 미자의 모습을 떠올린 우진은, 말도 안 되는 생각을 한 스스로가 웃긴지 피식 웃었다.

그러고는 여전히 앞에서 지켜보는 미자 친구들에게도 인사를 하고선 자리를 떠났다.

매튜와 함께 주차장에 도착해 차에 올라타자, 매튜가 곧바로 입을 열었다.

"미자 양이 기분이 좋아 보이더군요."

"저만 느낀 게 아니죠?"

"네, 대화는 못 알아들었지만, 미자 양이 웃는 걸 보니 기분 좋은 일이 있는 게 틀림없습니다."

우진은 아마도 매튜의 말이 맞을 것 같다고 생각했다. 매튜가 아니었으면 괜한 오해를 할 뻔했다.

*　　　　*　　　　*

며칠 뒤.

늦은 밤 방에 있던 우진은 매튜가 도착한 소리에 거실로 나갔다. 매일같이 집에 방문하는 매튜는 부모님과도 이제 자연스럽게 인사를 나눴다.

"식사는 했어요?"

"왓?"

"식사. 그러니까 밥 먹었냐고."

"쏘리, 아이 돈 노우."

여전히 말은 안 통했지만.

우진은 매튜를 데리고 방 안으로 들어왔다. 그러고는 다짜고짜 노트북을 펼치며 매튜에게 내밀었다.

"오늘도 주문이 없는데 뭐 잘못된 거 아닐까요……?"

"아닙니다. 조금만 기다려 보시죠. 오늘 새롭게 촬영하면 좀 변할 수도 있습니다."

시작이 좋았기에 손님이 있을 줄 알았는데 파리만 날리고 있었다. 어찌 된 게 방문자도 날마다 줄어들고 있었고, 간간히 올라오던 원피스에 대한 질문도 뚝 끊겼다.

"준비하시죠. 세운 그 사람은 가게 들렀다가 바로 온다고 했습니다."

늦은 밤임에도 불구하고 세운이 마무리 작업까지 해서 직접 가져오기로 했다. 우진이 가서 가져오려고 했지만, 세운은 촬영 현장을 직접 보고 싶다고 했다.

그때 마침 우진의 휴대폰에 메시지가 도착했다.

[이제 출발해요. 기대해요! 금방 갈게요!]

신설동에서 오려면 적어도 한 시간은 걸렸다. 준비를 하기엔 적당한 시간이었다. 우진은 미자에게 출발한다고 메시지를 보냈고, 보내자마자 전화가 왔다.

"미자 씨, 지금 가도 괜찮을까요?"

─네! 그런데… 친구들이 구경한다고 와 있는데 괜찮을까요……?

"네? 아, 저번에 학교에서 봤던 친구들이요? 괜찮을 거 같아요."

약간 찜찜하긴 했지만, 전 촬영 때도 많은 사람들이 있었기에 크게 상관은 없었다.

"그럼 지금 출발할게요."

우진은 전화를 끊고선 곧바로 매튜와 집을 나섰다. 커피숍은 가까웠지만, 촬영 소품이 많았기에 차를 타고 이동해야 했다. 그러다 보니 금방 도착했고, 우진은 매튜와 함께 짐을 내렸다.

딸랑.

커피숍 문을 열고 들어가니 촬영 경험이 있어서인지 미리 테이블을 한쪽으로 정리해 놓았다.

"오셨어요!"

"선생님! 안녕하세요. 히히히."

주인아주머니는 안 계셨고, 미자의 친구들이 대신했다. 미자는 풀린 날씨에 어울리지 않는 롱패딩을 입고 있는 걸로 보아 안에 원피스를 이미 입고 있는 모양이었다.

"하이힐은 조금 있다 오기로 했거든요. 그 전에 다른 준비부터 할까요?"

"네. 저번처럼 여기 앉을까요?"

미자는 킥킥거리는 친구들은 향해 주먹질을 하고선 의자에 앉았다. 그러자 매튜가 소품을 꺼내기 시작했다. 당연하게도 미자의 머리가 길어질 때마다 친구들은 바쁘게 사진을 찍어댔고, 옆에서 지켜보던 우진은 혹시나 또 미자에게 문제가 생길까 걱정스러운 맘에 입을 열었다.

"학교에는 올리지 말아주세요. 미자 씨가 저번에도 한 번 오해를 받아서."

"오… 미자 씨… 큭큭. 알겠어요! 선생님!"

서로를 가볍게 때리며 좋아하는 모습에 우진은 머리만 긁적거리며 미자에게 시선을 돌렸다. 그런 뒤 매튜가 헤어피스를 붙이는 동안 렌즈를 뺐다. 맨눈으로 미자를 보니 역시나 원피스였고, 여전히 아름다웠다.

우진은 미자의 친구들도 살폈다. 하나같이 평범했는데, 심지어 어떤 학생은 트레이닝복을 입고 있는 모습으로 보였다. 그 와중에도 I.J의 로고는 어디에 어떻게든 박혀 있었다.

　자주 보는 직사각형의 로고도 있었고, 길게 늘려 선처럼 보이게 한 것도 있었다. 평범한 옷들이지만, 조금이라도 로고를 사용할 수 있는 방법을 배우려고 열심히 살폈다.

　그러는 와중 매튜의 목소리가 들렸다.

　"다 됐습니다. 이제 신발만 오면 됩니다."

　아직 세운이 도착하려면 시간이 좀 남았다. 우진은 촬영이 조금이라도 더 잘 나오길 바라는 마음에 가게를 살폈다. 그때, 미자의 목소리가 들렸다.

　"커피 드실래요?"

　"그럴까요. 여기 삼천오백 원, 아니, 칠천 원이요. 매튜 씨 것도 주세요."

　"괜찮아요. 그냥 드릴게요."

　돈까지 받았던 저번과 다르게 서비스라며 커피를 가져왔다.

　"좋은 일 있으신가 봐요."

　"네?"

　그때, 커피숍 문이 열리면서 세운이 들어왔다. 우진은 반가운 얼굴로 세운을 맞이했다.

　"왜 이렇게 멀어. 휴."

　"이게 하이힐이에요?"

　"거참. 인사도 안 하고 오자마자 하이힐부터 찾네! 서운하게!"

　세운은 투덜거리면서도 우진을 이해하는지, 들고 온 상자를 테이블에 올려놓았다. 그러자 멀리에 있던 미자 친구들도 궁금했는지 기웃거렸다. 가게 안 모든 사람들의 시선이 집중된 가운데 세운은 상자를 열었다.

"이야! 완전 예쁘다!"

"어머! 완전 대박. 미자야! 저게 네가 신을 하이힐이야?"

"장난 아니다……."

미자 친구들은 세운이 가져온 하이힐에서 눈을 떼지 못했다.

*   *   *

우진이 보기에도 상당히 잘 만들어졌다. 코도반 특유의 반짝거리는 가죽이 굉장히 세련되게 느껴졌다. 렌즈를 빼고 있던 우진은 미자의 발로 눈을 돌려, 세운이 만들어 온 신발과 완전 똑같음을 확인했다.

"정말 감사해요."

"감사는 무슨. 돈 받고 하는 건데요. 빨리 촬영해요. 집에 가려면 또 한 시간은 가야 하는데. 하하."

빨리 보고 싶다는 기대감에 우진은 하이힐이 든 박스를 들고 미자의 앞에 섰다. 미자를 의자에 앉히고 신발을 벗기려 했다.

텅!

"어?"

"아! 죄송해요. 저도 모르게 그만. 정말 죄송해요! 아, 어떡해… 제가 신을게요. 정말 죄송해요……."

우진은 머리를 부여잡고 놀란 눈으로 미자를 봤고, 미자 친구들은 고개를 돌리며 큭큭거렸다.

"저년, 저 버릇 어디 안 간다니까."

"그래도 어떻게 머리통을 때려. 하하하하."

우진은 여전히 머리를 부여잡고 있었고, 미자는 그 와중에도 신발을 신으며 붉어진 얼굴로 사과를 했다.

하이힐을 신은 미자는 우진을 마주 보지 못하고 비틀거리며 일어섰다. 그러고는 울상인 얼굴로 패딩을 벗었다.

"와……."

"뭐야! 내 팔 봐봐. 털 다 섰어. 어우! 소름 돋아. 저게 어떻게 미자야……."

미자가 패딩을 내려놓는 순간 머리를 잡고 있던 우진의 입이 쩍 벌어졌다. 그러고는 손가락을 천천히 들어 올렸다.

"빛난다……."

말 그대로 빛이 났다. 제프에게서 봤던 빛과 똑같은 빛이었다. 우진은 왼쪽 눈을 비벼도 보고 껌뻑여도 봤지만, 여전히 빛은 그대로였다.

우진은 걸음을 옮겨 미자의 앞으로 갔다. 미자를 빙빙 돌았다. 왼쪽 눈으로 보이는 모습과 오른쪽 눈으로 보이는 모습이 완벽히 일치했다.

조금 전까지만 해도 원피스 모습으로 보였는데 갑자기 빛이 났다. 왜 빛이 나는지, 제프 말고는 보이지 않았던 빛이 왜 보이는 건지 궁금했다. 그래서 우진은 미자를 위아래로 살피며 아까와 다른 점을 찾았다.

하이힐. 다른 점은 하이힐뿐이었다.

'눈에 보이는 모습하고 똑같이 만들면 빛이 나는 거였어? 아니지. 그럼 제프는……?'

미자의 모습을 처음 보는 사람들은 다들 놀라고 있느라 우진의 행동을 크게 신경 쓰지 않았다. 하지만 매튜는 달랐다.

"선생님, 마음에 안 드시는 부분이라도 있으십니까?"

"아! 아니요. 그런 거 없어요."

"그럼 촬영 시작하겠습니다. 신경 쓰이시는 부분은 곧바로 말씀하시면 됩니다."

넋 나간 우진의 모습에 매튜가 나섰다. 영상 촬영도 아니고 하이힐을 착용한 전신 샷 몇 컷만 찍으면 됐다. 그 와중에도 우진은 미자에게서 눈을 떼지 못했다.

그때, 옆으로 다가온 세운이 우진에게 조용하게 속삭였다.

"신발 디자인을 보고 범상치 않다고는 생각했는데, 완전 대박인데요? 모델이 좋아서 그런가. 완전 자기 옷이네."

세운의 말을 흘려듣던 우진의 눈가가 가늘게 떠졌다.

'자기 옷? 내가 만든 옷이 아니더라도 자기한테 맞는 옷이면 빛이 나는 건가?'

우진은 확인을 위해 어색한 얼굴로 촬영에 임하는 미자에게 다가갔다. 미자 앞에 선 우진은 살짝 떨리는 목소리로 입을 열었다.

"하이힐 좀 벗어보실래요?"

우진의 한마디에 촬영장의 모든 시선이 하이힐에 집중됐다. 미자는 곧바로 신발을 벗으려 했고, 세운의 표정은 순식간에 굳어졌다.

"왜요? 난 디자인 그대로 뽑았는데. 하이힐에 문제 있어요?"

"아! 그런 거 아니에요. 그냥 제가 좀 확인해 볼 게 있어서요."

세운이 약간 떨떠름한 얼굴로 한 발 물러서자, 미자가 하이힐에서 내려왔다. 그리고 그 순간 미자에게서 보이던 빛이 사라졌다.

"어? 사라졌다."

"뭐가 사라져요?"

우진은 미자의 질문에 대답도 하지 않고 하이힐을 바라봤다. 아무래도 왼쪽 눈으로 보이는 대로 옷을 입으면 빛이 나는 것 같았다. 우진은 한동안 하이힐만 바라보다가, 미자의 모습을 확인하려 고개를 들려 했다.

그런데 이상했다.

왼쪽 눈에 하이힐과 맨발이 겹쳐 보여야 하는데, 하이힐이 사라지고 어디서 본 듯한 검은색 구두가 보였다. 그것도 홀로그램으로.

우진은 당황하며 고개를 천천히 들어 올렸다. 그러자 원피스를 입고 있기에 맨다리가 보여야 하는데 검은색 데님바지가 보였다. 우진은 어떻게 된 상황인지 몰라 고개를 빠르게 들어 올렸다.

"어! 변했어! 뭐야! 변했다!"

"네? 뭐가 변해요? 저 아무것도 안 했는데……."

미자의 옷이 변해 있었다. 오른쪽 눈에 비치는 실제 모습은 아까 본 그대로 검은색 바디컨 원피스인데, 왼쪽 눈에 비치는 모습은 완전히 변해 있었다.

하얀색 티에 검은색 데님바지에 검은색 구두.

매튜와 세운에게서 봤던 것과 같은 옷이었다.

우진은 한 발 뒤에 있던 세운을 향해 고개를 돌렸다. 역시나 세운도 똑같은 옷이었다. 작은 커피숍 안 몇 안 되는 사람들 중 세 사람이 같은 옷이었다.

매튜, 세운 그리고 미자.

우진은 넋 나간 얼굴로 뒤에 있던 매튜와 세운의 손목을 잡았다.

"왜 그러십니까?"

"왜 그래요? 우진 씨!"

우진에게 손목을 잡힌 두 사람은 당황한 얼굴로 끌려왔다. 두 사람이 자리한 곳은 미자가 서 있던 곳이었다. 우진은 매튜와 세운을 미자의 양쪽에 세웠다.

"도대체 이게 뭐 하는 건지."

세운의 불만에도 우진은 한 발 물러서 오른쪽 눈을 가렸다. 옆에 세워놓고 봐도 다른 점 하나 없는 똑같은 옷이었다.

우진은 세 사람의 등 뒤로 자리를 옮겼다. 세 사람의 등에는 커다란 인피니티 기호가 새겨져 있었다.

'매튜하고 아저씨는 같이 일한다고 해도, 미자 씨는 왜 같은 옷을 입고 있는 거지?'

매튜는 우진의 이상한 행동에도 별말 없이 따르며 이렇게 세워놓은 의도를 파악하려 애썼다. 하지만 아무리 생각해도 모르겠기에 고개를 돌려 등 뒤에 있는 우진을 봤다.

고민이 가득해 심각한 얼굴이었다. 그래서 분명 다른 생각이 있다고 느껴졌다.

그때, 옆에 있던 세운이 뒤로 돌려 했다.

"가만있어 주시죠. 선생님이 생각하시는 것 같습니다."

"아니! 내가 모델도 아니고, 이게 뭐 하는 짓인지 말이라도 좀 해주고 하든가요."

"음… 모델?"

매튜는 이해를 했다는 듯 피식 웃었다. 그러고는 세운을 위아래로 훑어봤고, 고개를 숙여 자신의 몸도 봤다. 그러고는 고개를 저으며 우진을 향해 몸을 돌렸다.

"선생님, 미자 양을 돋보이게 할 남자 모델이 있었으면 하시는 거 같은데, 좋은 생각이긴 합니다. 그렇지만 세운 씨와 저는 모델에 어울리지 않습니다. 지금은 미자 양만 촬영하는 게 좋을 거 같습니다."

우진은 가뜩이나 머리가 복잡했던 터라 매튜가 무슨 말을 하는 건지 이해하지 못했다.

"남자 모델은 천천히 구해보겠습니다. 고객이 없다고 너무 초바심 가지실 필요 없습니다. 저희는 이제 시작이나 다름없습니다."

그러자 세운도 몸을 돌리며 헛웃음을 뱉었다.

"참 나. 나같이 배 나온 사람을 모델로 쓰려고 했어요?"

"선생님께서는 그림만 보신 겁니다."

"뭐 이해는 하는데. 아! 우리 둘 다 키가 작으니까 하이힐도 벗으라고 한 거였네."

매튜의 착각에 이어 세운도 오해를 했다.

"왜 말을 못 하실까. 저번에도 느꼈는데, 그런 것도 말을 못 하면 디자이너는 어떻게 하려고. 모델들 휘어잡고 하려면 적어도 할 말은 해야지. 너무 무디면 안 돼요."

두 사람의 오해에 우진은 얼떨떨한 상태로 고개를 끄덕였다. 그러자 세운이 피식 웃더니 말을 이었다.

"그럼 빨리 촬영하죠. 시간도 늦었는데."

다시 촬영이 이어졌고, 우진은 의자에 앉아 정신을 차리려 고개를 흔들었다. 미자의 옷에 정신이 팔려 주변에 있던 사람들의 시선도 신경 쓰지 못하고 행동했다.

다행히 이번엔 오해 전문 매튜 덕분에 이상하게 넘어갔지만, 눈에 대해 제대로 알아야 이런 일이 없을 것 같았다.

'왼쪽 눈에 보이는 대로 입으면 변하는 게 맞는 건가. 어떻게 확인하지. 아!'

바비는 미국에 있으니 불가능하지만, 가장 가까운 곳에 부모님 두 분이 계셨다.

확인이 가능하단 생각이 들자 또다시 흥분됐다. 하지만 조금 전처럼 실수하지 않으려고 가슴을 쓰다듬고선, 촬영 구경 중인 세운을 불렀다.

"선생님, 제가 신발 디자인을 드리면 다시 한번 제작해 주실 수 있으세요?"

"또요? 저 하이힐 같은 건가요?"

"아니에요. 그냥 일반적인 구두예요."

"가능은 한데, 이러다 완전 그쪽 소속되는 거 아닌가 모르겠네. 하긴 최근 돈 벌어본 거라고는 우진 씨가 맡긴 거 말고는 없는데 잘됐죠, 뭐. 디자인 보내놔요."

*   *   *

일주일 동안 신설동 세운 슈즈를 매일같이 방문했던 우진이 향한 곳은 영등포였다.

신발이 거의 완성이 되었는데, 발등 부분에 들어가는 금속 버클이 문제였다. 그 문제를 해결하기 위해 신도림과 영등포 사이의 작은 공장들이 밀집해 있는 곳을 찾아왔다.

우진이 문을 열자 익숙한 얼굴이 반겼다.

"조카님! 여기까지 오고. 워낙 개미굴 같아서 찾기 어려웠을 텐데."

"안녕하세요."

"그런데 옆에 분은……."

"아! 여기는 저하고 같이 일하시는 매튜 씨라고 해요."

매튜에게도 소개를 하고선 수선 가게만 한 사무실로 자리를 옮겼다. 우진은 신발의 디자인을 보여주었고, 그 뒤에 다시 무늬를 보여주었다.

"이 문양 가운데에 끈이 들어갈 수 있게 하면 되겠네요. 저번에는 작아서 힘들었는데 이건 그나마 낫겠네요."

"그래요? 휴, 다행이다."

"그럼 이건 얼마나 필요해요? 백 개?"

단 두 개만 필요했다. 어머니의 신발에만 들어가기에 양쪽 신발 하나씩.

하지만 단추도 무료로 만들어줬는데, 이번에도 무료로 해달라고 하는 건 너무 염치없는 행동이었다.

"오십 개 정도 괜찮을까요……?"

"그래요. 이건 찍어도 되겠네. 그럼 단가도 싸지거든요. 신발에 들어가면… 음, 뭐가 좋으려나. 니켈 도금 괜찮죠? 신발에 물들어가고 하니까 녹슬지 말라고."

"네, 그렇게 해주세요. 색은 은색 그대로 유지되나요?"

"얼마 되지도 않으니까 그냥 해줄게요."

"아! 아니에요. 저번에도 그냥 주셨잖아요."

"에이, 됐어요. 이거 개당 300원씩 받아봤자 만 원 조금 넘는데. 하하. 괜찮아요."

전과 상당히 많이 나는 가격 차이였다.

"전에 건 죄다 수작업 해야 해서 그런 거고. 이거는 금방 해요."

"아… 그런데 혼자 하시는 거예요?"

"하하, 원래 세 명인데, 어쩌다 보니 혼자 됐네요. 그나저나 밥은 먹었어요? 여기까지 왔는데 조카님 밥도 안 먹이고 보낼 순 없죠. 저분도 한식 드시나?"

성훈은 곧바로 식사를 주문했다. 우진은 버클을 공짜로 만들게 되었으니 밥값이라도 내야겠다고 생각했다.

얼마 지나지 않아 식당에서 신문지를 덮은 쟁반을 들고 들어왔다.

"제가 계산할게요. 얼마예요?"

우진의 질문에도 배달 온 아주머니는 뒤도 안 돌아보고 갔고, 남아 있던 우진은 지갑만 만지작거렸다.

"달아놓고 월마다 계산하니까 안 내도 돼요. 하하, 이리 와요."

밥까지 얻어먹게 된 우진은 미안한 마음에 머리를 긁적이며 자리에 앉았다. 좁은 사무실에 다닥다닥 붙어 식사를 했다.

"장사는 잘돼요?"

"아직 그냥 그래요. 다행히 한 분 맞추셨어요."

"그래요? 대단하네. 그런데 한 벌 맞추는 데 얼마나 들어요?"

"그게 조금씩 다른데, 남성 슈트 기준으론 백만 원이에요."

"어이구! 그렇게 비싸요? 원래 다 그렇게 비싼가……?"

성훈은 진심으로 놀랐는지 혀까지 내밀었다. 그러고는 이내 이해했다는 듯 고개를 끄덕였다.

"형님이 괜히 자랑하시던 게 아니었네요. 하하, 유학생 아들이라고 어찌나 자랑하셨는지. 아이고, 내가 좀 살 만해야 조카님한테 옷도 좀 맞추고 할 텐데."

우진은 성훈이 무슨 옷을 입고 있는지 살펴나 보자는 생각으로 눈에 손을 올리다 말고 매튜를 힐끔 봤다. 렌즈를 뺄 때마다 병원에 가라고 하도 성화여서 신경이 쓰였다. 다행히 식사가 입에 맞는지 정신없이 먹고 있었기에 우진은 조심스레 렌즈를 뺐다.

"컥, 커억."

"아이고! 잠깐만 있어봐요! 여기 물. 천천히 먹지. 물 더 줄게요. 기다려 봐요."

우진은 물을 받아 마시고 가슴을 두드렸다. 이런 실수를 안 하겠다는 얼마 전 다짐과 다르게, 성훈의 모습에 너무 놀란 나머지 사레까지 들렸다.

우진은 물을 마시며 진정하고 성훈을 다시 살폈다.

네 번째 같은 옷.

냉장고에서 물을 꺼내는 성훈의 등에도 역시 인피니티 기호가 새겨져 있었다. 매일 만나는 매튜 덕분에 우진의 노트북에는 스케치까지 그려진 상태였다. 이제는 재봉선까지 눈에 익었다. 그런 옷을 잘못 봤을 리가 없다.

우진은 평정심을 유지하려 애쓰며 성훈을 살폈다.

"이해합니다. 저도 한국에서 먹은 것 중에 제일 입에 맞는군요. 불백? 다음에도 이거 먹어야겠습니다."

"네, 많이 드세요……."

매튜의 이상한 오해 덕분에 약간 진정이 됐다. 성훈까지 같은 옷이 보이자 어느 정도 옷에 대한 의문이 풀렸다.

'전부 나를 도와주신 분들이구나…….'

아직 확신이 들진 않았지만, 지금으로서는 그것 말고 다른 이유는 없었다.

제4장

상복

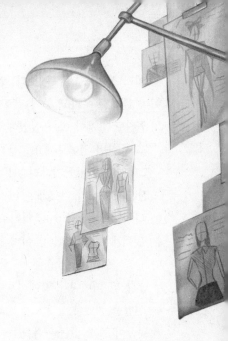

　며칠 뒤. 완성된 신발을 받았고, 우진은 곧바로 부모님께 신발을 드렸다.

　"돈도 없을 텐데, 뭐 하러 이런 걸 사 왔어. 큼."

　빨리 신겨 드리고 싶은 마음과 다르게 부모님은 신발을 가만히 보고만 계셨다.

　"사 온 게 아니라 제가 디자인한 대로 신발을 만들어주시는 분이 계시거든요. 그분이 만들어주신 거예요."

　"어머! 우리 아들이 신발도 만들어? 여보! 이게 우리 우진이가 디자인한 거래요!"

　"크흠, 정말 네가 디자인한 거야?"

　두 분의 반응에 우진은 미소를 지으며 답했다. 그제야 부모님은 기대하는 얼굴로 신발을 꺼냈다.

"이거 장식도 너무 예쁘다! 엄마 마음에 쏙 들어. 저번에 아들이 만들어준 옷하고 같이 입으면 되겠네. 아들, 너무 고마워!"

우진도 그제야 아차 싶었다. 신발만 신는다고 끝이 아니었다.

"그럼 한번 입어보세요."

"그럴까? 잠시만 기다려 봐!"

신난 어머니와 다르게 아버지는 그저 신발을 한번 신어보시고는 다시 상자에 담았다. 억지로 옷을 입히기도 이상했기에 우진은 멋쩍게 웃기만 했다. 어머니라도 확인할 수 있어서 다행이었다.

잠시 뒤 어머니가 방에서 나와 마치 모델처럼 빙그르 도시고는 신발을 꺼냈다.

뒷굽이 살짝 있는 구두였는데, 앞쪽에 달린 성훈에게 받은 버클 덕분에 상당히 고급스러워 보였다.

우진은 어머니에게 직접 신겨 드렸다. 신발에 뒤꿈치가 내려가는 순간 눈이 부실 정도로 환한 빛이 나왔다.

'맞구나. 보이는 대로 다 입으면 빛이 나는 게……'

"신발이 엄청 편한데? 구두가 아니라 운동화 신은 거 같네! 엄마, 어때?"

"예쁘세요."

우진은 두근거리기도 했지만, 그보다 답답했던 속이 풀리는 기분에 시원함이 더 컸다. 그런 우진의 얼굴엔 그동안 보이지 않았던 미소가 생겼다.

그때, 아버지의 우스갯소리가 들렸다.

"그만 벗어. 나처럼 아껴 신어야지. 벌써 뒷굽 갈아야겠네."

"호호호호, 그럴까?"

우진이 기다리던 순간이었다. 어머니에게 빛이 사라지면 어떤 모습이 보일지 궁금했다. 혹시나 매튜와 같은 옷은 아니길 바라면서.

어머니가 신발을 벗자 예상하던 대로 빛이 사라졌다. 우진은 떨리는 마음으로 어머니를 살폈고, 곧바로 우진은 고개를 갸웃거렸다.

'어디서 본 것 같은데…….'

우진은 고개를 갸웃거리며 눈을 비비기까지 하더니 아예 오른쪽 눈을 가려 버렸다. 그리고 그 순간 우진의 입술이 파르르 떨렸다.

보기 전부터 놀라지 않으려 다독이던 것도 쓸모없었다. 어머니가 지금 저 옷을 입고 계시면 안 됐다.

검은 치마저고리에 하얀 깃.

장례식장에 어울리는 옷.

상복이었다.

우진은 어느덧 손까지 떨렸다.

왜 어머니가 상복을 입고 계실까 생각하던 우진의 머리가 자연스레 아버지께 돌아갔다.

"아버지! 빨리 옷 입어보세요! 빨리요!"

외동아들인 아버지.

우진이 중학생 때 할아버지, 할머니 두 분은 일 년이란 간격을 두고 모두 돌아가셨다.

그래서 남아 있는 가족은 아버지를 제외하고 한 명뿐이었다.

그렇다면 대구에 계시는 외할아버지가 다였다. 어머니가 상복을 입고 있었다. 당연히 진정될 리가 없었다.

"입어보세요. 네?"

목소리는 물론이고 손까지 떠는 우진의 모습에 부모님은 당황했다.

"우진아, 왜 그래? 왜 그러는데."

우진은 한시라도 빨리 확인을 하고 싶은 마음에 안방으로 들어가 직접 옷을 들고 나왔다. 아버지에게 옷을 건넨 뒤 사정하듯 빌었다.

"알았어. 알았으니까 진정해."

가까운 아버지부터 확인해야 했다. 우진은 손까지 벌벌 떨고 있었고, 아버지는 아버지 나름대로 우진이 걱정돼 심각한 얼굴이었다.

항상 나이에 비해 어른 같다고 생각했는데 지금 모습은 아니었다. 금방이라도 울 것 같은 표정이었다.

"다 입었어. 이제, 왜 그런지 말해봐."

"신발도요."

"신발도? 그래, 알았어."

우진은 아버지에게서 눈을 떼지 못했다. 침착하자는 생각을 가질 겨를도 없었다.

우진의 머릿속에는 온통 아니길 기도하는 마음만 가득했다. 그리고 아버지가 신발에 발을 집어넣었다.

"됐지?"

선 채로 지켜보던 우진의 다리가 심하게 떨렸다. 이래서는 안 됐다.

보여야 할 빛이 보이지 않았다. 우진은 떨리는 마음으로 빠진 게 있나 살펴봤지만, 빠진 것도 없었다. 오른쪽 눈을 가리고 봐도 분명 일치하는데 빛이 없었다. 보여야 할 빛만 보이지 않았다.

*   *   *

며칠 뒤 수선 가게.

"우진아, 도대체 왜 이러는 거야? 며칠 전부터 왜 그러는데."

우진의 아버지 주영은 며칠 전부터 이유도 말하지 않고 자신만 쫓아다니는 우진 때문에 상당히 곤란했다. 우진이 혼자였으면 모르겠는데, 어제부터 한 명이 더 늘었다.

가게 밖에서 간이 의자를 펼치고 앉아 있는 백인.

갑자기 건강검진을 받자고 하질 않나, 가게에 따라오는 것도 신경 쓰이는데 오는 길에 차만 보여도 움직이지도 못하게 했다. 멍하게 보다가 사진을 찍기도 하고, 갑자기 여행을 가자고 하고 마치 다시는 못 볼 사람처럼 굴었다.

미국으로 유학 갈 당시에도 덤덤하던 우진이었는데, 지금은 도무지 이해할 수 없는 행동을 했다. 게다가 이유를 물어보려고 하면 왜 그렇게 슬프게 쳐다보는지, 가슴까지 아릴 정도였다.

분명 이유가 있는 것 같은데 무슨 사정인지 아무리 물어도 대답하지 않았다.

"우진아, 왜 그러는데. 혹시 장사하는 데 문제 생겼어?"

"아니에요. 뭐 드시고 싶으신 거 없으세요?"

"아니! 밥은 좀 전에 먹었잖아. 밥 말고 말을 하라고, 이 녀석아! 아빠, 답답해 죽겠다!"

"같이 있고 싶어서 그래요."

"며칠 동안 같이 있었잖아. 다 큰 놈이 잠도 같이 자자고 그러더니."

주영은 한숨을 크게 뱉고는 말을 이었다.

"혹시 가게 하다가 사채 썼어?"

"아니에요."

"그럼 왜 그러는 건데! 누가 보면 아빠 당장 죽기라도 하는 줄 알겠네. 참."

우진의 눈가가 촉촉해졌다.

그리고 그때, 밖에 있던 매튜가 문을 두드렸다. 우진은 아버지 앞에서 눈물을 보이면 안 된다는 생각에 곧바로 문을 열었다.

"선생님, 디자인 보내라고 연락받았습니다."

"된대요?"

"네, 선생님이 말씀하신 무늬만 니팅 머신으로 짜서 보낸다고 했습니다. 원단은 캐시미어와 면 혼합 원단이고 기본적인 편성물이지만, 캐시미어 200수라… 원단 값만 80만 원 들었습니다. 바이어스로 된 소매와 목은 많이 필요하지 않으실 거 같아서 조금만 구매했습니다."

"괜찮아요. 다행이네요."

"뭘 만드시려고 하시는지 물어봐도 되겠습니까?"

"아버지 니트를 새로 만들어 드리려고요."

"알겠습니다."

매튜가 제프 우드에 연락을 해서 원단을 구했다는 걸 알았다. 하지만, 이번만은 제프 우드의 도움이라도 받아야 했다.

최고의 옷을 입혀 드리고 싶었다.

　　　　　＊　　　　　＊　　　　　＊

며칠 뒤, 우진의 방은 밤새도록 불이 꺼지지 않았다. 원단을 받자마자 작업을 시작했고, 재봉틀을 사용하지 않고 오로지 수작업만으로 니트를 만들고 있었다.

다행히 손바느질을 하기에 무리 없는 원단이었다. 우진은 제프 우드에서 보낸 무늬가 새겨진 원단을 기준으로 니트를 만들었다.

아버지와 매일을 붙어 있다시피 했지만, 여전히 니트를 볼 순 없었다. 단지 전과 다르게 아버지의 의견이 상당히 많이 들어갔다. 보통 어른들이 몸에 붙는 옷을 불편해하는 것과 다르게, 아버지는 몸에 붙어야 옷을 입은 것 같다고 하셨다.

이전에는 어깨와 팔뚝에 여유가 있었던 것과 달리, 지금 만드는 옷은 최대한 타이트하게 만들었다. 약간 작다 싶다고 느낄 정도였지만, 늘어나는 원단 특성상 무리는 없었다. 마지막으로 소매를 끝으로 니트를 완성했다. 밤을 꼬박 새웠지만, 피곤하지도 않았다.

아버지와의 시간이 얼마나 남았는지 알 수 없기에 최대한 많은 시간을 보내고 싶었다.

방에서 나온 우진은 니트를 고이 갠 뒤 부모님의 방문 앞에 놓았다.

그러고는 방문 앞에 쪼그려 앉았다. 아직 날이 밝으려면 좀 더 있어야 하지만, 우진은 그냥 멍하니 니트만 보며 움직이지 않았다.

어느새 날이 서서히 밝아 창문으로 빛이 들어오기 시작했고, 부모님의 방문이 열렸다.

"아! 깜짝이야. 우진이 너 여기서 뭐 해!"

"일어나셨어요?"

"아… 우진아, 도대체 왜 그러는 거냐? 아빠 엄마 걱정되게."

잠을 설쳤는지 피곤해 보이는 얼굴로 우진을 보던 아버지는 발밑에 놓인 옷을 발견했다.

"밤새서 옷 만들었어?"

"네. 아버지 저번에 만들어 드린 거 불편하다고 하셔서 새로 만들었어요."

"불편하긴. 괜찮다니까! 이렇게 밤새면서 만들면 아빠가 어떻게 입어."

주영은 옷을 펼쳐 보고는 다시 우진을 봤다. 그러고는 머리에 손을 짚고 깊은 한숨을 내쉬었다.

"일단 씻고 입어볼게. 그래도 되지?"

"천천히 입어보세요. 불편하시면 바로 말씀하시고요."

"그래, 빨리 들어가서 자!"

본다고 변하는 것이 없기에 천천히 입어도 상관없었다. 잠이 오지 않던 우진은 거실에 앉았고, 그 모습을 보던 아버지는 고개를 젓고는 화장실로 들어갔다.

그리고 잠시 뒤, 소란 때문에 깬 어머니가 나오셨다.

"안 잤어?"

여전히 상복을 입고 계신 어머니였다. 우진은 그 모습을 보기 힘들어 고개를 숙인 채 대답했다.

"일어나셨어요."

"아들, 도대체 왜 그러니. 어제 아빠도 밤새 뒤척이셨어. 무슨 일 있는 거야? 엄마한테 말해봐."

옆에 바짝 앉으셔서 우진의 손을 잡았고, 우진이 대답을 하지 않음에도 연신 손등만 쓰다듬었다. 마치 자장가라도 부르는 것처럼 포근한 느낌이었지만, 우진은 여전히 어머니를 똑바로 보지 않았다.

그때, 화장실에서 나온 아버지가 방으로 들어가시는 소리가 들렸다. 그리고 잠시 뒤, 옆에 있는 어머니의 목소리가 들렸다.

"우진 아빠, 아침부터 어딜 가려고 차려입었어요?"

"가긴 어딜 가. 우진이가 니트 새로 만들었다고 해서 한번 입어봤어. 됐지?"

며칠 전 일이 신경 쓰였는지, 주영은 알아서 옷까지 갈아입고 우진에게 보여주었다.

그럼에도 우진은 상복 입은 어머니와 아버지를 함께 보기 싫어 고개도 돌리지 않았다.

"아! 신발을 신어야지. 신발 어디에 뒀지?"

"내가 찾아다 줄게요. 장롱에 넣어놨어요."

어머니가 방에 들어가시자 우진은 그제야 아버지를 봤다. 빛이 보이지 않는 아버지의 모습. 어떠냐는 듯 허리에 손까지 올리고 있는 모습이 더 마음 아프게 보였다.

"자, 여기. 나도 씻고 나오게 알아서 신어요."

어머니는 신발을 내려놓고 화장실로 들어가셨고, 아버지는 곧바로 신발에 발을 넣었다. 그리고 그 순간, 우진은 자리에서 벌떡 일어났다.

아버지에게서 보이지 않을 거라 생각하던 빛이 환하게 빛나고 있었다.

"아… 빛이다……."

너무 기쁜 나머지 눈물이 흘러내렸다. 우진은 눈물 흘리는 것도 개의치 않고 아버지를 와락 안았다.

"우, 우진아. 얘가 정말 왜 이럴까……."

"아버지! 흐흑."

"왜 울어!"

주영은 우진의 얼굴을 보려 떼어놓으려 했지만, 우진이 얼마나 꽉 안고 있는지 꿈쩍도 하지 않았다.

우진은 한참을 부둥켜안고 울었다. 그리고 진정이 되자, 빛을 잘못 본 것이 아님을 다시 확인하려 포옹을 풀었다. 주영은 이때다 싶었는지 우진의 양쪽 팔을 붙잡고 얼굴을 마주했다.

"왜 그러는 거야? 아빠도 참을 만큼 참았어. 오늘은 들어야겠으니 이리 앉아봐."

주영은 신발을 벗고선 먼저 거실에 앉았다. 그러고는 우진을 앞에 앉히려 고개를 돌렸다. 그런데 조금 전까지 눈물범벅으로 울던 우진이 멍하니 자신을 보고 있었다.

"이리 앉아봐. 도대체 왜 그러는데."

"아! 할아버지!"

아버지가 아니라는 안도도 잠시였다. 아버지가 아니라면 할아버지였다.

"할아버지는 왜 찾아."

"아버지, 할아버지! 건강하세요?"

"얘가 대체 왜 이럴까."

그때, 어머니가 화장실에서 나오셨다.

"왜 아침부터 소리를 질러?"

"이 녀석이 갑자기 불안하게 아버님 건강하냐고 묻잖아."

"아빠를? 갑자기 왜? 우진아, 왜 그래?

우진은 선뜻 대답할 수가 없었다.

"아침부터 왜 그럴까. 안 그래도 전화 통화 한 지 오래됐는데 일어나셨으려나 모르겠네."

우진은 전화를 거는 어머니에게서 눈을 떼지 못했다. 그리고 그때, 아버지가 불안한 얼굴의 우진을 봤다.

"이 녀석 때문에 나까지 불안하네. 우진 엄마, 그러지 말고 우진이 한국 와서 인사도 못 드렸는데 오랜만에 인사드리는 게 어때."

"그럴까? 가게는 어쩌고."

"앞집에 열쇠 맡기고 옷 찾으러 오는 것만 찾아달라고 부탁하면 돼. 말 나온 김에 지금 가자."

"으이고, 우리 우진이 때문에 아빠 좋아하시겠네."

우진은 부모님의 상복 때문에 여전히 불안했다.

*　　*　　*

기차를 타고 대구에 도착했다. 매튜가 계속해서 따라오려 해서 곤란하긴 했지만, 매튜에게 운전기사 역할을 시킬 순 없었다.

동대구에 내려 택시를 타고 할아버지 댁에 도착했다. 거의 3년 만에 와보는 할아버지 집은 하나도 변하지 않았다.

아이보리색 페인트가 벗겨져 시멘트가 드러난 담벼락도 여전했다.

띠리리리.

─누구십니까?

걱정과 다르게 우렁찬 목소리. 우진은 정정한 외할아버지의 목소리에 약간 안도가 되었다.

"아버님! 저 임 서방입니다. 하하."

─임 서방? 기다리게.

곧바로 문이 열렸고, 집 안으로 들어섰다. 그러자, 현관문을 급하게 나오는 외할아버지가 보였다. 정정한 목소리와는 다르게 전보다 말라 보였고, 나이 드신 게 눈에 띄게 드러났다.

"아이고! 우리 우진이도 왔구나. 말도 없이 여기까지 어떻게 왔어! 자네도 어서 들어오게!"

우진은 고개를 꾸벅 숙여 인사를 하고선 외할아버지 손에 잡혀 집 안으로 들어갔다.

"못 본 사이에 어른 다 됐네. 그런데 뭘 이렇게 바리바리 싸 들고 왔어?"

"아! 그러고 보니까 우진이가 만들어준 옷을 입고 올 걸 그랬네. 아버님, 우진이가 작은 가게를 차렸거든요. 하하."

"그래? 어디에, 서울에 차린 건가?"

"그 정도까진… 하하. 인터넷에 차렸는데 벌써 손님도 한 명 받았다고 하더라고요."

앉자마자 아버지는 우진의 자랑을 늘어놓으셨다. 그리고 우진은 곧바로 화장실부터 향했다. 화장실에서 렌즈를 뺀 우진은 거울에 비친 자신의 얼굴을 마주 봤다.

'침착하자. 어떤 일이 있어도 이번엔 침착하자.'

우진은 심호흡을 한 번 하고서는 화장실 문을 열었다. 그리고 거실에 앉아 계신 외할아버지를 본 우진은 입술을 굳게 다물었다.

아무런 변화도 없었다. 제프처럼 완벽한 옷을 입었다면 빛이 보여야 했다. 그게 아니라면 다른 옷을 입고 있는 모습으로 보여야 했다. 하지만 외할아버지는 처음 볼 때와 마찬가지로 등산용 티셔츠 그대로였다.

"우진이도 이리 와서 과일 먹어라."

마음의 준비를 하고 있었기에 큰 동요는 없었다. 다만 어떻게 물어봐야 할까 고민되었다. 우진은 자리에 앉으며 외할아버지의 안색을 살폈다.

"참 언제 이렇게 커서 디자이너도 되고, 장하네. 우리 손주."

"아직 디자이너라고 불릴 정도는 아니에요."

"하하, 새똥도 똥인데 당연히 디자이너라고 불러야지. 하하하."

자신이 잘못 본 게 아닐까라는 생각이 들 정도로 우렁찬 목소

리였다. 그러자 옆에 있던 어머니가 우진에게 코를 찡긋 거리며
웃었다.

"봐라! 네 할아버지 이렇게 건강하시잖아."

"음? 그게 무슨 말이냐?"

"아, 우진이가 갑자기 아버지 건강하시냐고 묻더라고요. 아직
아버지가 어떤 사람인지 몰라서 그래요. 호호."

"음⋯⋯."

우진은 순간 당황하는 할아버지의 모습을 봤다. 역시 무슨 문
제가 있는 것 같았다. 그리고 할아버지는 잠시 말이 없었다.

"아버지, 왜 그러세요?"

"흠, 잠시 있어 보거라."

할아버지는 방으로 들어가시더니 감색으로 된 서류를 들고
나오셨다.

앉으시며 서류를 숨기듯 뒤에 놓으시고는 부모님을 보고 말없
이 고개만 끄덕였다.

"장인어른, 어디 편찮으신 거 아니시죠?"

"하하, 이 나이 되면 원래 안 아픈 곳이 없는 거야. 하아, 이걸
어떻게 말해야 하나 싶었는데, 다행이네."

"아버지! 그게 무슨 말이에요!"

"조용히 하고 들어."

할아버지는 마치 남 얘기를 하듯 덤덤하게 말을 했다.

"그냥 조용히 갔으면 했는데, 그럼 네가 아주 난리 칠 것 같아
서 말이야. 하하. 이 집도 처분해야 하고. 하하."

"⋯알아듣게 말씀해 주세요⋯⋯."

"지 에미 닮아서 눈치 없기는, 쯧. 정애야, 임 서방. 그리고 우진이도 너무 놀라지 말고 들어."

할아버지는 오히려 부모님이 놀랄까 봐 진정시키고 말을 이었다.

"나도 얼마 전에 소화가 계속 안 되는 거 같아서 검진받으러 갔다가 알았어. 위암이라더라. 요즘 수술하면 뭐 괜찮을 거라고 생각했는데, 이미 여기저기 많이 옮겨 붙었다더라."

"아……."

"정애야!"

"여보! 우진 엄마."

어머니는 잠시 비틀거리더니 이내 괜찮다는 듯 손을 들어 올렸다.

"그래서… 병원에서는 뭐라고 그래요? 아니, 지금 당장 병원 가요! 여기서 이러고 있을 게 아니잖아요, 아버지!"

"안 그래도 집에 있을 수는 없을 거 같아서 어떻게 해야 하나 고민하고 있었단다. 며칠만 있다가 가자꾸나. 정리할 것도 있고, 인사할 사람들도 있고. 네 말대로 입원할 테니 진정하거라. 그리고 임 서방, 이 집은 아무래도 자네나 내 딸아이나 이런 곳에서 살기 힘들 거야. 그러니까 나 죽으면 내놓도록 해."

"죽긴 누가 죽어요! 아버지, 왜 그런 소리 하세요!"

"하여튼, 지 에미 닮아서, 기차 화통을 삶아 먹었나."

할아버지도 마음이 좋지 않은지 씁쓸한 웃음을 보이곤 손을 뒤로 가져갔다.

"이건 예전에 아는 사람 때문에 든 보험인데 돈이 좀 나오나 봐. 알아보고 자네 앞으로 했으면 좋겠네. 알아보니까 이 집 때문에 상속세 같은 거 내야 할 거라고 하더군. 그 보험에서 나오는 돈으로 하면 무리 없을 게야."

"아버님, 제가 어떻게 이걸 받습니까⋯⋯."

"그럼 버리란 말인가? 하하, 그동안 자네에게 도움도 못 줬는데 이거라도 받게."

우진은 할아버지의 얼굴을 가만히 바라봤다. 죽는다는 것을 알고 세상 떠날 준비를 하는 기분이 어떨지 상상도 안 됐다.

*   *   *

다음 날. 할아버지 댁에서 잔 우진은 아침부터 들려오는 요란한 소리에 눈을 떴다. 뭔가 부서지는 소리부터, 아픈 사람이라고 믿기 힘든 할아버지의 우렁찬 목소리까지.

"하하. 자네! 그렇게 힘이 없어서 어떡하나! 그거 부러뜨려서 포대에 담아야지!"

그 소리가 궁금한 우진은 방을 정리한 뒤 밖으로 나왔다.

"일어났어?"

"네, 아버지랑 할아버지랑 뭐 하세요?"

"응, 우리 이사 갈 때 할아버지한테 맡긴 것들 있다고 했잖아. 그거 버릴 거 버리고 가져갈 거 가져가라고 해서."

어머니는 여전히 슬픔이 가득한 얼굴로 아침을 준비 중이었다. 우진은 그런 어머니의 뒷모습을 한번 바라보고선 현관문을 열었다. 그러자 마당에 있던 작은 창고에서 나온 짐들이 널브러져 있었다.

"일어났구나. 이것들 다 네 것이니까 네가 가지고 들어가거라."

"제 거요?"

널브러져 있는 물건들 중 할아버지가 가리킨 상자를 봤다. 겉면 전체를 노란 테이프로 감아버린 상자였는데, 윗면에는 '우진이 일기'라는 글자가 적혀 있었다. 일기라고는 초등학교 지나고 나서 적어본 적이 없으니 아마도 그때의 일기일 것이다.

그때, 이른 아침임에도 불구하고 매튜에게서 전화가 걸려왔다.

"네, 매튜 씨."

─댁에 갔는데 안 계셔서 전화드렸습니다.

"아, 제가 사정이 있어서 서울이 아니에요."

─그럼 언제 오십니까?

"왜 그러시는데요?"

─김 교수 소개로 주문 의뢰가 들어왔습니다.

"주문이요? 아… 그게, 지금은 조금 곤란해요."

우진은 아쉬웠지만, 지금 고객보다 할아버지가 우선이라 생각했다.

그때, 옆에서 할아버지의 호통 소리가 들렸다.

"이놈아!"

"네?"

"리퀘스트라고 한 걸 보면 손님 아니냐!"

"네, 맞아요."

"그럼 받아야지, 뭐가 디피컬티하다고 하는 게야. 내가 당장 죽는 것도 아니고! 이 녀석아!"

영어로 대화했지만, 일부분 알아들으셨는지 불같이 호통을 쳤다. 그러자 뒤에서 현관문이 열리며 어머니가 나오셨다.

"할아버지가 엄마 어렸을 때, 공장 하셨다고 얘기했지? 엄마 어렸을 때는 대구가 섬유 일 번가였거든. 그때 해외로 수출도 하고 그래서, 영어를 잘은 아니더라도 조금은 하셔."

"아… 네."

"그리고 할아버지 말대로 해. 엄마가 할아버지하고 있을 테니까 아들은 그만 서울로 올라가. 집 청소도 하고. 참! 말 안 해도 청소는 기가 막힐 텐데. 알았지?"

우진은 아무래도 일단은 서울로 올라가야 할 것 같았기에 전화기를 들었다.

"알았어요. 그럼 올라가면 전화드릴게요."

─네, 기다리겠습니다.

우진이 전화를 끊자, 할아버지가 씨익 웃으면서 우진의 어깨에 손을 올렸다.

"같이 일하는 사람이 외국인인 게냐?"

"네, 그냥 도와주시는 분이세요."

"그래, 빨리 올라갈 채비하거라."

우진은 지금 한 선택이 맞는 것인지 걱정되었다.

*　　　　　*　　　　　*

서울에 도착한 우진은 고객을 만나기 전 옷을 차려입으려고 집으로 향했다. 집에 거의 도착할 때쯤 되어 매튜에게 전화를 걸었다.

"지금 집에 도착하거든요. 30분 후에 뵈면 될까요?"

—집 앞입니다.

"네?"

서둘러 걸음을 옮기니 정말 집 앞에 매튜의 차가 서 있었다.

"왜 여기 계세요?"

"아까 기다린다고 했습니다."

"아까요?"

가만 생각하던 우진은 아까라는 말이 아침이었다는 걸 깨닫고, 설마 아침부터 지금까지 기다렸나 싶었다. 하지만 매튜라면 정말 그랬을 수도 있었다.

"혹시 아침부터 기다리신 건 아니시죠?"

"맞습니다. 괜찮습니다. 와이파이가 있지 않습니까? 대부분의 일 처리는 가능합니다."

노트북을 가리키며 웃는 매튜의 모습에 우진은 그나마 다행이라고 생각했다. 매튜를 데리고 집으로 들어온 우진은 서둘러 옷을 갈아입었다.

"매튜 씨, 그럼 일단 서인대부터 가는 거예요?"

"아닙니다. 의뢰인을 직접 만나러 가시면 됩니다."

"너무 늦지 않았을까요?"

"그쪽 분도 마침 교수라 학교에 계신다고 해서, 출발할 때 연락하기로 했습니다."

"아, 다행이네요. 어디로 가는 거예요?"

매튜는 휴대폰에 메모를 보더니 입을 열었다.

"동연대학교라고 합니다."

"동연대요……?"

"아십니까?"

"대구에 있는 동연대요……?"

"아시는군요? 일단 멀리는 곤란하다고 했는데, 사정을 하더군요. 그래서 선생님께 여쭤본다고 했습니다."

"하……."

미리 물어봤으면 이 고생을 하지 않았어도 됐을 텐데. 그저 서울이라고만 생각한 게 실수였다.

우진은 다시 대구로 가려고 차에 올라탔고, 출발함과 동시에 업무에 대한 얘기가 시작되었다.

"선생님, 현재 'I.J'의 보유 자산은 8만 원입니다."

8만 원. 무슨 말을 하려는지 알았다. 세운에게 코도반 가죽값을 갚았다. 그리고 오해로 인해 아버지 니트 원단을 사느라 돈을 거의 다 써버렸다.

항상 완벽하려고 노력했는데, 아버지가 돌아가시는 줄로만 알았기에 아무런 생각도 하지 못했다. 이미 사용해 버렸기에 돌이킬 수 없었다.

"선생님."

"네."

"제가 있을 동안은 제가 자산관리를 하는 게 어떨까 합니다. 지금처럼 선생님이 필요하실 때 돈을 꺼내 써버리면 나중에 분명 문제가 됩니다. 세금 계산은 물론이고 이번처럼 문제가 생깁니다. 물론 회사에 얘기한 뒤, 허락이 떨어진 뒤라면 사용 가능합니다."

처음에 걱정했던 일이지만, 워낙 가진 게 없다 보니 크게 생각하지 못한 부분이었다. 아직 회삿돈과 내 돈도 구분을 하지 못한 스스로가 부끄러웠다.

"그렇게 해주시면 감사하죠."

"네, 믿어주셔서 감사합니다. 이제 조금 믿음이 생긴 것 같습니다."

오히려 믿음이 생긴 것 같다며 환하게 웃는 매튜의 모습을 보고, 우진은 멋쩍음에 이마를 긁적였다.

하지만 그것을 시작으로 일에 대한 매튜의 말이 쉴 새 없이 이어졌다. 잘 알아듣지 못하는 말부터 앞으로 I.J가 나아가야 할 방향까지.

대구에 도착할 때까지 매튜는 그동안 하지 못한 말들을 쏟아냈다.

* * *

우진의 엄마 정애는 마당에 나와 이제 싹이 트기 시작하는 수선화에 물을 주었다. 마음이 쉽게 가라앉지 않았다. 식사 때마다 밥 한 톨 남기시지 않던 아버지가 거의 드시질 않았다.

게다가 고통이 수시로 오는지 방에 들어가서 나오질 않았다. 어머니 때와는 또 다르게 아버지의 아픈 모습을 보기 두려워 문 앞에 서서 눈물만 흘렸다.

"물 주고 있어?"

"응."

"올해도 예쁘게 피겠네. 장모님이 좋아하셨는데."

"그랬지."

정애는 깊은 한숨을 내쉬었다. 아버지까지 돌아가실 거라는 생각만 하면 눈물이 쏟아져 내렸다.

"흠, 우진 엄… 정애야."

"참, 갑자기 이름은. 왜 그래."

"우리, 아버님 모시고 여기서 살까?"

"뭐?"

"놀라긴 왜 놀라. 어차피 서울에 남아 있을 이유 없잖아. 어차피 몇 달 있으면 전세도 끝나고. 아버님 계실 동안만이라도 아버님하고 같이 살자."

"……."

"그렇게 하자. 맞다! 전세금하고 시장 보증금 빼서 아버님 병원비에 보태고."

"벌써 준비해 놓으셨더라. 당신 병원비도……."

"그럼 우진이한테 가게 하나 얻어줄까? 크지는 않아도 전세금에 가게 보증금 다 빼면 작은 가게 정도는 구해줄 수 있을 거 같은데."

—

제5장

신기한 옷

 김 교수의 소개로 두 번째 고객을 만나고 다시 서울로 돌아온 우진은 상당히 심란한 얼굴이었다.

 여성인 건 상관이 없었다. 옷도 나름대로 특색이 있었다. 다소 얇은 원단에 어두운 회색으로 된 여성 정장이었고, 특이한 점은 재킷에 칼라가 없었다. 게다가 바지 옆 라인에 무릎부터 밑단인 발목까지 I.J의 로고가 선처럼 새겨져 있었다.

 그리고 그 선은 옷 색과 같은 힐에까지 금속으로 박혀 있었다. 다리가 굉장히 길어 보이는 효과였다. 고객은 베이직한 하얀색 셔츠와 짙은 회색이 조화된 스케치를 보고 굉장히 만족해했다. 당장 긴 머리까지 자르려고 미용실까지 예약했다.

 하지만, 문제는 돈이었다. 분명 구두까지 선이 이어진 걸 보면 구두도 중요한 역할인 게 틀림없었다. 일단 원단도 찾아야 하기에 얼마가 들어갈지 모르는데, 신발을 만드는 데도 돈이 들어갔다. 지금 가지고 있는 거라고는 바비가 보내준 원단들뿐이었다.

"선생님, 원단 조사 안 가십니까?"

"네, 조금 천천히 가요."

어차피 가도 아무것도 할 게 없었다. 외상을 줄 리도 없고.

'대출부터 알아봐야겠다……'

신용거래라고는 해본 적이 없었기에 쉽지 않을 거라 생각했다. 그렇다고 투자를 받자니 아는 곳도 없었고, 있다고 하더라도 아무런 이름도 없는 자신에게 투자를 해줄 리 만무했다.

혹시 매튜라면?

우진은 매튜를 잠시 봤다가 이내 고개를 돌렸다. 스스로 생각해도 염치없다는 생각에 얼굴까지 붉어졌다. 아버지 니트를 만들지만 않았어도 이렇게 고민할 필요도 없었다. 전부 침착하지 못한 본인 탓이었다.

우진은 원단 가게에서 받았던 스와치를 주욱 펼쳐보고는 손으로 만져보았다. 이미 마음에 드는 건 있었다. 정장 전문 업체 쥬드로에서 나온 고급 울 원단. 쥬드로 150수였다.

수가 높을수록 원단이 부드러워지는데, 쥬드로에서는 방직 공장을 세워 자체 생산 했다. 그만큼 품질 관리가 뛰어났다. 그러다 보니 한 마씩 구매할 수도 없고, 구한다 하더라도 원단 가격만 아버지 니트에 들어간 원단과 비슷한 가격이었다.

그나마 비슷한 삼중 모직에서 나온 원단을 찾았지만, 쥬드로를 안 봤으면 모를까 이미 본 상태였다. 마음 한구석에서는 싼 원단으로 하라고 하지만, 항상 완벽하려고 노력하는 성격이 문제였다.

일단 구두 제작이 가능한지부터 확인해야 했다. 가죽 가격도 알아야 했고, 세운이 시간이 되는지도 알아야 했다. 우진은 곧바로 전화를 꺼냈다.

―어! 우진 씨, 돈 잘 받았어. 하하.

"아, 네. 지금 동대문에 계세요?"

―아니요, 오늘은 동대문 안 갔지. 지금 볼일 보고 가게 가고 있는데, 왜요?

세운은 어느 정도 낯이 익어도 계속 말을 놓지 않았고, 우진은 아버지와 비슷한 연배의 어른에게서 존대를 받기가 영 껄끄러웠다. 결국 세운도 타협했고, 존댓말과 반말을 섞어가며 말했다.

"혹시 시간 되세요?"

―주문 들어왔어요? 이야! 이거 뭐, 우진 씨 덕분에 갑자기 수입이 생겼네. 이러다 재벌 되는 거 아닌가 모르겠어. 하하. 아, 맞다. 내가 지금 신도림이긴 한데… 지금 행색이 말이 아닌데.

"괜찮은데. 아니면 제가 가게로 갈게요."

―휴, 어떻게 한담. 에이, 모르겠다. 내가 그쪽에 들렀다 가는 게 낫겠네. 괜찮죠?

"네, 저야 감사하죠. 그런데 저번처럼 가죽값은 나중에 드려도 될까요……?"

―우진 씨야 약속도 잘 지켰는데. 알았어요. 그럼 조금 있다 봐요.

전화를 끊은 우진은 또다시 전화를 걸었다.

—네, 조카님.

"안녕하셨어요."

—그럼요. 뭐 만들 거 있어요?

세운은 그나마 돈이라도 줬지, 성훈은 매번 돈도 안 받고 해 주는 터라 미안한 마음에 쉽게 입이 떨어지지 않았다.

—어려워하지 말고요, 하하. 지금 어차피 할 것도 없어서 문 닫고 가려던 참이었어요.

"신발에 들어갈 장식이 필요하거든요."

—장식? 저번이랑 달라요?

"신발에 들어가는 건 맞는데, 치수가 조금 달라서요. 버클 형식이 아니라 장식이거든요."

—한번 보내봐요. 메일 알죠?

우진은 곧 찾아가겠다고 한 뒤 전화를 끊었다. 오히려 옷보다 신발이 먼저 완성될 판이었다.

딱히 해결 방법이 떠오르지 않았지만, 이대로 앉아서 해결 방법만 찾기보다는 작은 것들부터 제작해 보자는 생각을 했다.

일단 패턴부터 만들고 심지까지 만들어놓으면, 나중에 원단을 구했을 때 바로 작업할 수 있을 거라는 생각이었다.

'가제품은 일단 바비 씨가 보내준 걸로 만들어보자.'

우진은 마음먹은 김에 바로 한쪽에 정리해 둔 패턴지부터 꺼냈다.

넓은 패턴지가 책상에 올라갈 리가 없어 바닥에 깔 때, 초인 종 소리가 들렸다. 올 사람이 세운밖에 없었기에 우진은 빠르게 현관문을 열었다. 그러자 현관문 앞에서 어깨를 털고 있는 세운이 보였다.

"이거 몰골이 말이 아니죠? 하하."

"괜찮아요. 들어오세요."

"실례하겠습니다. 화장실부터 좀. 하하."

"아, 저쪽이에요."

뭘 하고 왔는지 하얀색 티가 상당히 지저분해져 있었다. 마치 먼지를 뒤집어쓴 것 같은 모습이었다.

잠시 뒤, 화장실에 들어갔던 세운이 나왔다. 물로 먼지를 비볐는지 어깨부터 가슴까지 구정물로 얼룩져 있었다.

"하하, 하얀 티를 입고 갔더니 이거 지워지지도 않네요. 하하."

"어디 갔다 오신 거예요?"

"수요일, 금요일마다 부평에 있는 직업학교에 가거든요. 오늘 수업 자재 꺼내다가 먼지를 뒤집어썼지 뭐에요. 하하."

아무래도 저 상태로 있는 건 무리라는 생각에 우진은 서랍에서 티셔츠 하나를 꺼내주었다. 티셔츠를 갈아입은 세운은 자신의 몸보다 훨씬 큰 옷이 우스운지 피식 웃었다.

"이거 랩 하는 애들 같은데? 하하하."

그래도 좀 전보단 여유가 생겼는지 집 안을 둘러봤다.

"혼자 살아요?"

"부모님하고 같이 사는데, 지금 일이 있으셔서 대구에 계세요."

"그래요. 저 양반도 있길래 혼자 사는 줄 알았어. 하하, 뭐 일단 디자인부터 봅시다."

"아직 신발만 따로 그려놓지는 않았는데."

"괜찮아. 일단 보고 얘기하죠."

우진은 여교수 스케치를 보여주었고, 세운은 새삼스럽게 놀라워했다.

"진짜 좋네. 화가나 하지 그래요. 하하하. 무슨 스케치가 사진 같아. 저번에 멜빵 사진도 스케치랑 완전 똑같던데, 이것도 똑같이 나오면 예쁘겠는데요?"

"감사해요."

"그런데 이건 장식이죠?"

"아! 그거 가능할까요?"

"가만 보자. 안쪽으로 폴딩해서 다는 게 좋겠네. 그러려면 안감을 좀 질긴 거로 하고. 문제는 없을 거 같은데? 겉면은 베지터블 소가죽 면피 쓰면 될 거 같고. 색은 염색하면 나올 거 같네. 문제없겠어. 가죽값도 그렇게 안 나갈 거 같아."

듣던 중 가장 반가운 소리였다. 세운은 신발만 확대해서 보며 말했다.

"신발 디자인만 따로 뽑아서 보내줘요. 잔작업이 많아서 그렇지 어렵진 않겠어."

어렵지 않은 작업이라는 말에 일단 안심이 됐다.

"어? 이거 저 양반 같은데? 아닌가?"

신발을 보다가 페이지를 넘겨 본 세운은 매튜로 보이는 스케치에 고개를 갸웃거렸다.

"아! 매튜 씨 맞으세요."

그러자 매튜도 고개를 내밀었다. 그리고 스케치를 보고선 크게 동요하지 않았다.

"뒤에 선생님도 있긴 한데… 얼굴을 제대로 그리지 못했지만요."

"그래요?"

페이지를 넘겨보던 세운은 매튜와 마찬가지로 별다른 반응이 없었다.

"저 양반하고 옷이 똑같네? 그런데 날 왜 그렸대. 그럴 거면 정장 같은 거로 해주지! 하하하."

"그냥 그려본 거라서요."

"농담 가지고 뭘. 하하. 예쁘네. 이것도 백만 원이에요? 싸면 나랑 기브 앤 테이크 하지? 내가 이번 신발 만들어주고, 자기는 이거 만들어서 나 주고. 가격도 얼추 맞을 거 같은데."

"그냥 만들어 드릴게요. 면이랑 데님은 많이 있거든요."

바비가 보낸 원단을 가리켰다.

"됐네요. 그냥 기브 앤 테이크 해. 그게 마음 편하지."

"그래도 될지……."

"참 사람하고는."

"그럼 치수 좀 잴게요."

"치수? 나 95 입는데. 대충 만들지."

우진은 치수를 재기 시작했다. 가슴은 물론이고 팔뚝과 팔목 심지어는 무릎까지 치수를 재었다. 렌즈를 벗고 보이는 대로 치수를 재다 보니 상당히 오래 걸렸다.

우진이 치수를 모두 재자 세운이 피식 웃으며 일어섰다.

"원래… 이렇게 오래 걸리나? 치수를 무슨 30분이나 재. 참, 천천히 줘도 되니까 괜히 급하게 하지 말고요. 난 이제 가봐야겠네. 늦은 시간에 남의 집 있는 것도 예의가 아니니까. 하하.
아! 이 옷은 세탁해서 돌려줄게요. 고마워요. 하하."

*　　　　　*　　　　　*

　며칠 뒤. 할아버지가 병원에 입원하셨다는 얘기를 들었다. 언
제 돌아가실지는 모르기에 내려가려 했지만, 그때까지 반드시
살아 있겠다는 할아버지의 다짐과 호통이 섞인 말을 듣고 서울
에 남았다. 서울에 있긴 하지만, 마음은 편치 않았다.

　며칠 동안 대출을 알아봤다. 은행은 물론이고, 국가에서 지원
해 주는 청년창업을 위한 대출을 비롯해 캐피탈 대출까지 알아
봤다.

　주변에 보면 '난 대출 빚이 얼마다'라는 말을 종종 듣는데, 대
출 빚 있는 사람이 존경스러울 정도로 대출이 어려웠다. 은행에
서는 아예 불가능하다는 통보를 받았고, 창업 대출은 신청해 놓
은 상태였다. 그렇기에 당장 아무것도 할 수 있는 게 없는데 서
울에 있는 것이 마음 편치 않았다.

　복잡한 심정에 잠도 오지 않던 우진은 여교수의 패턴 작업도
전부 끝냈고, 옷 심지까지 전부 만들어놓은 상태였다. 그것도 부
족해 가만있으면 마음이 더 뒤숭숭했기에 성훈의 가게에도 다녀
왔고, 정신 나간 사람처럼 움직였다.

　간 김에 성훈의 치수도 쟀고, 바지에 필요한 리벳까지 부탁했
다. 지금으로선 계속 미안한 일만 생겼다. 가족은 물론이고 매
튜, 세운, 성훈까지.

우진은 집으로 돌아왔지만, 잠시도 가만있지 않았다.

"어디 다녀오셨습니까?"

"영등포 다녀왔어요."

매튜에게 미안하기도 한 데다 기름값도 아낄 겸해서 대중교통을 이용했다.

"불백?"

"아, 하하하. 아니요. 그냥 왔어요."

불백에 완전 꽂혀 있는 매튜였다. 우진은 밥 한 끼 제대로 대접도 못 하는 게 미안해 씁쓸한 미소를 지으며 방으로 들어갔다.

책상 위에는 할 일이 없어 밤새 만들었던 세운의 옷 원단이 놓여 있었다. 패턴까지 만들고 원단까지 오려놓은 상태였다. 그리고 우진은 아직 쉬고 싶지 않은지, 옆에 붙어 있는 매튜를 보며 말했다.

"매튜 씨도 이 옷 만들어 드릴게요."

"괜찮습니다."

"만드는 김에 만들어보려고요."

치수를 거의 30분이나 재는 통에 매튜는 의아해했다.

우진은 매튜의 치수를 잰 뒤 그에 맞춰 패턴을 그렸다. 치수에 맞게 패턴을 그리다 보니 보통 패턴들이 거의 직선임에 비해 우진이 그리는 패턴은 굴곡이 상당히 많았다.

매튜는 신기한 얼굴로 지켜봤다.

"제 체형대로 만드시는 겁니까?"

"아, 네."

"그냥 스판을 이용하시면 편하실 거 같습니다."

MD답게 바로 알아차리는 매튜였다. 하지만 우진이 본 바지는 신축성이 없는 데님이었기에 그럴 순 없었다. 그저 미소를 지은 채, 묵묵히 패턴을 그렸다.

패턴을 그리면서도 치수를 확인했기에 당연히 시간이 오래 걸렸고, 패턴 모양이 직선이 아니기에 원단을 재단할 때도 오래 걸렸다. 그러면서도 우진은 옆에 있는 매튜를 관찰했다. 과연 이 모양대로 재봉을 하면 매튜가 입은 것처럼 나올지 궁금했다.

"어디 가십니까?"

"당장 할 거 없어서 이 옷 만들어보려고요. 같이 가실래요?"

늦은 밤, 매튜와 함께 우진은 오랜만에 수선 가게로 향했다.

대부분 가게들이 문을 닫는 중이었다. 가게로 들어온 우진은 곧바로 그동안 하지 못한 청소부터 한 뒤 재봉틀을 살폈다. 오래된 기종이기에 바로 돌려 버리면 멈추는 경우가 있었기에 가운전을 몇 번 해본 뒤 데님 원단을 꺼냈다.

드르르륵— 드르륵—

원단도 매튜의 치수에 맞게 재단해 왔기에 선대로 재봉만 하면 되었다. 재봉 실력이야 학교 교수들도 인정해 준 실력이고, 어렸을 때부터 줄곧 해왔기에 어렵지 않았다. 그러다 보니 재봉이 순식간에 끝나 버렸다.

재봉틀에서 데님바지를 뺀 뒤 가게에 있던 송곳을 쥐었다. 그러고는 치수를 재가며 허리와 주머니에 구멍을 뚫기 시작했다. 그다음으로 성훈에게 얻어왔던 리벳과 버클을 꺼냈다. 그러고는 리벳을 박기 시작했다.

리벳을 박을 때 사용하는 손 몰드도 없어 자투리 천을 겹겹이 쌓아두고 망치로 박아댔다.

다행히 무리 없이 완성되었다. 재봉틀로 했다고 하더라도 엄청난 속도였다.

"벌써 다 만드셨습니까?"

"네, 한번 입어보실래요?"

매튜는 곧바로 바지를 벗고선 우진이 건네준 데님바지를 입고 마지막으로 버튼까지 잠갔다. 그러고는 앉았다 일어났다를 해보고 주머니에 손도 넣어보던 매튜가 얼굴을 찡그렸다.

*   *   *

"엄청 불편합니다."

"어……? 그런가요?"

우진은 비슷해 보이는 바지를 보며 고개를 갸웃거렸다. 보통 청바지처럼 치수대로 만들었다. 왼쪽 눈으로 보이는 대로 치수를 쟀기에 상당히 오래 걸렸는데 불편하다고 하니, 뭔가 실수한 건 아닐까 궁금해졌다.

마침 바지를 입고 있기에 비교하기가 쉬워서 우진은 매튜를 살폈다. 한참이나 살펴보던 우진은 이상한 부분을 발견했다.

벨트 고리 밑에 요크라는 삼각형 부분까지는 똑같았다. 그런데 마치 이중으로 된 것처럼 뒷주머니 밑에까지 이어졌다.

가만 살피던 우진은 허탈하게 웃었다.

'이렇게 요크를 만들면 엉덩이가 더 안 무너지겠구나.'

재단된 원단 형태가 달랐다. 바지 전체는 세로였는데 요크와 주머니는 대각선인 바이어스였다. 분명 그런 튼튼한 옷도 있었다. 하지만 그동안 요크와 주머니가 일체형인 건 없었다.

재봉은 물론이고 패턴까지 난이도가 말도 안 되게 올라가는 작업이었다.

우진도 과연 형태를 유지하면서 이렇게 만들 수 있을까 생각했다.

하지만 다시 해보려고 해도 패턴을 아예 새롭게 떠야 했기에 지금 당장은 불가능했다.

*   *   *

다음 날. 우진은 집으로 오자마자 밤새 패턴을 그려보고 수정하고를 반복했고, 패턴에 맞게 재단까지 해봤다. 그럼에도 잘 방은 깔끔했고, 방 한구석에는 밤새 재단한 원단이 차곡차곡 쌓여 있었다.

어느새 아침이 밝았고, 우진은 창밖으로 출근하는 사람들을 봤다. 익숙한 차가 보임과 동시에 우진은 정리해 놓은 원단들을 조심히 들어 올리고는 밖으로 나갔다.

"바로 가요."

"안 주무셨습니까?"

"이거 만들고 자려고요."

가게에 도착하자마자 우진은 깊게 숨을 들이마시고는 재봉틀을 한번 쓰다듬었다.

밤새 어떤 식으로 재봉해야 할지 생각했음에도, 과연 생각한 대로 나올지 걱정되었다. 그 때문에 여러 벌 패턴을 떠오기까지 했다.

우진은 곧바로 자리에 앉았다.

드르르륵—

미리 초크를 칠한 대로 거침없이 재봉틀로 원단을 밀어 넣었다. 그리고 옆에서 지켜보던 매튜는 그 모습을 보고 고개를 갸웃거렸다.

"선생님, 이 패턴은 이상합니다. 패턴이 아무리 종류가 많다고 해도, 주머니하고 요크가 일체형인 건 처음 봅니다."

"……."

"선생님?"

또 집중해서 아예 듣지도 못하는 우진이었다. 매튜는 어깨를 으쓱거리고는 뒤에 앉아 구경했다.

따로 떨어져 있던 패턴이 하나씩 붙어 점점 바지 모양이 잡혀 갔다. 잠시 뒤, 바지가 완성되자 우진은 벌떡 일어나 바지를 툭툭 털었다.

"이야! 성공했다! 어때요?"

"어제하고 별다른 차이점은 보이지 않습니다."

"그래요?"

차이점을 찾으려면 해체된 상태로 봐야 했기에 이해가 가는 대답이었다.

우진은 실망하지 않고 어제처럼 리벳을 박기 시작했다.

"휴, 다 됐다. 이거 한번 입어보실래요? 어제보다 엉덩이가 많이 편하실 거예요."

매튜는 별로 반기는 얼굴이 아니었다. 그럼에도 바지를 받아들고선 그 자리에서 갈아입었다. 그리고는 어제와 마찬가지로 앉았다 일어났다를 했고, 곧바로 우진을 쳐다봤다.

그런 매튜의 얼굴은 찡그리던 어젯밤과 완전 달랐다.

"뭡니까… 이게?"

"왜요? 어떤데요?"

"뭐랄까… 편한 것도 편한데, 엉덩이에 힘이 들어간 느낌입니다. 그런데 조이지도 않고."

우진은 환하게 웃으며 매튜의 엉덩이를 쓰다듬었다.

"보통 엉덩이까지 통으로 재단하잖아요. 세로로, 그러니까 직선으로 재단한 원단을 쓰는데, 이건 엉덩이까지 대각선으로 재단한 패턴 쓰거든요. 아, 나도 내 거부터 만들어볼걸. 편할 거라고 생각은 했는데 다행이네요."

매튜는 거울을 찾느라 고개를 좌우로 돌렸다. 큰 거울이 없었기에 매튜는 휴대폰으로 우진에게 촬영해 달라고 했고, 우진은 미소를 지으며 매튜가 원한 대로 촬영했다.

사진을 한참이나 보던 매튜는 바지를 벗었다. 그러고는 팬티 차림으로 재봉선을 뚫어지게 봤다. 재봉된 모든 곳을 빠짐없이 살펴보던 매튜가 천천히 고개를 들어 올렸다.

"선생님. 굉장히 편한데 앉았다 일어나도 핏이 무너지지 않습니다. 상당히 훌륭합니다. 이런 말씀 드리긴 그렇지만, 원단을 빼고 보면 제프 우드 제품보다 훨씬 마음에 듭니다."

"정말요?"

"그럴 게 아니라 이 바지를 판매해 보는 게 어떻습니까."

"그 바지는 매튜 씨 드리려고 만든 거예요. 사람마다 엉덩이 부위 치수가 전부 달라서, 다른 사람이 입으면 그렇게 편하지 않을 거예요. 그리고 세상에 하나뿐인 디자인이 모토인데……."

우진은 말을 하다 말고 고개를 돌려 패턴대로 잘라온 하얀색 면 원단을 바라봤다.

그동안 맞춤옷에 들어간 무늬는 두 개의 사각형 사이에 여러 개의 인피니티 기호가 있는 형태였다. 그런데 매튜와 세운의 옷에는 하나의 사각형 안에 큼지막하게 인피니티 기호가 새겨진 형태였다. 그리고 무엇보다 같은 옷이었다.

'혹시 디자인이 같은 건 네모가 한 칸인 건가?'

우진은 곧바로 티셔츠를 만들려고 가져온 원단을 들어 올렸다.

앞, 등, 양쪽 팔과 목에 들어갈 바이어스까지 전부 매튜의 몸에 딱 맞게 재단해 온 것들이었다.

우진은 일단 만들어보자는 생각으로, 재봉을 하기 전 왼팔에 완장처럼 보이는 무늬와 등에 무늬를 새기려 했다.

무늬가 염색이나 인쇄가 아닌 자수 형태였기에 자수를 해야 했다. 요즘 나온 재봉틀은 무늬가 그려진 파일을 USB로 옮기면 자동으로 자수가 가능하지만, 가게에 있는 재봉틀은 그런 기능이 없는 오래된 제품이었다.

전부 손으로 해야 했기에 우진은 원단에 다림질부터 했다. 그러고는 가게에 있던 하늘색 초크로 팔부터 무늬를 그렸고, 재봉틀을 다시 세팅하고 검은색 실을 준비했다. 자수를 자주 해보지 않았기에 약간 걱정되었다.

첫 올을 꿴은 우진은 숨을 깊게 들이마셨다.

드르르르— 드르르륵—

매튜도 방해가 될까 봐 숨을 죽이고 있었다. 가게 안에는 한 동안 재봉틀 소리만 들렸고, 곧 왼팔의 무늬가 완성되었다. 우진은 위치가 맞는지 매튜의 팔에 대보고 다시 치수까지 재보더니 팔보다 큰 등에 자수를 새기기 시작했다. 한참을 새기고는 또다시 확인했다.

매튜는 신기한지 우진의 옆으로 다가왔다. 기계도 아니고 사람 손으로 한 치의 오차 없이 무늬가 완성되었다. 치수 재는 것을 옆에서 본 매튜는 0.1㎜ 차이도 없이 가운데에 위치하게 만든 우진이 신기했다.

"흠……."

"이거 등에 들어갈 무늬인데. 어때요?"

"네, 일단 다 만들어보시죠."

매튜의 말대로 우진은 무늬가 정위치에 오게 시침을 한 뒤 재봉틀을 움직였다.

등판이 붙고, 팔이 붙고, 마지막으로 목과 소매, 밑단이 늘어나지 않도록 경사면으로 재단한 원단을 붙임으로 완성되었다.

"휴, 생각보다 티 만드는 게 오래 걸렸네요. 어떤지 입어보세요."

우진은 실밥 정리를 하고선 매튜에게 건넸고, 매튜는 자수 박은 것부터 어깨, 겨드랑이, 밑단까지 찬찬히 살폈다. 재킷을 만들 때 손바느질도 상당히 훌륭하다고 생각했는데, 재봉틀까지 완벽

했다.

디자이너는 아니지만, 그동안 봐온 게 있었기에 우진의 실력이 일류 재봉사에 비해 부족하지 않은 것이 느껴졌다.

"마음에 안 드세요?"

"아닙니다. 입어보겠습니다."

매튜는 그 자리에서 재킷과 와이셔츠를 벗고 우진이 만든 티를 입었다.

어찌 보면 그냥 하얀 티라 밋밋해 보일 수 있었는데, 팔에 새겨진 자수와 바이어스로 처리한 밑단이 밋밋함을 덜어주었다.

게다가 티셔츠를 치수에 맞춰 만들다 보니 티셔츠라기보다는 부드러운 셔츠를 입은 느낌이었다.

매튜는 바지까지 갈아입더니 옷을 한차례 쓰다듬었다.

"어떠세요?"

"어떻게 만드신 겁니까? 디자인은 베이직한데 바지처럼 핏이 무너지지 않는 느낌입니다."

매튜는 몸을 이리저리 돌려보고 앉았다 일어났다를 반복했다. 상당히 마음에 들어 하는 모습에 우진 역시 기분이 좋았다.

"선생님, 아까 말씀드렸듯이 판매를 해보는 게 좋을 것 같습니다. 홈페이지에 치수만 남겨놓도록 하면 직접 찾아가시는 번거로움도 없으실 겁니다. 게다가 이 무늬… 판매하실 생각으로 다르게 하신 거 같은데, 이번에 해보시죠. 수작업에 일류 재봉이라면 위, 아래 한 벌 30만 원 정도로 하시고요."

매튜의 오해이긴 하지만, 괜찮을 것 같긴 했다. 다만 문제는 살 사람이 있을까 하는 걱정이었다.

"팔릴까요?"

"주문이 들어올 때만 만들면 되니까 재고 처리할 필요도 없습니다. 한번 올려보죠. 홈페이지에는 제가 준비하도록 하겠습니다. 전부 수작업이니 20벌 한정으로 판매해 보죠. 리미티드 에디션. 시리얼 번호처럼 번호도 매겨서 판매하는 겁니다."

리미티드라고 해도 줄 서서 살 것 같진 않았지만, 밑져야 본전이었고, 지금으로서는 할 수 있는 게 이것 말고는 없었다.

우진이 고개를 끄덕거리자, 매튜는 옷도 갈아입지 않고 곧바로 노트북을 펼쳤다.

*   *   *

영등포에 있는 성훈에게 들러 신발에 들어갈 장식을 받았다. 간 김에 성훈의 치수도 재 왔다. 성훈은 백만 원이 넘는 정장일 줄 알고 극구 사양했지만, 티셔츠와 청바지라는 말에 수긍했다.

매튜처럼 전체적으로 치수를 쟀는데, 신중하게 재는 모습에 정장이 아니냐고 되묻기도 했다.

장식을 받고 우진은 곧바로 신설동으로 향했다. 그리고 세운슈즈에 도착한 우진은 차에서 내리기 전 매튜를 힐끔 봤다.

어제 만들어준 하얀 티에 검은색 바지를 그대로 입고 있었다.

세운이 같은 옷을 좋아할지가 약간 걸리긴 했지만, 이미 스케치를 보고 좋은 반응을 보이기도 했고, 무엇보다 입어본다면 매튜처럼 마음에 들어 할 것이라 생각했다. 그만큼 최선을 다해 만들었고, 우진도 직접 만들어 입고 있었다.

딸랑.

"선생님, 계세요?"

"우진 씨 왔어? 들어… 두 사람 옷이 똑같네?"

이제 세 사람이 같은 옷을 입게 될 텐데, 오자마자 같은 옷이라는 말에 뜨끔했다. 그때, 매튜가 들고 있던 박스부터 내밀었다.

"선생님이 밤새워 가며 만드신 겁니다."

"뭐, 고맙긴 한데. 이것도 완전 똑같은 건 아니죠?"

우진은 멋쩍게 웃기만 했고, 상자를 열어본 세운은 이마를 긁적거렸다.

"이거 뭐 유니폼 맞춘 거 같네……."

우진도 전부터 자신의 일을 도와주는 사람들에게 이 옷이 보여 유니폼은 아닐까 하고 생각했었다. 우진은 가볍게 웃었고, 매튜는 세운에게 다가갔다.

"입어보시죠."

"지금요? 나중에 입어볼게요."

"한번 입어보시죠. 만족하실 겁니다."

"아, 이 사람, 참. 알았어요! 내가 입을게요. 어허! 내가 입는다니까!"

세운은 옷을 들고 가게 안쪽으로 들어갔다. 그리고 잠시 뒤 우진, 매튜와 같은 옷을 입고 세운이 나왔다.

"이거 엄청 편한데? 몸에 붙는 거 같은데 실제로는 붙지도 않고. 이야, 입어보니까 느낌도 제법 살고. 나 멋있지 않아요? 하하."

세운은 어제 매튜가 했던 대로 이리저리 움직였다. 우진은 그 모습을 웃으며 바라봤고, 매튜는 어떠냐는 얼굴로 세운을 봤다. 그러자 세운이 활짝 웃으며 엄지를 내밀었다.

"이거 진짜 좋은데요? 이래서 맞춤옷, 맞춤옷 하나 보네. 아, 정말! 너무! 마음에 드는데?"

"나중에 필요하시면 I.J 홈페이지에서 판매할 예정이니까 구매하시면 됩니다."

세운은 힐끔 놀라더니 웃고 있는 우진을 향해 물었다.

"이거 팔아? 얼만데?"

"티랑 바지랑 해서 30만 원에 팔려고요. 혹시 비싼 거 같으세요?"

"전부 직접 만들었다며. 괜찮은 거 같네. 팔리긴 팔렸어요?"

"아직이요. 어제 올려놨거든요."

"좋은데 팔리겠지. 나도 인터넷으로 장사할까 봐. 에이, 그래도 안 팔리겠지."

세운은 가게에 있던 구두들을 보며 고개를 저었고, 우진은 그런 세운을 조심스럽게 봤다.

그렇지 않아도 왼쪽 눈으로 본 신발까지 같이 판매했으면 하는 바람이 있었다. 그리고 무엇보다, 구두까지 신고 나면 다음에 어떤 옷을 입고 있을지 궁금했다. 다만 돈이 없어 꾹 참고 있었다.

"저, 그럼 세트로 같이 팔아볼까요? 지금 20벌만 팔려고 하거든요. 주문이 들어올지 안 들어올지 모르겠는데, 주문이 들어오면… 그때 만드시면 되는데."

"그럴까? 디자인은 내 디자인으로?"

"그게……."

"농담이야. 그런데 저 양반한테 물어봐요. 돈이 껴 있는 일이니까."

세 사람은 마치 협상을 하듯이 대화를 나눴다. 한참이나 의견을 조율한 끝에 만족할 만한 결과가 나왔다.

"그런데 구두 포함했다고 가격이 너무 확 올라가는 거 같은데? 60만 원이라… 음."

"30만 원에서 20%를 'I.J'가, 80%를 '세운 슈즈'에서 가져가면 됩니다."

"난 좋은데. 그래도 돼요?"

"하청 업체가 아니라 협력 업체니까요. 조만간 계약서를 작성해서 가져오겠습니다."

"이거 뭐 그쪽이랑 우진 씨 덕분에 먹고사네. 이참에 그냥 가게 이름도 I.J로 바꿔 버릴까? 하하하."

*　　　　　*　　　　　*

며칠 뒤.

뉴욕 제프 우드 본사의 제이슨은 매튜에게 온 보고서를 보고 있었다. 역시나 보잘것없는 내용이었다. 다만 회사 직원들을 통해 새로운 것을 알아냈기에, 그 내용을 직접 확인 중이었다.

"이게 뭐야? 심플해 보이네. 마지막 발악인가 보군. 매튜도 곧 돌아오겠어."

그때, 노크도 없이 사무실 문이 열렸고, 제이슨은 들어온 사람을 보지도 않고 입을 열었다.

"화내지 말고 앉아."

"내가 인터뷰하기 싫다고 했지!"

"파리 컬렉션 하기 전에 네 이름 브랜딩 작업 하는 거니까 싫어도 해. 마케팅 팀에서도 신경 써서 준비했어."

"내가 아직도 그런 걸 해야 해? 나 제프 우드야!"

"그럼 안 할 거야? 데이비드는 이미 했다는데."

"뭐? 그 자식은 디자이너라는 놈이… 가만 보니까 열받네. 언제는 상업적이니 개소리하더니 지가 더 상업적이네. 당장 인터뷰 잡아."

"인터뷰도 아니야, 그냥 너 작업하는 거 촬영하고 말 몇 마디 나누면 돼."

제이슨에게 쉽게 넘어간 제프는 소파에 털썩 앉았다. 그러고는 제이슨을 보며 웃었다.

"그나저나 너 소문 안 좋더라. 내가 이런 말 하기 싫은데, 너랑 매튜 그 사람이랑 고르라고 하면 난 매튜 따라갈 거야. 하하하."

"흠."

"하하. 아, 기분 좋다. 참, 매튜는 잘하고 있대?"

"곧 미국으로 올 거 같다."

"왜? 벌써 그렇게 잘됐어?"

"일할 곳이 없으면 돌아와야지. 곧 망할 거 같거든."

제프는 얼굴을 찡그렸다. 그러자 제이슨이 통쾌하다는 듯 어깨를 으쓱거리고는 모니터를 돌렸다.

"이게 네가 말한 그 디자이너가 처음 선보이는 리미티드 에디션이란다."

"음? 그냥 기본인데. 이름이 I.J 베이직 No.1 리미티드? 좀 내려봐. 아니, 좀 더. 원단도 특별하지도 않고, 패턴도 원래 패턴도 아니고. 맞춤옷이나 하지, 왜 이런 쓰잘머리 없는 짓을 하는 거지? 아니지, 매튜가 찬성했으니까 했겠지. 왜 찬성한 거지?"

"찬성이 아니라, 포기지. 후후."

제프는 자리를 옮겨 제이슨을 밀쳐내고 마우스를 잡았다. 그러고는 세세하게 살피는데, 문득 바비가 떠올랐다.

그때도 옷만 보고서는 이상하다고 생각했다. 그런데 막상 옷을 입은 바비는 누구보다 멋있었다. 바비만 그런 게 아니라 한국에서 봤던 원피스도 마찬가지였다.

제프는 자신이 못 본 무언가가 있는지 뚫어져라 살펴봤다. 하지만 아무리 봐도 특이한 점을 찾지 못했기에 답답해져 갔다.

"아! 일단 구매해 보자!"

"뭐, 이걸? 네가 다른 사람이 만든 걸 입는다고?"

"시끄러워. 이거 어떻게 주문해야 해?"

제이슨은 신기한 듯 제프를 봤다. 항상 자신이 만든 옷만 입고 다녔는데, 무슨 바람인지 다른 사람이 만든 옷을 사려 했다. 한참을 생각하던 제이슨은 이유를 알았다는 듯 피식 웃었다.

"그래, 이 정도 도움이야 뭐."

제프는 제이슨을 신경 쓰지 않고, 주문하는 곳을 찾았다. 그런데 주문을 하려던 제프는 고개를 갸웃거렸다.

"뭔 티셔츠, 청바지를 만드는 데 치수가 이렇게 필요해. 어깨부터 쇄골 안쪽까지? 겨드랑이부터 팔꿈치까지? 뭐야, 이게? 엉덩이는 왜 이렇게 많아. 'Coccyx'가 꼬리뼈 맞지? 꼬리뼈부터 골반까지? 여긴 왜?"

"하하하하, 개그하려고 하는 거네."

"바지만 벌써 치수가 30개가 넘어! 이거 귀찮아서 주문하겠어?"

유난히 크게 웃는 제이슨을 노려본 제프는 고개를 젓고는 자신이 알고 있는 치수를 착실히 작성했다.

"오금? 오금이 뭐야. 아, 여기 있네. 무릎 뒤구만. 제이슨 여기 좀 재봐."

"뭐?"

"엉덩이 밑부터 무릎 뒤까지. 그리고 거기부터 복숭아뼈까지. 재줘."

제이슨은 고개를 저으면서도 제프가 해달라는 대로 치수를 쟀다. 그러면 제프는 다시 치수를 작성했다.

"팔을 올리고, 올린 상태에서 겨드랑이부터 골반 위 뼈? 어딜 말하는 거야. 여긴가? 제이슨! 여기 재줘!"

*　　　　　*　　　　　*

한편 서울 신정동에 있는 커피숍도 비슷한 상황이 벌어졌다.

"언니! 어차피 오빠가 언니 옷 공짜로 만들어준다고 했잖아! 뭐 하러 사려고 그래!"

"선생님 힘드셔."

"선생님 같은 소리 하네."

"뭬질라고, 말 예쁘게 해라."

"아오! 짜증 나! 너나 예쁘게 해라! 이것도 네가 재! 나 안 해!"

미자는 카운터를 나간 미숙을 한 번 쳐다보는 게 끝이었다. 그러고는 마저 할 일을 했다.

"왼쪽 골반부터 오른쪽 골반까지. 선생님이 쟀으면……."

그때, 홀에서 미자를 보던 미숙이 고개를 절레절레 저었다.

"미쳤어, 미쳤어. 야! 언니! 그리고 그거 잴 때, 외국인이 재더라!"

*   *   *

수선 가게 안에서 매튜와 우진이 설전을 벌였다.

"선생님, 이럴 거면 판매할 이유가 없습니다. 돈을 돌려주겠다니요!"

"그래도요."

"미자 양은 전에 모델비로 약속하셨으니까 저도 충분히 이해합니다. 그런데 제프 씨까지 그냥 보내주실 필요는 없습니다."

"어떻게 그래요. 매튜 씨를 보내주신 것도 그분이잖아요."

"절 보낸 건 제프 씨가 아니라 제이슨 대표입니다. 두 벌 주문 왔는데 옷도 공짜로 주고 신발까지 선생님이 부담하시겠다는 건 말이 안 됩니다."

처음 주문을 확인했을 때는 흥분에 심장이 터질 것 같았다. 하지만, 주문자를 확인했을 때는 언제 그랬냐는 듯이 근심이 가득한 얼굴로 변했고, 그 얼굴이 지금까지 계속되었다.

"앞으로도 친분이 있는 사람이면 계속 공짜로 만들어주실 생각이십니까? 저도 지금 맞춤옷을 기다리고 있는 고객이 없었으면 찬성했을 겁니다. 하지만 지금 그럴 때가 아닙니다. 이 두 벌만 판매해도 바로 작업에 들어가실 수 있습니다."

옷은 이미 완성된 상태였다. 신발만 도착하면 검은색 바탕에 I.J 로고가 새겨진 박스에 담아 배송하기만 하면 끝인데, 돈을 받기가 영 껄끄러웠다. 하지만 이제는 잔고가 0원이었다.

"이번은 제 말대로 하셨으면 합니다. 빨리 정하고 선생님도 쉬셔야 합니다."

"안 피곤해요."

마음이 초조하다 보니 지금 상태로는 어차피 잠도 오지 않았다. 집에 가봐야 동연대 교수의 옷을 다른 옷감으로 만들어볼 게 뻔했다.

"아! 매튜 씨, 그럼 두 벌을 보내면 어떨까요? 티 2벌, 바지 2벌. 그리고 자수로 라벨 만드는 건 어때요? 신발은 한 켤레만."

"좋습니다. 어차피 20명만 만들 생각이었으니까 거기까지는 괜찮습니다."

어차피 치수대로 만들어놓은 패턴도 있었기에, 작업하는 시간은 오래 걸리지 않을 것이다. 그렇게라도 해야지 마음이 편해질 것 같았던 우진은 곧바로 집으로 향했고, 가게에 남아 있던 매튜는 고개를 절레절레 저었다.

*　　　*　　　*

며칠 뒤. 제프 우드의 디자인실이 촬영 팀으로 붐볐다.

"너희들이 촬영해? 왜 그렇게 카메라를 신경 써. 조안나! 인터뷰 끝났으면 바로바로 와! 왜 거기서 노닥거리고 있어! 그리고 베리 창 가능하대? 밥 스타일로 머리카락 자르는 거."

"전달은 했는데 아직 답변이 안 왔습니다."

"그러니까 확인하라고. 런웨이 안 선다고 하면 다른 모델로 골라야지. 언제까지 기다릴래."

"지금 확인하겠습니다……."

"내가 지금 촬영 때문에 예민한 거 알지? 빨리빨리 움직여라."

제프의 팀원들은 차라리 촬영이 없는 편이 편했다. 라이벌 '헤슬'의 데이비드 영상을 봤는지, 그보다 잘 나오려고 안 해도 될 말을 쉴 새 없이 해댔다.

"넌 또 어디 가!"

"선생님 이름으로 뭐 왔다고 해서요."

"뭐가 와! 아, 벌써 왔나? 내 건데 왜 네가 가! 웃긴 놈이네."

제프는 촬영 팀에게 양해를 구하고 자리를 비웠다. 그러자 촬영 팀은 숨이 막혔는지 제프가 나간 모습을 확인하자마자 숨을 크게 쉬었다. 직원들 중 제프를 가장 많이 겪은 조셉이 그 모습을 보고 웃으며 말했다.

"선생님이 일에 관해서만 깐깐하셔서요. 그 외에는 터치 안 하시니까 너무 긴장하지 않으셔도 돼요."

"그래요? 아까 인터뷰할 때하고는 조금 다른 분 같아서… 휴."

"평소에도 저러면 다 도망갔죠. 후후."

그때, 커다란 상자를 들고 제프가 돌아왔다. 곧바로 책상 위에 올려놓더니 포장지를 찢었다. 그러고는 기대가 가득한 얼굴로 손을 비볐다. 그 모습에 리포터는 용기를 내 질문을 했다.

"제프 씨 작품이 도착한 건가요?"

"음? 이거요? 이거 이번에 내가 산 옷인데."

제프의 말에 디자인실 직원들의 손이 멈췄다. 그러고는 동그래진 눈으로 제프를 봤다.

갑자기 이상해진 분위기에 촬영 팀은 질문을 잘못한 건가 걱정했다. 하지만 디자이너들의 속삭임에 그 이유가 아니란 걸 알았다.

"뭘 사? 잘못 들은 거 아니지?"

"옷 샀대……."

"말도 안 돼. 속옷까지 자기가 만들어 입는 사람이 옷을 샀다고?"

"뭘 산 거야? 저 로고는 처음 보는데."

옆에서 들리는 직원들의 말에 카메라는 저절로 제프가 내려놓은 박스를 찍었다. 디자인실에 있는 모든 사람이 제프를 보고 있었고, 제프는 그저 상자를 보며 웃었다.

미소를 띤 채로 제프는 이내 상자를 열었다. 제일 위에 있는 것은 구두였다.

제프는 구두 한쪽을 들어 올리고선 고개를 갸웃거렸다.

"구두도 만들어? 그냥 옷만 만들지 뭘 신발까지."

구두에 붙어 있는 무늬를 보던 제프는 입맛을 다시고는 구두를 살폈다. 그다지 특별할 게 없어 보이는 디자인에 제프의 얼굴은 조금씩 굳어갔다. 그러고는 신발을 신어보려 신고 있던 신발을 벗었다.

발을 끼는 순간, 제프의 혀가 살짝 나왔다.

"제대로 만들었는데? 안감이 돼지가죽인 거 보면 비쌀 거 같지 않은데, 손질이 장인 수준인데?"

제프의 말에 촬영 중이란 걸 잊은 디자이너들이 몰려들었다. 그러자 제프가 남은 한쪽을 팀원들에게 보여주었다.

팀원들도 신발을 살펴봤고, 넉 오프 한 것 같은 디자인에 금세 흥미를 잃었다. 다만 제프가 왜 이런 제품을 구매했는지가 궁금했다.

그때, 디자이너들 중 한 명이 고개를 갸웃거렸다.

"이거, 마감 어디에서 했는지 찾을 수 없는 거… 아드리아노 선생님 특기 아닌가……? 이 신발도 마감 처리가 안 보이는데?"

"뭐?"

"헤슬이 아드리아노 선생님하고 끝나고선 더 이상 안 나오잖아."

제프도 그 말을 듣고선 구두를 낚아챘다. 그러고는 천천히 돌려가며 살폈다. 아드리아노가 이미 죽은 사람이란 걸 아는 제프는 과연 누구의 솜씨일까 궁금했다. 그리고 우진에게 잠시 실망했던 것이 미안해졌다.

제프는 양발에 구두를 신고선 다음 박스를 열었다. 옷은 주름이라도 질까 천에 싸여 있었다. 접는 부분마다 천을 넣어놓은 모습에, 얼마나 신경을 썼는지 느껴졌다.

제프는 씨익 웃고는 옷을 들어 올렸다.

하얀색 긴팔 티셔츠. 상당히 평범한 티셔츠였고, '베이직 No.1'이라는 이름처럼 굉장히 기본적으로 보였다. 하지만 제프는 조금 전처럼 실망하기 앞서 하나하나 살폈고, 재봉 자체는 흠을 찾아볼 수 없었다.

"왜 똑같은 거를 두 벌이나 보냈어?"

제프는 바지까지 확인한 뒤, 책상 위에 티셔츠와 바지를 올려놓았다. 그러고는 한참을 보더니 옷을 들고 안으로 들어갔다. 그러자 직원들이 왜 저런 옷을 샀는지 이해하지 못하겠다는 듯 수군거렸다. 그리고 잠시 뒤 제프가 그 옷을 입고 나왔다.

"신기하네."

옷을 입은 채 발을 올려보는 제프의 모습에 다들 궁금해했다.

"너희들 이거 어때 보여?"

"그냥 로우 데님인 거 같은데… 스트레이트 같으면서도 스키니 같고, 핏은 괜찮습니다."

"너희들이 봐도 그렇지? 이상하네."

"뭐가 이상합니까?"

"입었는데 전혀 걸리적거리질 않아. 엉덩이 봐봐. 레깅스처럼 라인 죽이지?"

제프가 엉덩이를 내밀자, 디자이너들은 아무렇지도 않게 엉덩이를 유심히 쳐다봤다. 그럼에도 그냥 청바지 같다는 느낌에 그러려니 했다.

"이걸 어떻게 설명해야 하지. 분명 핏은 이런데 느낌이 달라. 내가 만든 옷보다 더 내 옷 같은 느낌? 아, 모르겠다. 너희도 거기 있는 옷 입어봐."

마침 두 벌이었기에 궁금해하던 직원들 중 제프와 체형이 가장 비슷한 조셉이 바지를 입고 나왔다. 그런데 표정이 영 불편해 보였다.

*　　　　*　　　　*

조셉은 옷을 이리저리 당기며 말했다.

"전 너무 불편한데요. 엉덩이는 딱딱한 거 같은데 입으니까 헐렁해요. 그리고 허벅지는 껴서 핏도 이상하고요. 지퍼 부분은 겹쳐서 호보 룩처럼 돼버리는데요."

"어? 난 안 그러는데? 나 봐봐. 벨트를 안 차도 하나도 안 흘러내리잖아."

제프는 많은 사람들 앞에서 거침없이 몸소 자신의 중요한 부분을 쓰다듬으며 보여주었다. 그러더니 조셉에게 다가가 관찰하기 시작했다. 조셉의 앞부분도 살폈고, 군데군데 전부 살피던 제프는 문득 30개가 넘는 치수를 적었던 것이 떠올랐다.

제프는 곧바로 줄자를 가져와 조셉이 불편하다고 하는 곳마다 치수를 쟀다.

당연히 조금씩 차이가 있었다. 심지어는 1㎝ 정도 차이밖에 안 나는 곳도 불편하다고 했다.

제프는 줄자를 내려놓고 기가 막힌지 웃어버렸다.

"너희들 이 티랑 바지를 어떻게 만들었는지 알아?"

"재봉 보면 기계 재봉인데, 그냥 공장에서 찍은 거 같은데요. 자수도 그렇고."

"하하. 아니, 이거 전부 손으로 만든 거야. 내 체형에 맞게 그대로. 그래서 나만 편하게. 신기하네. 티는 그렇다 쳐도 바지는 왜 이렇게 편한 거야? 희한하네. 뭐, 딱히 특별해 보이진 않는데."

제프도 처음에는 그저 공장에서 찍었다고 생각했다. 하지만 아니었다. 일반적으로 옷을 만들 때는 우진이 요구한 만큼의 많은 치수가 필요하지 않았다. 우진은 상체만 하더라도 어깨 윗선, 옆선, 가슴둘레, 배둘레, 아랫배 둘레 등 엄청나게 많은 곳의 치수를 요구했고, 하체에서는 그보다 더 많은 곳의 치수를 요구했다.

그리고 그 이유를 보여주었다.

통계적인 체형에 맞춘 캐주얼룩이 아닌 자신만을 위해 손수 제작한 캐주얼룩이었다.

"너희들도 궁금하면 구매해 봐. 신발까지 580달러밖에 안 해."

"비싼데요?"

"뭘 비싸! 분명 만족할 거다."

그때, 옷을 내려놓던 조셉이 상자 안에 있던 천 조각 하나를 들어 올렸다.

"선생님, 이건 뭐죠?"

"그게 뭐야. 손수건인가? 이리 줘봐."

제프는 손바닥만 한 천 조각에 적힌 글을 보며 고개를 갸웃거렸다.

"5? 숫자 오? 다른 의미가 있는 건가?"

제프는 고개를 갸웃거리고는 5가 적힌 천을 다시 상자에 담았다. 그리고는 곧바로 전화를 꺼내 들었다.

"나야."

—네, 선생님. 안녕하셨어요. 정말 감사…….

"됐어. 뭐가 그렇게 길어. 옷 좋더라."

제프의 칭찬에 디자이너들은 턱이 빠져라 입이 벌어졌다. 지금까지 함께 일하면서 칭찬을 받아본 적이 없었다. 최고의 칭찬이라고 해봤자 수고했다, 라는 말이 끝이었는데, 얼마나 마음에 들었는지 옷이 좋다는 말을 했다.

"그런데 아드리아노. 내가 무슨 말 하는 줄 알지?"

—네. 아드리아노 선생님 자제분하고 같이 일하고 있어요.

"뭐? 흠… 그랬군. 그리고 말이야, 여기 박스 안에 들어 있던 자수로 새긴 5는 뭐야?"

—그거 매튜 씨가 필요하다고 해서…….

"뭔데."

—5번째로 만들었다는 라벨이에요.

"뭐! 후우. 그럼 매튜는! 매튜는 내 뒤지?"

—그게… 제일 처음에 만들어서… 첫 번째.

제프는 다섯 번째라는 게 마음에 안 드는지 얼굴이 붉으락푸르락거리더니 전화를 끊었다. 통화 내용을 듣지 못한 사람들은 갑자기 화를 내는 제프를 조심스럽게 바라보기만 했다.

"와! 내가 한국에 있었으면 첫 번째인데! 아, 열받는다."

그러자 취재 중이던 리포터가 아주 조심스럽게 질문을 던졌다.

"이 제품이 한국 제품인가요? 다들 처음 보는 반응이던데요."

"여기요? 생각하니까 또 열받네. 여기 디자이너를 영입하려고 했는데 실패했어요."

*　　　　*　　　　*

새벽까지 가게에 있던 우진은 제프와 통화를 마치고 멋쩍은 얼굴로 웃었다. 다행히도 마음에 들어 하는 것 같았다. 다만 다섯 번째라고 했을 때, 화를 냈긴 했다. 하지만 순서가 다섯 번째였기에 어쩔 수 없었다.

"제프 선생님이 뭐라고 하십니까?"

"옷 좋다고 하셨어요."

"호… 극찬을 받으셨군요. 축하드립니다."

우진은 멋쩍게 웃었다. 그때, 가게 문이 열렸다.

"아! 여기, 너무 무섭다. 시장에 불 다 꺼져 있는데 여기만 불 켜져 있어."

"오셨어요?"

하얀 티에 검은색 데님바지를 입고 있는 세운이 보였다. 세운까지 그 옷을 입고 오자 세 사람이 모두 같은 옷이었다. 가게가 좁아 들어오진 못하고 문을 열고 있던 세운도 그 모습이 웃긴지 피식 웃었다. 그러고는 자신의 발을 들어 올렸다.

"우진 씨, 어때!"

"벌써 만드셨어요?"

"그럼요! 그리고 이거."

"이게 뭐예요?"

"내가 허락을 받았어도 미안해서 어떻게 나만 신어. 우진 씨

거하고 저 양반 거랑, 그리고 그 장식 만드시는 분, 그분 것까지 다 만들었지. 하하."

"아… 번거롭게. 감사해요."

세운이 신발을 만든다고 허락을 구할 때, 우진은 그저 완성된 모습을 볼 수 있다는 기대감에 허락을 했다. 그런데 자신의 구두까지 만들어 올 줄은 몰랐다. 미안한 마음, 고마운 마음, 기대감까지 여러 감정이 뒤섞였다.

세운은 어쩐 일인지 매튜에게 영어로 설명해 주면서 구두를 줬고, 매튜는 세운에게 처음으로 미소를 보였다. 우진은 그사이 렌즈를 빼고 구두를 신고 있는 세운을 봤다. 저 옷 다음엔 어떤 옷이 보일까. 내심 기대한 대로 세운에게 환한 빛이 보였다.

세운이 옷이나 신발 중 어느 한 부분을 벗어야 빛이 사라지고 다음 옷이 보이기에, 우진은 세운에게 들어오라고 손짓했다.

"아! 신발 벗고 들어오세요."

"응? 뭐야, 시멘트 바닥이구만 뭔 신발을 벗어. 이거, 이거. 임 선생님, 농담도 할 줄 알고. 하마터면 진짜 벗을 뻔했네. 하하."

우진은 헛기침을 했다.

그때, 옆에 있던 매튜가 구두를 신어봤는지 빛이 났다. 우진은 계속 침착하자고 생각하며 다짐했다. 덕분에 빛이 나는 사람이 두 명이나 있는데도 침착한 모습을 유지할 수 있었다.

우진은 매튜와 세운을 살피며 구두를 신어봤다.

"굉장히 편안하네요."

"그럼! 우진 씨 많이 돌아다니니까 발 편하라고 인솔 만들 때 엄청 신경 썼어. 그거 돈피에다 라텍스 붙인 거야. 엄청 편할 거야. 하하."

자부심이 가득한 세운이었다. 그가 만든 구두는 자부심을 가져도 될 만큼 정말 편했다. 구두임에도 불구하고 운동화 같은 느낌이었다.

매튜는 세운의 말을 듣고 확인하려고 신발을 벗으려 했다. 우진은 표정 변화는 없었지만, 내심 떨리는 마음으로 매튜를 바라봤다.

매튜가 신발을 벗자 빛이 사라졌다.

그런데 생각지도 못한 일이 벌어졌다.

눈에 보인 건 같은 디자인이었다. 다만, 긴팔이 아닌 반팔일 뿐.

매튜는 팔뚝까지 드러나자 너무 앙상해 보였다. 다른 사람처럼 단점을 보여주는 것도 아니고, 상당히 특이한 디자인도 아닌 평범한 디자인만 보이고 있었다.

그때, 세운이 매튜에게 설명을 해주려는지 자신의 신발도 벗었다.

"봐요! 여기 겹겹이층. 보이죠? 원래 시중에서 파는 건 돈피, 라텍스 두 겹, 땡! 그런데 내가 만든 건 돈피, 라텍스 3㎜, 다시 돈피 마무리, 라텍스 1㎜. 하하하."

우진은 신나서 설명하는 세운을 봤다. 그런데 왜 세운까지 똑같은 반팔을 입고 있는 것인지 쉽게 이해되지 않았다.

만약에 미자만 없었더라면 예전에 세운이 말한 것처럼 I.J 유니폼이라고 생각할 수도 있었다. 그런데 아무런 상관없는 미자가 끼어버리니까 좀처럼 생각이 정리되지 않았다.

*　　　　　*　　　　　*

　강의를 듣고 계단을 내려가던 미자는 이상함을 느꼈다. 힐끔거리는 느낌과 자신을 보고 수군대는 모습. 오해가 금방 풀리긴 했지만, 전에도 한 번 비슷한 일을 겪었었다.

　혹시 또 이상한 소문이 난 건 아닐지 지레 겁부터 났다. 그러자 함께 다니던 친구들이 미자의 등을 때렸다.

　"소문났나 보네!"

　"뭐가 소문나?"

　"너 거지라고. 며칠째 그 티셔츠에 그 바지만 입고 다니잖아. 너 냄새나. 푸하하."

　"닥쳐."

　"추리닝에서 벗어나나 했더니, 이제는 옷을 안 갈아입어요! 우리 미자! 꾸미자, 좀!"

　자기들끼리 신나서 놀리는 걸 무시하고, 미자는 옷을 잡아당겨 냄새를 맡아보곤 계단을 내려갔다. 건물을 나온 미자는 다음 교양수업이 요가였기에 체육관으로 향했다.

　자리를 잡은 미자에게 다시 수군거리는 소리가 들렸다. 교양필수이다 보니 같은 과 학생들도 많았지만, 타 학과 학생도 있었다. 요가 수업이라서 그런지, 모델 전공을 하는 학생들도 많이 보였다.

　미자는 불안함과 불쾌감이 동시에 들어 수군거리는 무리를 향해 고개를 돌렸다. 그리고 친구들도 마찬가지로 얼굴을 잔뜩

구긴 채 미자를 도왔다. 그러자 여학생들 사이에 있던 남학생이 머리를 긁적이며 다가왔다.

"야, 너 아니다. 나였나 봐. 미자야, 너 냄새나니까 좀 떨어져 있어."

훤칠한 남학생의 모습에 설레발치는 친구들이었다. 그사이 한 남학생이 다가왔다.

"저기요."

"네? 저희 남자 친구 없어요! 푸하하하."

"쪽팔리니까 닥쳐, 좀……."

"하하, 그게 아니라, 여기 이분한테 궁금한 게 있어서요. 혹시 그 옷 어디 제품인지 알 수 있을까요?"

미자는 한 번 크게 데여서인지 의심부터 하고 있었고, 대신 친구들이 판매원이라도 된 듯 동시에 입을 열었다.

"알 만한 사람은 다 아는데."

"여기 선생님이 엄청 유명해요!"

"우리 미자는 거기 모델이고요!"

그러자 남학생이 동의한다는 듯 고개를 끄덕였다.

"네, 패션바이블에서 그 옷이 나왔더라고요. 셰프 우드가 사서 입은 옷이라고 하면서."

"패션바이블? 그게 뭔데요?"

"아! 옷이나 시계, 구두, 액세서리 등 패션에 관한 건 전부 나오는 프로그램이에요. 세계적으로 유명하거든요."

말을 듣는 순간 미자의 눈이 동그랗게 커졌다. 그러고는 친구들을 향해 고개를 천천히 돌렸고, 친구들의 놀란 얼굴을 확인했다.

"짧게 나오긴 했는데, 디자이너가 한국 사람이라고 해서 다들 궁금해하거든요. 번역된 거 Y튜브에 있는데 한번 보세요. 그 전에 어디 제품인지 알 수 있을까요?"

"I.J요. I.J 옷이에요……."

미자는 이상한 감정이었다. 잘된 것 같아 좋기도 하면서, 혼자만의 비밀을 남들과 공유하는 마음에 서운한 감정도 들었다.

그사이 친구들은 Y튜브로 영상을 찾았다. 1분이 조금 넘는 영상이었다. 미자도 그제야 친구 휴대폰으로 고개를 돌렸다.

패션에 관심이 없다 보니 제프라는 사람도 처음 보는 얼굴이었다. 그런 사람이 자신과 똑같은 옷을 입고 조그만 천을 흔들고 있었다. 그러고는 옷에 대한 칭찬을 한참 동안 했다.

─디자이너를 영입하려고 했는데 실패했어요. 사실 얼마 전 한국에도 다녀왔거든요.

─한국이요? 사우스 코리아? 그 디자이너 옷이 그렇게 특별한가요?

─아주 기본적인 디자인으로 나만을 위한 옷이란 느낌을 받기는 쉽지 않거든요. 이 옷은 정말 정성으로 만들어진 옷이에요. 이유는 디자이너에게 묻는 게 맞겠죠? 하하.

그 이후로 더 이상 우진에 대해 나오진 않았지만, 제프라는 사람은 계속 그 옷을 입고 일했다.

"야, 그 어리바리 선생님 말하는 거 맞아?"

"설마, 제프 우드면 나도 아는데! 생각보다 대단한 사람이었어? 전혀 그렇게 안 보이던데?"

"이럴 게 아니지! 우리도 하나 사자! 미자야, 그거 얼마 주고 샀어?"

친구들은 미자의 사진을 보느라 가끔 I.J의 홈페이지를 들어 갔었기에 어렵지 않게 옷을 찾았다. 그리고 메인 페이지에 보이 는 글에 얼굴을 찌푸렸다.

[I.J 베이직 No.1 리미티드. 품절.]

"뭐야! 품절이래!"

"얼만데?"

"티, 바지, 구두 해서 60만 원."

"야! 유미자! 그 옷 60만 원짜리였어? 네가 어쩐 일이야!"

"헐, 미자가 그 돈 주고 샀다니까 나도 사고 싶어졌어! 미자야, 네가 선생님한테 싸게 부탁 좀 해봐! 우리 같이 입고 다니자! 히 히."

멍해 있던 미자는 눈이 번쩍하더니 곧바로 전화기를 꺼냈다. 그리고는 친구들을 한번 보고는 통화 버튼을 눌렀다.

"선생님, 안녕하셨어요."

—Hello.

"…저기. 임우진 선생님 전화 아닌가요?"

—Hello? Master? He's tied up at the moment. Who's calling?

갑자기 알아듣지 못하는 영어가 들려와 미자는 당황하며 끊 어버렸다.

"뭐래, 뭐래!"

"바쁜가 봐……."

"뭐야! 너 이상한 데 건 거 아니야? 몇 마디 하지도 않고 끊었잖아!"

"나도 몰라, 이따 가볼게."

뜻밖에 우진을 볼 핑계가 생겨 버렸다.

잠시 뒤, 우진의 이름으로 통화가 울렸지만 미자는 영어 울렁증에 그만 전화를 받지 않았다.

*   *   *

제프와 미자 덕분에 필요하던 쥬드로 원단을 구매했다. 아침부터 원단을 들고 대구로 향했고, 교수와 미팅을 했다. 할 일이 없어서 만들었던 가제품까지 들고 가서 보여주니, 여교수는 상당히 만족해했다.

"선생님, 아까 전화가 왔었는데 금방 끊어졌습니다."

"어? 미자 씨네요."

다시 전화를 했지만, 받지 않았다. 전화한 이유가 궁금하긴 했지만, 그것보다 우선인 게 있었다.

할아버지.

우진은 서울로 올라가기 전에 할아버지가 계신 병원에 들렀다. 그저 방문하면 볼 수 있을 줄 알았건만, 등록된 보호자가 아니면 정해진 면회 시간을 이용해야 한다는 안내를 받았다. 번거롭게 하긴 싫었지만, 어쩔 수 없이 할아버지가 로비까지 나왔다.

"우진이 왔구나."

"네, 괜찮으세요?"

"하하. 그럼! 괜찮고말고. 네 부모가 힘들지. 네 에미 마른 것 봐라."

상복을 입은 부모님과 함께 있는 할아버지를 보면 어떻게 대해야 할지 몰랐던 우진은 렌즈를 빼지 않았다.

이 주 만에 보는 할아버지는 그동안 더 야윈 것 같았다. 어머니도 힘든지 많이 야위어 보였다. 그렇다고 앞에서 슬픈 기색을 보일 수 없었기에 우진은 미소를 보였다.

가족끼리의 대화가 이어졌고, 시간이 조금 흘렀을 때, 멀찌감치 있던 매튜가 다가와 우진의 귀에 속삭였다.

"선생님, 매진되었습니다."

"뭐가요?"

"I.J 베이직 No.1. 제 옷 등을 포함한 6벌을 제외하고 총 14벌까지 주문이 들어왔습니다."

"네? 벌써요?"

"제가 읽지는 못하지만, 홈페이지에도 문의인 것 같은 글이 많습니다."

우진은 잘못 들었나 싶어 귀까지 후볐다. 그러자 앞에 있던 할아버지가 씨익 웃으며 말했다.

"바쁜가 보구나. 바쁠 때가 좋지. 이만 올라가 보거라."

"우진아, 무슨 일이야?"

"옷이 매진됐다고 그래서요."

"뭐? 아들, 맞춤옷 판다고 안 그랬어?"

"맞춤옷이긴 한데 티셔츠랑 청바지거든요."

"얼마에 파는데?"

"60만 원이요. 아, 구두도 껴서요."

"뭐? 60만 원?"

우진은 멋쩍어하며 옷에 대한 얘기를 했고, 부모님과 할아버지는 약간 놀랐는지 반응이 없었다.

"그래, 그만 올라가거라. 얼마 뒤에 또 온다고 하지 않았느냐."

"그래, 할아버지 말씀대로 해. 당신도 아버님 모시고 올라가 있어. 난 우진이 배웅해 주고 갈게."

어머니는 우진을 한 번 안아주고선 할아버지와 올라갔다. 그리고 우진은 아버지와 함께 주차장으로 향했다.

"우진아."

"네?"

"고생하네."

"아니에요. 즐거워요."

"하하, 다행이네."

짧은 거리를 걸으며 계속 이름을 부르는 아버지였다. 우진은 혹시 무슨 일이 있는 건 아닐까 싶어 조심스럽게 살폈다.

"우진아, 아무래도 디자이너를 하려면 서울에 있어야겠지?"

"무슨 일 있으세요?"

"음… 아빠하고 엄마가 할아버지 댁에서 살까 하거든."

우진은 부모님의 선택에 자신이 왈가불가할 이유가 없었기에 고개만 끄덕거렸다.

"그래서 서울에 집을 빼려고 해."

"네?"

"전세도 얼마 안 남았고, 주인하고 통화했는데 다행히 그렇게 해준다고 하더라고."

우진은 생각지도 못한 일이기에 순간 당황했다. 이제 좁은 작업실마저 사라지는 것이다. 그리고 그 순간 이곳이 어디인지 깨달은 우진은 조심스럽게 입을 열었다.

"할아버지 많이 안 좋으세요?"

"응, 안 좋으시대. 그런데 그거 때문에 말 꺼낸 거 아니야. 전세금하고 권리금하고 해서 일억이 조금 안 되는데, 은행 대출 갚으면 한 오천 정도 남을 거야. 그걸로 네가 다시 학교에 갈 때 쓰든지, 아니면 지금 하는 일 계속할 수 있게 가게를 얻어주려고 하거든."

"네?"

"뭘 '네'야. 그냥 주는 게 아니라 투자하는 건데. 아들 잘되면 아빠하고 엄마 노후에 집에서 놀려고. 어떡할래? 학교 가는 것도 좋고, 아까 들어보니까 장사도 잘하는 거 같고. 하하, 다음 주에 아빠 서울에 올라갈 때까지 생각해 둬."

우진은 놀라기도 했지만, 결정은 순식간에 정해졌다. 학교보다는 지금 하는 일이 즐거웠기에 듣는 순간 결정이 난 상태지만, 아버지께 도움받는 것이 미안해서 우진은 쉽게 대답하지 못했다. 그러자 아버지가 우진의 등을 가볍게 어루만졌다.

"빌려주는 거야. 하하, 이제 그만 가봐. 매튜 씨 기다리겠다. 도착하면 전화하고."

우진은 아버지께 인사하고 차에 올라탔다. 사이드미러로 미소 짓고 있는 아버지를 볼 때, 매튜의 목소리가 들렸다.

"선생님, 한번 확인해 보시죠."

기다리고 있던 매튜가 입을 열었고, 우진은 숨을 크게 뱉고선 휴대폰으로 홈페이지에 들어갔다. 'New'라는 글이 반짝거리고 있는 문의란에 들어가자, 손가락으로 셀 수 있던 이전과 달리 페이지가 넘어가고 있었다.

"이게 무슨 일이에요……?"

"제프 선생님이 인터뷰에서 선생님 옷을 소개했습니다. 지금 들어온 주문 대부분은 제프 우드 디자인 팀이고, 몇 안 되는 분들은 저도 잘 모릅니다. 그리고 주문 온 곳은 대부분 미국입니다. 문의하는 글들도 확인해 보시죠."

문의란의 글은 매튜의 말과 다르게 대부분이 '패션바이블'에 나온 옷이 맞냐는 질문이었다. 그 모습에 우진은 약간 씁쓸했다.

'제프가 아니었다면 매진이 되었을까?'

그때, 우진의 휴대폰이 울렸다. 김태곤 교수. 처음 만났을 때도 매튜 덕분에 만났으니, 분명 소문을 듣고 전화했다고 생각했다.

"네, 교수님. 안녕하세요."

―하하, 선생님, 안녕하셨어요. 제가 선생님 덕분에 요즘 어깨가 올라갔습니다. 하하.

"네?"

―제 옷하고 멜빵 보더니 어디서 맞췄냐고 다른 교수들이 난리도 아닙니다. 저도 뭐 이 옷 말고는 다른 옷을 못 입겠더라고요. 하하.

"아! 감사해요. 소개해 주신 것도 감사드려요."

—감사는요! 그런데 제가 또 주문을 할까 하는데, 작업하실 때는 다른 주문을 안 받는다고 해서서 미리 예약을 할까 합니다. 하하.

그러고 보니 관리자를 제외한 다른 사람들은 문의 글을 볼 수 없었다. 김 교수는 어떤 상황인지 모르는 눈치였다. 오히려 모르고 전화를 준 것이 우진에게 힘이 되었다. 마치 네 옷에 자신감을 가지라는 듯 용기를 주는 전화였다.

"감사합니다. 조만간 연락드리겠습니다."

진심으로 감사를 표한 우진은 전화를 끊고선 창밖을 봤다. 그러는 와중 김 교수의 신발이 먼저라는 걸 떠올렸다. 신발이 보여야 다른 옷을 볼 수 있었다. 어떻게 말을 해야 하나 고민에 빠졌다. 하지만 결국 집에 도착할 때까지 고민이 해결되지 않았다.

그때, 매튜의 말이 들렸다.

"선생님, 괜찮으시겠습니까?"

"네?"

"혼자 작업하시려면 피곤할 겁니다."

"아, 괜찮아요."

그러고 보니 지금은 고민할 시간이 아니었다.

*　　　　*　　　　*

우진은 바로 작업을 시작했다. 주문을 확인하고 먼저 준비해 놓은 작업지시서에 주문받은 치수를 적었다. 모두가 다른 치수이다 보니 패턴을 전부 따로 만들어야 했다. 총 14벌을 만들기 위해서는 바쁘게 움직여야 했다.

우진은 작업지시서를 작성하고 패턴을 제작하기 위해 패턴지를 꺼냈다. 작업대가 없다 보니 바닥에 깔고 작업을 해야 했다.

"선생님, 작업대부터 구하시는 게 어떨까요?"

"아!"

우진은 아버지께 들은 말이 생각났다. 얼마 안 있으면 집에서 나가야 했기에, 어떻게 해야 좋을지 매튜에게 의견을 구하려고 아버지와 있었던 대화를 얘기해 줬다.

"그러니까 미스터 임이 투자를 하신다는 말씀입니까?"

"투자… 그런 셈이죠."

"좋습니다. 아주 좋네요. 일단 시간이 있으니, 지금 받은 주문부터 처리하고 투자 계약서부터 준비하겠습니다. 그럼 한시름 놓을 수 있겠습니다. 제가 장소는 알아보겠습니다."

* * *

다음 날. 우진의 신경은 온통 재봉틀에 쏠려 있었다. 자신이 할 수 있는 것에 대해선 완벽하게 하려고 하는 우진이었기에 실수는 없었다.

옷이 완성되면 다림질까지 하고 매튜에게 넘겨주었고, 매튜는 다시 한번 치수를 확인한 뒤에 상자로 이동했다. 두 사람이 모든 일을 하다 보니 입을 열 새도 없었다.

그때, 우진의 전화가 울렸다. 하지만 집중하고 있던 우진은 전화 소리도 듣지 못하고 오로지 재봉에 집중했다. 어쩔 수 없이 대신 전화를 받은 매튜였다.

"헬로."

—어? 왜 매튜 씨가 받아.

"바쁘십니다. 무슨 용건이십니까?"

—아! 신발 등에 들어가는 버클 크기가 달라야 한다고. 사이즈마다 3mm씩 차이 나게 만들어달라고 해줘요.

"알겠습니다."

전화를 끊자 이번엔 퀵 배달로 구두가 도착했다. 라벨 순으로 세운이 보낸 7번과 8번 구두였다. 매튜는 재포장도 자신의 일이었기에 서둘러 구두부터 확인했다.

잠시 후 우진은 완성한 티를 다림질하고선 매튜에게 건넸다.

"선생님. 지금 점심, 저녁도 안 드셨습니다. 좀 쉬시죠."

"아! 그래요? 밥 먹고 해요. 휴, 힘들다."

"흠… 그럴 게 아니라 이틀 정도 일용직을 구하시는 게 어떨까요. 몸에 무리 갑니다."

우진은 머리를 긁적였다. 자신은 오로지 옷만 만들 뿐이지만, 한국어도 못 하는 매튜는 홈페이지나 SNS 관리는 물론이고, 잡다한 일까지 전부 맡고 있었다. 그러다 보니 매튜가 힘든 것도 이해되었다.

"구인 광고에 올려볼까요? 그런데 바로 오진 않을 거 같은데… 많이 힘드시죠?"

"저 말고, 선생님 몸에 무리가 갑니다. 일단 식사부터 하시죠."

"네, 불백… 드실 거죠?"

우진은 식당으로 향했다. 불백을 먹으려면 시장을 나가서 역 쪽으로 가야 했다. 그러다 보니 커피숍을 지나쳐 가야 했고, 우진은 혹시 가게 안에 미자가 있는지 힐끔 쳐다봤다. 그러다 마침 카운터에 있던 미자와 눈이 마주쳤고, 그 순간 입 모양으로 선생님이라고 부르는 것이 보였다.

"선생님!"

헐레벌떡 가게를 나온 미자는 반가운 얼굴로 우진에게 인사를 건넸다.

"어디 가세요?"

"아직 밥을 못 먹어서 밥 먹으러 가는 중이에요."

우진은 얘기를 나누면서 미자를 살폈다. 아쉽게도 미자는 일하는 중이어서인지 우진이 만든 옷을 입고 있진 않았다. 그러다 보니 할 얘기도 없어 서로 서먹하게 인사만 하고 있었다.

"그럼, 가볼게요."

"저, 선생님……."

"네?"

"혹시 제가 산 옷을 또 살 수 있어요……? 친구들이 사고 싶어 해서요."

그렇지 않아도 매튜와 추가 제작에 대해서 얘기한 적이 있었다. 매튜는 한정판이라는 의미를 두려면 더 이상 제작해서는 안 된다고 했고, 우진도 동의했던 참이었다.

"미안해요. 처음부터 스무 명만 주문받기로 했거든요. 그리고 지금은 바빠서 여유가 안 될 거 같아요."

우진은 미안함에 정중하게 거절했는데, 미자는 오히려 좋아하는 얼굴이었다.

"네! 알겠어요."

"그런데 개강하셨는데 가게에 있으세요? 미숙이는 안 보이네요?"

"그 녀… 아니, 미숙이가 요즘 노는 데 정신 팔려서. 휴."

우진은 피식 웃고선 인사를 했다. 예의상 충분한 대화를 나눴기에, 빨리 식사를 하고 돌아가려고 인사를 하려다 문득 좋은 생각이 떠올랐다.

"미자 씨, 그럼 미숙이한테 이틀만 알바할 생각 없냐고 물어봐 줄 수 있어요? 아, 오늘부터 하면 3일 동안 하루에 6시간 정도만."

"제가 할게요!"

"네? 가게는 어쩌시고……."

"제가 하겠습니다! 꼭 할게요!"

손까지 번쩍 드는 미자의 모습에, 우진은 괜히 커피숍 주인아주머니한테 미움이라도 받진 않을까 걱정되었다.

"그럼 식사하고 계세요! 미숙이한테 가게 오라고 하고 전 바로 수선 가게로 가면 되죠?"

"네. 그렇긴 한데……."

미자는 인사를 꾸벅하더니 전화기를 꺼내 들면서 가게로 들어갔다. 우진은 마지막에 본 미자의 표정에서 섬뜩함을 느꼈지만, 당장 일할 수 있는 사람을 구했다는 생각에 기분 좋게 걸음을 옮겼다.

한편, 가게로 들어온 미자는 쉴 새 없이 통화를 눌렀고, 상대가 전화를 받지 않는지 메시지를 미친 듯이 보냈다.

─아! 왜!

"가게로 빨리 와."

─왜! 노래방에 지금 들어왔단 말이야!

"가게에 엄마 혼자 있으니까 빨리 와."

─언니가 있으면 되잖아! 좀!

"내가 노래방비 줄 테니까 빨리 와."

─아! 진짜, 우리도 가게에 알바 쓰자고 그래! 노래방비 꼭 줘야 된다? 또 저번처럼 코인 노래방 가라고 오백 원 주면 나 바로 나올 거야!

미자는 뜨끔했지만, 얼른 오라고 닦달을 하고는 전화를 끊었다.

제6장

이사

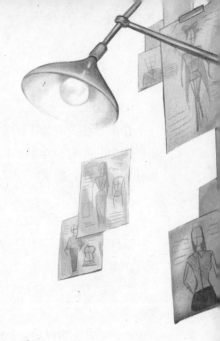

　며칠 뒤. 마지막 박스 포장을 끝으로 모든 작업이 끝났다. 일
손이 한 명 늘었다고 여유가 좀 생겼다.

　그렇다고 미자가 상품 포장을 잘하는 건 아니었다. 대신 커피
숍 일을 해서인지 고객 응대에 능숙해, 홈페이지에 올라온 문의
에 답변을 훌륭하게 했다. 영어로 들어온 문의는 우진에게 물어
보면서 처리했다.

　[이곳이 제프 우드에서 소개한 곳 맞나요?]

　─당신을 위한 세상에 단 하나뿐인 맞춤옷. I.J를 찾아주셔서
감사합니다.

　소개를 했다고 말씀드리기는 어렵습니다. 하지만 디자이너 제
프 우드가 입고 있던 옷은 I.J만의 제품인 I.J 베이직 No.1 리미티

드가 맞습니다.

우진의 의견을 적절히 포장한 답변이었다. 그 이후로 비슷한
질문들에도 미자는 최대한 고객의 기분을 상하게 하지 않는 선
에서 적절한 응답을 했다.

[I.J 베이직 No.1 리미티드는 더 이상 구매할 수 없나요?]
—당신을 위한 세상에 단 하나뿐인 맞춤옷. I.J를 찾아주셔서
감사합니다.
아쉽게도 20분 한정으로 판매되어 그 제품은 더 이상 제작하지
않습니다.
이번 기회에 I.J만의 맞춤옷을 제작해 보시는 건 어떠신지요?

홍보는 물론이고, 적절히 SNS를 소개하기도 했다. 그 덕분에
미자가 온 뒤로 SNS 방문자도 확실히 늘었다. 다만 몸이 하나라
주문을 받을 수 없는 것이 문제였다.
가게가 좁아 문을 열고 몸은 밖에 둔 상태로 열심히 답변을
작성하는 미자를, 우진은 물끄러미 바라봤다. 하얀 티에 검은 데
님바지. 그러다 보니 가게 안 세 사람이 같은 옷이었다.
아무래도 저 옷이 보이는 사람은 함께 일하는 사람이 아닐까
란 생각이 들었다. 하지만 미자는 아직 학생이기에 확신이 생기
진 않았다.
"미자 씨, 이제 그만 쉬세요."
"네!"

"그동안 고생했고, 정말 고마웠어요.. 많지는 않지만, 일당은 계좌로 드릴게요. 번거롭더라도 신분증 앞면 좀 복사해서 보내주시고요. 세금 처리해야 해서요."

그때, 매튜가 상당히 아쉬운 얼굴로 말했다.

"선생님, 미자 양을 채용하시는 게 어떨까요?"

"미자 씨요? 아직 학생이라서 시간이 없을 거 같아요. 그리고 저희 어디로 이사 갈지도 모르잖아요."

"한번 물어보기라도 하시죠. 어차피 하루 종일 하는 일이 아닙니다. 그리고 숍이 커갈수록 고객 응대는 반드시 필요한 부분입니다."

알아듣지 못해 멀뚱멀뚱 보고 있는 미자의 모습을 보고 있으려니, 우진도 내심 미자의 대답이 궁금했다.

"미자 씨, 혹시 같이 일해볼……."

"할래요! 할게요! 시켜주세요."

말도 끝나기 전에 대답이 나왔다.

"그런데 저희가 가게를 옮겨야 해요. 그럼 여기서 멀 수도 있는데……."

"괜찮아요!"

"아, 네……."

우진은 멋쩍게 웃고는 고개를 끄덕였다. 함께 일하는 사람이 저 옷으로 보이는 건 아닐까란 생각이 더 깊어졌다.

*   *   *

배송을 보내고 며칠 뒤. SNS에는 사진 한 장이 더 늘었다.

동연대의 최 교수.

교수답게 원단을 보자마자 원래 가격보다 배는 비싼 가격을 수긍했고, 완성된 구두와 옷을 받은 뒤 엄청 만족해했다. I.J SNS에까지 방문해 자신의 사진을 공개하며 직접 굉장히 만족 중이라는 글까지 올렸다.

그 덕분에 맞춤옷에 대한 문의가 들어오긴 했지만, 당분간은 주문을 받을 수 없었다.

[I.J 본사 이전 관계로 영업을 중지합니다.]

홈페이지와 SNS의 메인화면에 올린 공지였다. 거창하게 본사라고 써놓은 건 미자의 작품이었다. 그 글 때문에 차 안에서 SNS를 보던 우진은 얼굴이 살짝 붉어졌다.

그때, 매튜가 입을 열었다.

"선생님, 투자가 좀 더 어려우실까요?"

"네."

"한국 땅이 이렇게 비싼 줄 몰랐습니다. 숍을 구하려면 권리금? 뭐 이상한 걸 요구하더군요. 선생님이 왜 저렇게 작은 숍에 계신지 이제 조금 이해가 되더군요. 아무튼 저희는 숍이 없어도 되니 작업실로 알아보고 있습니다."

"그것도 괜찮죠."

"그런데 사무실도 평당 계산을 하더군요. 정말 한국에는 돈 버는 데 특화된 사람이 많은 거 같습니다."

그나마도 아버지가 도와주신 것이기에 고마워해야 했다. 다른 방법이 없기에 별다른 대화가 없이 이동했고, 어느덧 익숙한 곳에 도착했다.

세운 슈즈.

김 교수의 신발에 대해 말도 꺼내고 감사 인사도 할 겸 찾아왔다. 그런데 오랜만에 찾아온 세운 슈즈가 달라져 있었다.

쾅! 쾅!

점포 정리라는 메모를 붙여놓긴 했지만 그래도 깔끔했던 가게였는데 지금은 유리창도 깨져 있었고, 지금 이 순간에도 마스크를 쓴 사람들이 분주하게 움직이고 있었다.

세운에게 미안했지만, 세운에 대한 걱정보다 더 이상 구두를 만들지 못할 수도 있다는 생각이 먼저 들었다. 그에 우진은 급하게 전화를 걸었다.

"선생님! 지금 선생님 가게에 왔는데 가게가 어떻게……."

우진의 말이 끝나기도 전에 2층 창문이 열리면서 세운이 고개를 내밀었다.

"우진 씨! 여기야, 여기! 올라와!"

두리번거리던 우진은 세운을 발견하고선 급하게 계단으로 올랐다. 가정집처럼 보이는 문을 열자, 안에 있던 세운이 보였다.

"우진 씨 왔어?"

"네. 가게는 어떻게 된 거예요? 가게 정리하시는 거예요?"

"하하, 해야지. 점포 정리만 3년 했는데 이제야 겨우 문 닫네."

"그럼 이제… 구두는 안 만드세요……?"

"이 사람아! 그럼 난 뭐 먹고살라고. 할 줄 아는 게 그거뿐인데."

우진은 자신도 모르게 진심 섞인 안도의 한숨을 뱉었다. 그러자 눈치 없는 매튜와 달리 세운은 우진의 생각을 눈치챘는지 피식 웃었다.

"왜, 신발 못 만들까 봐 걱정했어?"

"죄송해요. 그런데 가게는 왜 닫으세요?"

"닫아야지, 닫아야지 생각은 했는데 못 하고 있었어. 일단 앉아서 잠깐 기다려. 마실 거 가져다줄게."

우진은 다시금 안도의 한숨을 뱉으며 기다렸고, 잠시 뒤 세운이 들어와 병 음료를 건넸다. 그러고는 묻지도 않은 자신의 얘기를 꺼냈다.

"뭐, 예전에도 잠깐 닫긴 했는데. 하하, 그때는 구두 회사에 취직했었거든."

"회사요? 아… 선생님 정도면 다 모시고 가려고 했을 거 같아요."

"하하, 아니거든? 아무튼 들어갔는데 나하고 잘 안 맞더라고. 보다시피 내 디자인은 꽝이고, 그러다 보니 제작부로 넘어갔는데 내 마음대로 만들 수 있는 게 하나도 없더라고. 게다가 걸핏하면 도둑놈들처럼 내 노하우나 뺏어가려고 하고. 그래서 나와서 다시 차렸지."

세운은 대수롭지 않다는 듯 웃으면서 자신의 얘기를 이었다.

"사실 아버지처럼 되고 싶었어. 내가 디자인한 신발을 최고의 기술로 만들어서 아버지가 자랑스러워하는 아들이 되고 싶었거든."

"저나 매튜 씨도 선생님 실력이 굉장하다고 생각하고 있어요."

"디자인도? 하하, 봐. 표정에 나오네. 실력이야 뭐. 죽어라 노력했으니까. 이탈리아에 살다 보니까 커가면서 피부색이 다르다고 적잖이 인종차별을 당했거든. 피가 안 섞여서 실력이 없다느니, 동양인 주제에 신사화를 만든다느니. 괜한 트집을 자주 들었거든요. 하하, 그래서 정말 죽어라 노력했더니 실력은 늘더라. 그런데 어찌 된 게 디자인만은 도저히 안 늘어. 게다가 친구 놈이 하나 있었는데 그놈이 디자인을 엄청 잘했거든. 비교되다 보니 점점 숨어서 하게 되더라."

우진도 세운의 디자인이 별로라고 생각했다. 저런 기술로 어떻게 그런 촌스러운 신발을 만드는지 신기할 정도였다. 그래도 I.J SNS에 질문도 가끔 올라오고는 했다.

"실력 좋으시잖아요. 저희 홈페이지에 신발 누가 만들었냐고 묻는 글도 많아요."

"하하, 그거야 우진 씨가 준 디자인대로 만들었으니까. 하하. 저번에 저 양반이 협약 계약서 들고 와서 사인한 날부터 요 며칠 생각해 봤어. 나도 학원이나 학교를 다녀볼까 했는데 50이나 먹은 나이로 처음부터 배운다는 건 자신이 없더라고. 배운다고 해도 우진 씨 같은 디자인을 뽑아내진 못할 거 같고."

"아니에요. 저도 뭐……."

"하하. 우진 씨가 별로면 난 죽어야지! 아무튼 그래서 생각해 봤는데, 요 며칠 우진 씨가 준 디자인을 직접 만들면서 즐겁더라고. 예술 작품 만드는 기분도 들고, 아버지도 그러시진 않았을까 조금은 생각도 들고. 그래서 내가 한 디자인이 아니더라도 좋은 디자인이 있으면 최선을 다해 만들어볼까 해.”

눈이 보이기 전의 우진도 디자인 실력이 꽝이었기에 세운의 마음이 누구보다 잘 느껴졌다.

“일단은 우진 씨가 준 디자인들부터 제대로 만들어보려고. 그게 수입도 좋고. 부끄럽지만, 사실 내가 이거 동대문 들고 나가서 한 달에 많이 팔아도 다섯 켤레도 안 돼. 하하. 기름값도 안 나와.”

우진은 세운이 발로 툭툭 치는 상자를 봤다. 동대문에서 봤던 제품들이 담겨 있는 상자였다. 우진도 디자인이 너무 촌스럽다고 느꼈던 것들이기에 자신도 모르게 고개를 끄덕이며 수긍했다.

“그럼 이제 어디로 가세요? 여기 2층에서 하시는 거예요, 아니면 이사 가세요?”

“응? 내 집 두고 이사를 왜 가.”

“아, 저처럼 집에서 하시려고요?”

“나 집 여기야. 3층 내 집. 2층 비어 있었고, 1층 가게. 내 건물인데?”

좀 전까지 비슷한 처지라고 생각했는데, 갑자기 뭔가 배신당한 느낌에 우진은 세운을 멍하니 쳐다봤다.

“한국에 막 왔을 때 산 건데, 건물도 낡은 데다가 외진 자리라 세가 잘 안 들어와. 그래서 2층은 지금까지 창고로 쓰고 있지. 그나마 1층은 세 들어오니까 리모델링해서 세주고 해야지. 내가 2층 쓰고, 여기 뒷마당에 창고 하나 올려서 가죽 창고로 쓰고.”

“아! 그럼 여기 세는 얼마에 주실 생각이신데요?”

"여기 그렇게 안 비싸, 알아보니까 보증금 4,000에 월 70 정도 하더라고."

우진은 매튜와 상의할 필요도 없이 번쩍 손을 들었다.

"제가 들어올게요!"

그러자 세운이 약간 놀라며 되물었다.

"우진 씨가?"

"네! 지금 가게 알아보고 있는 중이거든요."

"그래? 우진 씨가 들어오면 나야 좋긴 하지만, 여기는 숍이 들어올 만한 곳이 아닌데……."

"아직 숍까지는 무리거든요. 그래서 사무실을 구하려던 참이었어요."

세운은 잠시 생각을 했고, 그사이 우진은 매튜에게 설명했다. 그러자 매튜도 무척 마음에 들어 했다. 부자재를 구매하는 동대문도 가까웠고, 세운과 함께 있으면 일 처리가 더 빨라질 것이다. 그리고 무엇보다 다른 곳보다 가격이 저렴했다.

세운이 생각을 마쳤는지 입을 열었다.

"같이 있으면 바로바로 얘기할 수도 있고 좋을 거 같긴 한데. 집에서 출퇴근하려면 거리가 장난이 아닐 텐데요?"

"집 빼서 사무실 얻으려는 거라서요. 이 근처 작은 방으로 알아봐야죠."

"그래요? 불편하려나……?"

"네?"

"어차피 나 혼자고 3층에 빈방도 있고 해서 들어와도 되는데, 우진 씨가 불편할까 봐."

"안 불편해요! 들어갈게요! 그럼 월세는 얼마예요?"

"월세라… 지금까지 받아본 적이 없어서. 같이 사는 거니까 고시원 정도 받으면 되나? 그렇다고 아예 안 받는다고 하면 불편 해할 거잖아."

"네! 저도 그게 편해요."

사무실에서 살 생각을 하던 우진은 횡재한 기분이었다.

"그래? 그럼 기본 공사는 내가 해주는데, 필요한 인테리어는 우진 씨가 직접 돈 들여서 해. 하하."

"네, 그럴게요. 감사해요."

"감사는 무슨. 아직 계약도 안 했는데, 하하."

*　　　　*　　　　*

며칠 뒤. 가구와 집기들을 대구로 가져가려고 아버지가 올라 오셨다. 이삿짐도 많지 않은 데다가 이삿짐센터에서 온 사람들 덕분에 짐이 빠르게 빠졌다.

"우진아, 아빠가 한 말 항상 기억하고. 주인분도 좋으신 분 같 더라. 네가 돈을 지불했다고 하더라도, 도움받았다는 건 잊으면 안 돼."

서울에 올라오셔서 세운 슈즈가 있는 건물부터 본 아버지는 세운과도 한참 대화를 했다.

"네가 아무리 디자이너라고 해도 절대 같이 일하는 사람들을 깔보면 안 돼. 억지 부려서도 안 되는 거 잊지 말고."

"네."

가게에 도움을 못 줘서 미안한 건지, 아니면 우진이 아직 어리다고 느껴져 걱정스러운 건지 수시로 우진에게 당부했다.

"그럼 너도 빨리 가봐. 매튜 그분 또 혼자서 공사하는 데 지키고 계실 거 아니냐."

"가야죠. 가시는 거 보고 갈게요."

"거의 다 끝났으니까, 그냥 가. 가게 공사 끝나면 할아버지한테 전화 한번 드리고."

아버지가 세운 슈즈에 갔을 때, 안전모까지 쓰고 인테리어 공사 현장을 감독하던 매튜를 보고 한 말이었다.

*   *   *

며칠 뒤.

매튜의 관리 덕분에 내부공사가 생각보다 빨리 끝났다. 세운의 작업실이 있던 자리는 우진의 작업실 자리가 되었고, 가죽을 관리하던 장소는 매튜와 미자의 사무실이 되었다. 그리고 입구쪽 상품이 전시되어 있던 가장 넓은 자리는 직접 찾아오는 고객을 위한 응접실이 되어버렸다.

좁은 가게에 있을 때는 짐이 많아 보였는데, 몇 배는 넓어지자 공간이 상당히 휑했다. 짐이라고 해봤자 바비가 준 원단들과 그동안 우진이 구매한 원단, 그리고 소량 주문한 부자재들 정도였고, 재봉틀이 가장 큰 짐이었다.

"작업대는 새로 구매했습니다. 매트까지 해서 총 80만 원 정도 들었습니다. 그리고 응접실 소파도 곧 도착할 겁니다. 그리고 세무사 사무소도 계약했습니다."

"아니, 이 양반은 자기가 다 한 것같이 말하네. 내가 통역하느라 얼마나 고생했는데. 그런데 우진 씨, 정말 짐이 이게 다야? 왜이렇게 휑해. 정리를 칼같이 해놔서 그런가?"

"네, 별로 없죠?"

"별로 없는 게 아니라… 지금까지 뭐로 만든 거야? 참 나. 혹시 몰라서 뒤에 창고도 크게 만들어달라고 했는데, 괜히 크게 만들어 버렸네. 에이, 혹시 무를 수 있는지 얘기나 한번 해볼까?"

세운이 밖으로 나간 사이 우진은 매튜에게서 정리한 서류를 받았다.

돈, 돈, 돈.

숨만 쉬어도 돈이 나가는 것 같았다. 돈을 왕창 벌겠다는 마음으로 시작한 건 아니지만, 그동안 돈이 없어 아무것도 못 하다 보니 저절로 돈의 중요성을 느끼는 중이다.

그래도 베이직 No.1이 완판되었고, 아버지가 주신 돈이 남아 있었기에 그나마 여유가 생겼다.

"그럼 그걸로 준비 다 된 거죠?"

"아닙니다. 컴퓨터도 구매해야 하고, 전시할 마네킹도 필요합니다. 그 밖에도……."

비어 있는 공간을 당장 채워 넣겠다는 듯 의욕이 가득한 매튜였다. 우진의 얼굴이 점점 굳긴 했지만, 어차피 필요하던 것들이었다.

그때, 우진의 휴대폰이 울렸다.

"네, 삼촌. 안녕하셨어요."

―조카님, 가게 차렸다면서요. 하하. 주영 형님께 들었습니다.

성훈의 축하 전화에 우진의 얼굴이 조금씩 풀렸다.

―다른 게 아니라, 뭐 만들 거 없나 해서요. 다음 주면 공장 닫을 건데, 그 전에 필요한 거 만들어주려고요.

"아, 지금까지 해주신 것만으로도 감사한데요."

―하하, 부담 갖지 말고 말해요.

"아니에요. 그런데 가게 닫으시면 다른 데로 가시는 거예요?"

―일단 기계들은 팔릴 때까지 형님이 소개해 준 김포 창고에 맡기고. 전 뭐, 알아봐야죠. 하하. 지금보단 낫겠죠.

우진은 왼쪽 눈으로 본 성훈의 모습이 떠올라 마음에 걸렸다. 그렇다고 함께 일하자고 할 수도 없었다. 세를 내긴 하지만 사실상 얹혀사는 것과 다름없는데 성훈까지 데려올 수 없었다.

어떻게 해야 고민하는데 세운이 들어왔다.

"아! 너무 커. 3분의 1만 되어도 괜찮았겠네. 판넬 이미 오더 받아서, 공사 그만둬도 그거까지 내가 내야 한다네. 칸막이 쳐서 세를 줄까? 어휴, 건물 뒤에 있어서 세도 안 들어올 거 같은 데……."

세운의 투덜거림에 우진은 전화기에 대고 말했다.

"삼촌, 제가 금방 다시 걸게요."

그러고는 세운을 가만히 봤다.

"선생님, 저 창고는 그럼 얼마에 주실 생각이세요?"

"저기? 아직 여기도 널널한데 저기까지 쓰려고요? 괜히 미안 해서 그럴 필요 없어."

"아니, 그게 아니라요. 소개해 드리려고요."

"저길? 솔직히 별로 추천은 안 하는데. 여기보단 안 좋으니까 40? 50? 누군데?"

"장식 만들어주시는 분인데, 가게 접으시려고 하시거든요."

"그래요? 음. 들어오면 좋긴 한데… 한번 보라고 해요."

세운의 말이 끝나기 무섭게 우진은 곧바로 전화를 걸었다. 자신이 성훈의 가게로 간다고 했지만, 성훈은 가게에 할 일도 없다며 이곳으로 온다고 했다. 어차피 창고를 한번 봐야 했기에, 우진은 그러라고 했다.

그리고 한 시간 정도 지났을 때, 알려준 장소로 성훈이 들어왔다.

"실례합니다. 아! 조카님, 하하. 가게가 엄청 깔끔하네요. 축하해요."

빈손으로 와도 되건만, 성훈은 병 음료까지 사 들고 왔다. 게다가 우진이 만들어준 옷을 입고 와, 가게에 있는 사람들 모두가 같은 옷을 입은 상태였다.

아직 소파가 없어 박스에 앉히고는 초면인 세운과 성훈 두 사람을 소개했다. 그러고는 성훈을 만나려고 한 이유를 꺼냈고, 한참 동안 얘기를 듣던 성훈은 기분 좋은 미소를 지었다.

"아니에요. 자리가 있어봤자 거래처가 없어서 어차피 마찬가지거든요. 하하, 신경 써줘서 고마운데, 미안해요."

사람 좋은 미소와 다르게 거절하는 말이었다.

그때, 알아듣지 못하면서 성훈만 유심히 보던 매튜가 우진에게 조용하게 말했다.

"선생님. 저분이 얼마 안 있으면 공장 닫으신다고 했는데, 저분 안 계시면 앞으로 좀 곤란합니다."

"네?"

"저분에게 맡기면 바로바로 만들어주는 것도 모자라 지금까지 보낸 버튼, 버클 등 최상급입니다. 건물 뒤에 판넬 건물도 크게 짓는 거 같은데, 이참에 세운 씨에게 말해서 저희가 빌리죠."

"혹시 한국말 아세요?"

분명 세운과도 한국어로 대화했고, 성훈과도 한국말도 대화했는데 마치 옆에서 들은 것처럼 말하는 매튜였다.

"모릅니다. 제 생각으로는 저분 공장이 닫는 이유가 거래처가 없어서인 것 같은데, 아예 I.J 소속으로 채용하시는 게 어떨까요? 기계까지 가져온다는 조건으로."

우진은 놀란 눈으로 매튜를 봤고, 옆에서 듣던 세운도 우진과 마찬가지였다.

"당신! 한국말 알지! 우리가 지금까지 한 얘기잖아!"

"그랬습니까? 전 제 의견을 말했을 뿐입니다."

우진은 사람이 생각하는 게 거기서 거기구나, 라고 생각하며 피식 웃었다. 그러고는 그저 미소 짓고 있는 성훈에게 조심스럽게 물었다.

"삼촌. 저분도 그렇고 저도 그렇고, 같이 일했으면 좋겠어요."

"하하. 고마워요. 그런데 어쩔 수 없어요. 거의 일 년 가까이를 아내 혼자 학원에서 애들 가르치면서 벌었거든요. 제의는 고마운데, 미안해요."

"그게 아니라, I.J에서 일하셨으면 하거든요. 장소는 그렇게 좋지 않아요. 아까 말씀드린 판넬 건물이에요. 그래도 작업 없으실 때는 사무실에 계시면 되니까……."

"제의는 고마운데 제가 어떻게 그래요. 조카님도 힘든 거 뻔히 아는데 제가 어떻게 그럽니까."

"월급은… 많진 않겠지만, 그래도 꼭 같이하셨으면 좋겠어요."

말주변이 좋은 편이 아닌 우진으로서는 설득하기 어려워 머뭇거리고만 있었다. 함께하고 싶은 마음은 큰데 무조건 잘된다는 보장은 없었다.

그런데 옆에서 듣고 있던 세운이 서운한 얼굴로 혼잣말을 뱉었다.

"참나, 나한테는 같이하자고도 안 하고. 서운하네."

"아! 같이하는 것보다 지금이 더 편하실 거 같아서요."

"전속인 거랑 협력 업체랑 똑같아? 협력 업체는 계약 끝나면 남이잖아!"

"전속도 퇴직하면 남인데……."

"그냥 좀! 나한테는 그런 제의를 안 해서 서운하다고."

세운은 나이에 걸맞지 않게 입을 삐죽거리고는 성훈을 향해 말했다.

"우진 씨, 앞으로 잘나갈 거예요. 지금 주문 들어오는 것만 해도 줄 서 있거든요. 얼마 전에는 60만 원짜리 20벌 완판시키던데. 구멍가게에서 그런 경우 드물어요."

성훈은 그저 우진이 부탁한 버클만 만들었을 뿐 자세한 내용은 몰랐다. 그래서 약간 놀란 얼굴로 우진을 봤고, 우진은 멋쩍은 얼굴로 대답했다.

"맞긴 해요. 그래도 아직 부족해서 열심히 해야 해요."

"와… 형님이 엄청 좋아하셨겠네요."

"아직 자세한 건 잘 모르세요. 하여튼, 다른 공장하고 거래해도 삼촌처럼 해주시진 않을 것 같아서요. 도와주셨으면 좋겠어요."

"흠… 나야 일자리가 생겨서 좋긴 한데… 그래도 될는지는 잘 모르겠네요. 일단 와이프하고 상의부터 하는 게 옳은 거 같아요."

우진은 그것만이라도 다행이라고 생각하며 미소 지었다. 그러자 옆에서 지켜보던 매튜가 성훈을 보며 메모지에 무언가를 작성하더니 펜과 함께 건넸다.

"이름 적어주시죠."

"이게 뭡니… 아니, 왓 이즈 디스?"

"한국에서 어딜 다니려면 명함이 꼭 필요하더군요. 명함 제작을 하려고 합니다. I.J Metal Craftsman 옆에 적으시면 됩니다."

우진은 매튜에게 아직 아니라고 설명을 했고, 매튜는 고개를 끄덕이며 한발 물러섰다. 그리고 그 와중에 세운은 또다시 서운해했다.

*   *   *

성훈은 현관문을 열고 집으로 들어왔다. 아내가 먼저 퇴근했는지 된장찌개 냄새가 거실에 가득했다.

"장미 엄마, 벌써 왔어?"

"왔어? 딱 맞춰서 왔네, 밥부터 먹게 손만 씻고 나와."

성훈은 손을 씻으면서 우진이 했던 제의를 아내에게 어떻게 꺼내야 하나 고민했다. 머릿속이 복잡했다. 분명 지금은 잘된다는 말을 들었지만, 취직을 할 때 가장 조심해야 할 것이 새로 생긴 기업이었다. 공장들만 하더라도 생겼다 바로 사라지는 곳들이 셀 수 없이 많았다. 젊었을 때라면 모를까, 지금은 처음부터 함께할 자신이 없었다.

하지만 60만 원짜리 20벌을 순식간에 완판시켰다는 건 어느 정도 실력이 있다는 의미였다. 어떻게 해야 할지 마음을 정하지 못한 채, 성훈은 거울을 보며 깊은 한숨을 내쉬었다.

손을 씻고 나온 성훈은 식탁에 앉았다.

"장미는?"

"올 시간 됐는데 안 오네. 장미 오면 당신이 뭐라고 좀 해. 요즘 공부도 안 하고 연예인만 쫓아다닌다고 정신없어."

"그맘때 다 그러고 크는 거지."

"어휴, 아빠라는 사람이… 그런데 기계는 어떻게 됐어? 산다는 사람 있어?"

말하기 어렵던 성훈은 이때가 기회다 싶었는지 조심스럽게 얘기를 꺼냈다.

"흠. 장미 엄마. 주영 형님 알지?"

"알지. 우리한테 고마운 분이잖아. 왜, 무슨 일 있으서?"

"아니, 형님 아들이 가게를 차렸어."

"어머, 유학 갔다던 그 아들? 벌써 시간이 그렇게 지났어? 그런데 그 아들이 왜?"

"응, 조카가 같이 일할 생각 없냐고 묻더라."

아내의 숟가락이 멈췄다. 그러고는 잠시 생각을 하더니 다시 숟가락을 입에 넣었다.

"그래서 뭐라고 그랬는데?"

"생각해 본다고 그랬어. 그런데 가려면 기계들까지 가져가야 할 거 같아."

"후우. 이미 가고 싶으니까 말 꺼낸 거지?"

"아니야. 당신 의견 들어보려고 물어본 거야. 기계가 오래돼서 잘 팔리지도 않고."

"고치느라 몇 백은 썼잖아. 그러니까 내가 좀 좋은 거 사서 나중에 팔라니까, 굳이 수리하면 된다고 하면서 다 낡아빠진 거 사더니. 수리하느라 돈이 더 들었어."

"시계태엽 만들어야 해서 필요한 게 많았잖아……."

"태엽은 무슨. 결국 시계는 구경도 못 했잖아!"

틀린 말이 없기에 성훈은 헛기침을 했다.

"어휴, 그래서 가게가 뭔데? 당신 기계까지 필요하대? 크기는 커? 아주버님도 공장 문 닫았다고 들었는데 아직 괜찮은가 보네."

"형님도 공장 닫으시고 힘드시지. 옷 가게인데 어렵게 차린 거 같아."

"옷 가게? 옷 가게에서 당신을 왜? 그것도 힘들다며. 설마 돈도 안 받고 일한다는 건 아니지?"

"아니야, 아니야! 월급도 준다고 하더라. 옷에 들어가는 버튼이나 장식품들 있잖아. 그거 만들어달라고 하더라고."

"그래? 유명한 메이커야?"

"메이커… 는 아닌 거 같은데. 가만있어 봐. 같이 일하는 사람들 명함 받아 왔거든."

매튜에게 받은 명함을 아내에게 건넸다.

"옷 가게에 외국 사람도 있어?"

"어, 처음 봤을 때부터 같이 다니더라고."

"이상한 사람이네. 선거철에 나눠 주는 명함도 아니고, 뒤에 자기 이력을 잔뜩 적어놨네."

"유명한 사람이라고 하는 거 같던데. 난 잘 몰라서."

"나도 모르지. 옷이라고는 2만 원 넘는 게 없는데. 여기 SNS 주소도 있네."

성훈은 휴대폰을 보는 아내의 옆으로 자리를 옮겼다.

"어머, 가게 작다고 안 했어? 엄청 큰가 봐. 본사 이전이라는데?"

"어……? 크흠."

"외국인 기업이야? 왜 죄다 댓글 단 사람이 영어야? 어? 여기 당신 옷이랑 똑같은 옷을 입은 사람들이 잔뜩 있는데?"

"아, 그 옷이 조카가 만들어준 거거든. 뭐라고 쓴 건데?"

학원에서 애들에게 영어를 가르치던 아내는 SNS에 있는 사진을 보며 떠듬떠듬 읽어 내려갔다.

"제프 우드 전속 디자인 팀이라는데? 옷이 정말 마음에 든다고, 옆에 울상인 사람들은 주문을 못 해서 저러는 거래."

"그래? 다 팔렸다고 하더니 정말이었나 보네."

"그 옷이 유명한가? 이 밑에 사진은 할아버지가 입고 있네? 헤슬? 영국 헤슬 말하는 건가? 헤슬에 사는 데이비드래. 참 부럽게 사네."

제7장

예상하지 못한 손님

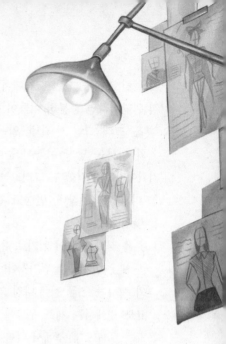

　호정 모직의 기획 팀 이사 최진형은 회의에 올라온 안건에 흥미가 동했다.

　"그러니까 제프 우드의 영입을… 아니지. 제프 우드 그 사람이 직접 제안을 했는데 거절하고 한국에서 숍을 오픈했다? 왜? 미친놈도 아니고?"

　"워낙 알려지지도 않은 사람이고 갑자기 나타난 사람이라서 거기까진 잘 모르겠습니다."

　"신기하네. 이 옷들이 전부 그 디자이너가 만든 거고? 아무튼 그런데 왜 그걸 우리가 하려는 건데? 나 패션에서 나온 지 이십 년이 다 돼가는데?"

　"장기적 투자 개념입니다. 그래서 업무 외 보고를 드렸고요. 벌써 제프 우드에서 영입 제의가 올 정도면 곧 패션업계에 이름이 들릴 겁니다. 그런 디자이너가 사용하는 원단이 우리 호정 모직 원단이라면 충분히 이득이 된다고 생각했습니다."

"음. 그래, 그럴 거 같네. 일단 생각 좀 해보자고. 나가봐."

최 이사는 당장 이득이 눈에 보이진 않겠지만, 나름 괜찮은 기획이라고 생각했다. 그러고는 I.J의 SNS를 살펴봤다.

"디자인은 괜찮네. 반응도 괜찮고. 어? 제프 우드? 단체로 옷을 맞춰 입었어?"

옷을 직접 만들어 입기로 유명한 제프였다.

"단체옷이라 맞춘 건가? 어! 이 사람! 어어!"

최 이사는 조금 전에 나간 기획 팀장을 다시 불러들였다.

규모 면에서는 제프 우드에 비할 수 없지만, 이름만으로는 비견되는 브랜드 '헤슬'에서 글을 남겼다.

그것도 좀처럼 얼굴을 비추지 않는 헤슬의 수장 데이비드 모리슨이 조금 전에 제프 우드가 입고 있던 옷과 똑같은 옷을 입고 있었다.

[I.J의 디자이너와 대화를 하고 싶습니다. 연락 기다리겠습니다.]

"이사님, 찾으셨습니까?"

"어! 이 팀장, 그거 바로 해."

"I.J 말씀하시는 건지."

"그래! 그거. 미팅 잡히면 나도 가지."

"네? 네. 미팅 잡아보도록 하겠습니다."

"빨리빨리, 최대한 빨리 잡아!"

* * *

며칠 뒤.

우진은 옷을 만들 때보다 오히려 더 피곤했다. 마당 뒤에 완성된 판넬 작업실에 성훈의 기계가 들어왔고, 세운까지 I.J에 합류하게 됐다. 그로 인해 제조업이 추가되어 업종 추가 신고까지 한 우진은 사무실에 앉아 잠시 숨을 돌렸다.

같은 옷을 입고 작은 테이블에서 무언가를 작성하는 세 사람. 세운과 성훈, 그리고 매튜까지.

갑자기 직원이 생기자 어깨가 무거웠다. 과연 잘해 나갈 수 있을지 걱정되었다.

"그런데 왜 매튜 당신은 아무런 직책이 없어?"

"전 파견 나온 겁니다."

"아, 그랬지. 이참에 거기 때려치우고 여기 자리 잡지 그래? 지금도 우리 전부 같은 옷 입고 있잖아. 하하."

"아직은 안 됩니다."

그 대화를 듣고 있던 우진도 내심 궁금했다. 엄연히 따지면 매튜는 I.J가 아닌, 제프 우드 소속이었다.

'매튜도 같이 일할 거 같긴 한데.'

그가 의류업계에서 상당히 유명했기에 내심 걱정하긴 했지만, 매튜가 제프 우드로 돌아간다는 상상만 해도 벌써 망한 기분부터 들었다. 그만큼 우진에게 그는 필요한 존재였지만, 현재 자신으로는 매튜를 붙잡아두기 부족했다.

우진이 그런 매튜를 물끄러미 보고 있을 때, 테이블에 있던 세 사람이 동시에 고개를 돌렸다.

"조카, 아니, 이제 뭐라고 불러야 하나. 하하."

"그냥 편하게 부르세요."

"그럴 수야 있나요. 가게 있을 땐 다른 분들처럼 선생님이라 부를게요."

전부 자신보다 나이가 적게는 10살, 많게는 2배가 넘게 차이 나는데 아직 존댓말을 받기는 영 껄끄러웠다. 지금 이 자리엔 없는 미자가 그나마 또래였지만, 오히려 미자는 그 누구보다 더 깍듯했다.

아직 학생인 탓에 아르바이트로 고용한 미자가 수업을 마치고 곧바로 왔는지 가방을 메고 가게로 들어섰다.

"선생님, 안녕하세요. 우와! 엄청 깔끔하다!"

"잘 찾아왔네요. 조금 구석에 있어서 걱정했는데."

"아니에요. 학교에서 가까워서 더 좋아요."

"다행이에요. 가방부터 좀 내려놓으세요. 무거울 거 같은데."

미자는 발개진 얼굴로 무거운 가방을 내려놓고는 가게를 구경했다. 미친 듯이 정리한 우진이 보람을 느낄 정도로 깔끔하다는 말을 연발하고선 사무실에 돌아오더니, 곧바로 구석에 마련한 컴퓨터가 있는 자리에 앉았다. 다음 주부터 다시 업무를 보기로 했기에 벌써부터 있을 필요는 없는데, 미자는 곧바로 컴퓨터부터 부팅시켰다.

"당장 할 일 없으니까 벌써부터 그러시지 않아도 돼요. 오늘은 그냥 저희끼리 밥 먹으려고 오라고 한 거예요."

"그게 제가 좀 부족해서……."

우진은 고개를 갸웃거렸다. 오래되진 않았지만, 고객을 응대하는 모습이 마음에 들어 같이하기로 한 건데 갑자기 뭐가 부족하다는 건지 몰랐다.

"영어를 잘 못해서요……."

우진은 그제야 알았다는 듯 고개를 끄덕였다. 홈페이지는 닫았지만 SNS는 그대로 놔뒀고, 며칠 전 제프 우드에서 단체 사진을 올린 것까지 확인했다.

"아, 괜찮아요. 모르는 건 저한테 물어보세요. 저도 계속 보고 있으니까 너무 걱정하지 않으셔도 돼요."

"제가 답장을 해야 하는데, 쪽지가 전부 영어로만 와서요. 그런데 그 많은 걸 벌써 보셨어요?"

"네?"

며칠 동안 정신이 없어 확인을 못 했다고 해도 그렇게 많은 글들이 있을 거라고는 생각지 못했다. 하루에 댓글 하나 달려도 많이 달리는 편이었다.

우진은 오랜만에 휴대폰으로 SNS에 들어갔고, 들어가는 순간 고개를 번쩍 들었다.

"이게 뭐예요?"

"저도 모르는데. 댓글도 엄청 달렸죠? 쪽지도 보셨어요?"

"아, 잠깐만요."

우진은 SNS를 하지 않았기에 쪽지를 찾아 들어가느라 버벅거렸다. 거우 쪽지함을 찾아 들어간 우진은 침을 꿀꺽 삼켰다.

"매튜 씨! 매튜 씨!"

우진은 휴대폰을 들고 앉아 있는 매튜에게 갔다. 그러고는 매튜와 함께 쪽지를 읽어나갔다. 전부 의류업계에서 어느 정도 이름 있는 회사들이었다.

캐주얼 전문인 'Cuda. JAss Bo$a'를 비롯해 스포츠 의류 업체이며 한국에서 인기 있는 'Bella'나 'Hive'에서까지 메시지를 보내왔다.

연락처가 있던 홈페이지를 닫아놔 연락할 방법이 없어 쪽지로 보낸다는 말로 시작했는데, 내용은 다들 비슷했다.

만나보고 싶다거나 디자이너로 영입을 하고 싶다는 내용.

자신이 어느 정도 이름이 있다거나 인기가 있다면 모를까, 현재로서는 그렇지 않았다. SNS만 보더라도 일반인이 작성한 글은 전혀 보이지 않는데, 알지도 못하는 회사들에서 도대체 왜 이런 쪽지를 보냈는지 이해할 수 없었다.

세운은 어느새 옆으로 다가와 매튜와 함께 쪽지를 보더니 우진을 힐끔 봤다.

"갈 거야?"

"아니요. 왜 갑자기 이런 쪽지가 한꺼번에 오는지부터 알아봐야겠어요."

우진은 매튜와 대화를 나눴고, 세운은 멀뚱히 있던 미자와 성훈에게 무슨 일인지 설명해 줬다.

"그러니까 우리 선생님이 전 세계에서 유명한 업체들로부터 스카우트를 받았단 말이에요? 그럼 해외로 나가시는 거예요?"

"우진 씨가 어떻게 할지는 모르겠는데, 이렇게 먼저 연락 오는 경우는 드물거든요."

"와… 이거 괜히 조카님 발목 잡고 있는 건 아닌가 모르겠네……"

세 사람이 대화를 나누는 사이 우진과 매튜도 심각했다.

"죄송합니다. 며칠간 바빠서 제대로 살필 시간이 없었습니다."

"아! 아니에요. 제가 봤어야 하는걸요. 그런데 왜 이렇게 갑자기 이런 쪽지가 왔을까요?"

"음. 제가 생각하기에는 I.J가 이제 걸음마 단계이니 협력관계보다는 유능한 디자이너를 선점하는 편이 이득이라서 그런 거 같습니다."

"유능… 절 뭘 보고요. 그런 회사들에 포트폴리오는커녕 메일조차 보낸 적 없는데요."

"많은 사람들이 본 것이 하나 있지 않습니까. 제프 선생님 인터뷰에서."

우진도 제프의 인터뷰를 몇 번이나 봤다. 고작 1분 남짓하게 나온 영상이 이렇게나 효과가 커다랄 줄은 생각지 못했다. 아무리 그 유명한 제프 우드라고 해도 이건 좀 과한 것 같았다.

그때, 컴퓨터 앞에 앉아 있던 미자가 조용하게 우진을 불렀다.

"선생님, 호정 모직이라는 곳에서 스무 통도 넘게 메일 보냈는데요. 확인해 보셨어요? SNS에도 쪽지를 보냈다고 하던데."

미자의 말에 반응을 처음 보인 사람은 세운이었다.

"호정? 호정 어패럴이랑 같은 계열사? 에뚜알 있는 호정?"

"전 잘 모르겠는데요."

"호정 모직에서 우진 씨한테 왜?"

"저도 몰라요."

"우진 씨, 메시지 확인해 봐."

우진은 세운의 큰 소리에 깜짝 놀랐다. 세운의 얼굴에서 분노가 느껴졌다. 그리고 그 순간, 예전에 김 교수에게 들었던 말이 떠올랐다.

호정 그룹의 에뚜알에서 아드리아노 씨를 영입하려던 소문이 있었다고 들었다.

세운의 얼굴을 보니 혹시 소문대로 관계가 있었지만, 안 좋은 일이 있었던 건 아닐까란 생각이 들었다.

호정 그룹에서 보낸 쪽지에는 별다른 내용은 없었다.

[대한민국을 대표하는 호정 모직 기획 팀 팀장 이기석이라고 합니다. 다름이 아니라 호정 모직에서는 평소 I.J의 디자인을 이 시대에 한발 앞선 디자인이라고 생각하며…(중략)… 그럼 연락 기다리겠습니다.]

"무슨 내용입니까?"

"호정 모직이라는 곳에서 무료로 원단을 공급하고 싶다고 그러네요. 여기도 제프 우드 씨 영상 보고 보낸 모양이에요. 근데 제 디자인이 한발 앞선 디자인은 아니라고 생각하거든요. 차라리 당장 필요로 하는 옷을 만든다고 하면 모를까."

우진이 세운의 얼굴을 살피느라 조심스럽게 답한 것을, 매튜는 정확히 판단하고 있다고 생각하며 박수까지 보냈다.

"우진 씨, 후… 아니다. 뭐 알아서 해. 우진 씨한테도 기회 같은데. 원단 대준다잖아."

세운은 말을 하다 말고 나가 버렸고, 우진은 찜찜하게 자리를 지켰다.

"조건은 어떻게 됩니까? 디자인 공개 시 원단도 함께 공개입니까?"

"아직 그런 건 안 나와 있어요."

"음, 일단 만나보시죠."

우진은 세운이 신경 쓰여 쉽게 대답하지 못했다. 호정 모직과 세운 중 한쪽만 고르라고 하면 당연히 세운이었다. 원단이야 구매하면 되지만, 세운 같은 사람은 구할 수 없었다. 하지만 세운에게 무슨 일이 있었냐고 먼저 물어보기가 어려웠다.

우진은 약간 무거운 마음으로 쪽지를 다 보고선 SNS에 올라온 사진을 살폈다. 그러던 중 며칠 전에 누군가 올린 사진이 눈에 들어왔다.

"데, 데… 이비드 모리슨… 이다."

말까지 더듬는 우진의 모습에, 매튜도 급하게 화면을 봤다. 그러고는 아주 잠깐 얼굴이 찡그러졌다.

"헤슬, 흠."

"진짜 데이비드 모리슨 맞죠……?"

"맞습니다. 몇 번 뵌 적 있죠. 미국으로 배송할 때 다른 지역이 하나 있더니, 그게 데이비드 씨였나 보군요. 메시지 남겨보시죠. 선생님과 연락하길 원하시네요."

"왜요? 절 왜요!"

"진정하시죠. 선생님 옷이 마음에 드셨나 봅니다."

제프 우드에 이어 데이비드 모리슨까지. 우진은 떨리다 못해 심장이 터질 정도였다.

"뭐라고 답장 보내야 하죠?"

"'마음에 드셔서 다행입니다' 정도로 보내면 됩니다. 별로 격식을 따지시는 분이 아니니."

우진은 휴대폰을 떨어뜨릴 정도로 손을 떨었다.

*　　　　*　　　　*

수선 가게가 있던 자리에 젊은 백인과 머리가 하얀 백인, 두 명의 외국인이 서성였다.

"여기가 맞는 겐가?"

"I.J의 우편물에 적혀 있던 주소는 여기가 맞습니다."

"아무리 봐도 여기는 아닌 것 같은데. 자네 생각은 어떠나."

"그런 거 같습니다."

시장 한복판에 서서 비어 있는 가게를 보던 백인은 팔을 들어 올리는 과장된 몸짓을 하고선 헛웃음을 지었다. 그때, 가게 건너편에서 그 모습을 보던 분식집 아주머니의 목소리가 들렸다.

"저기요! 한국말 알아요?"

그러자 젊은 백인이 알아듣고선 고개를 돌렸다.

"아, 알아들으시네."

"네, 무슨 일로."

"거기 어르신이 우진이랑 똑같은 옷을 입고 계시는데 혹시 우진이 찾아오신 거예요?"

젊은 백인은 아마 자신들이 찾는 사람의 이름이 우진인 것 같다는 느낌에 고개를 끄덕였다.

"거기서 기다려도 소용없을 건데. 며칠 전에 갑자기 이사를 가버렸거든요."

"어디로 옮겼는지 알 수 있습니까?"

"그건 모르고요."

백인은 알았다는 듯 고개를 끄덕이고는 나이가 있어 보이는 남자에게 다가갔다.

"마스터, 잘못 찾아온 것 같습니다. 어떻게 할까요?"

"됐네. 마침 드디어 답장이 왔어. 연락처를 물어봤으니 곧 답장이 오겠지."

*   *   *

I.J 직원이 모두 모인 첫 자리임에도 분위기가 축 처져 있었다. 세운은 자신 때문이라고 여겼는지 억지로 분위기를 띄우려 노력했다.

"자자! 모두 다 잔들 들고, 임 선생이 한마디 해야지. 첫 회식인데."

우진은 여전히 세운의 이야기가 궁금했지만, 분위기를 풀려는 모습에 맞장구치며 잔을 들었다.

"이제 시작이나 다름없어서 힘들긴 하겠지만, 열심히 할게요. 앞으로 잘 부탁드려요. 아! 혹시 아까 일 때문에 걱정하실 거 같아 말씀드리는데, 다른 데로 갈 생각 없어요."

우진이 잔을 내밀자 다들 어색한 얼굴로 잔을 부딪쳤다. 한 잔, 두 잔 술잔이 늘어갔고, 세운과 성훈은 주량이 맞는지 열심히 잔을 들이켰다.

술기운 때문인지 처음보다 확실히 분위기가 풀렸기에 우진도 마음이 조금 가벼워졌다.

그러자 우진은 그동안 참고 있었던 자랑을 조심스럽게 뱉었다.

"매튜 씨 덕분에 데이비드 선생님하고 연락도 해보고 신기하네요."

"저도 신기합니다. 아무리 마음에 들어도 그럴 분이 아닌데."

"잘 아세요?"

"몇 번 부딪힌 정도가 다입니다. 아무래도 제프 우드와 비견되는 브랜드이다 보니 알게 모르게 들리는 얘기가 많습니다. 단 한 번도 제프 우드 제품을 칭찬하신 적이 없는 분이에요."

우진은 왠지 어깨가 으쓱해졌다.

"만약에 헤슬에서 선생님과 함께하고 싶다고 제의하면 어떻게 하실 겁니까? 다른 곳들과 다르게 맞춤옷에 특화된 브랜드여서 도움이 될 것 같습니다."

경쟁 브랜드임에도 불구하고 자신만을 위한 조언이었다. 특정 브랜드 아래로 들어갈 생각도 없지만, 들어간다 하더라도 지금까지 도움을 준 매튜가 있는 제프 우드가 우선이었다.

"제가 헤슬로 가면 매튜 씨는요?"

"그럼 제가 할 일이 없어지는데 돌아가야지요."

우진은 이미 예상했기에 서운함 대신 웃음이 나왔다. 술자리는 계속 이어졌고, 각자 얘기가 오갔다.

*   *   *

회식이 끝나고, 우진은 세운과 함께 집으로 돌아왔다. 세운은 술도 많이 마셨건만, 집에 도착하자마자 맥주 캔부터 땄다.

"또 드세요?"

"우진 씨도 하나 줘?"

"아니에요. 내일부터 바빠질 거 같아서요."

세운은 피식 웃고는 우진을 불렀다.

"우진 씨, 조심해."

"네?"

"호정 조심하라고."

"호정 모직이요?"

"그래, 다른 계열사라고 해도 같은 뿌리에서 나왔으니까 거기서 거기겠지."

"호정하고 무슨 일 있으세요?"

"있었지. 그 빌어먹을 놈들. 정확히 말하면 호정 어패럴 에뚜알하고."

우진은 약간 취기가 올라온 듯한 세운의 말에 귀를 기울였다. 세운은 맥주를 벌컥 들이켜고는 입을 열었다.

"내가 이탈리아에서 있었을 때, 인종차별이 좀 심했어. 지금이야 인종차별 당하면 죽더라도 싸울 텐데, 그때는 너무 어리다 보니 울기만 했지. 어머니가 돌아가시기 전에는 그나마 괜찮았는데, 어머니가 돌아가시니까 어린 나이에 우울증이 생기더라고. 그러다 보니까 학교도 그만두고, 친구도 없고, 얘기할 사람이라고는 아버지하고 공방에서 일하는 분들밖에 없었어. 아버지가 그게 안타까웠나 봐. 나이가 30살이 될 때까지 술 한잔할 친구가 없었던 게."

지금 세운의 모습과는 전혀 다른 얘기에 우진은 약간 놀랐다.

"그러던 어느 날 아버지가 그러더라고. 한국으로 가면 어떻겠냐고. 이유를 알아보니까 호정에서 스카우트가 왔다는 거야. 난 처음에 거절했지. 헤슬 하면 그 당시에도 유명한 브랜드인데, 나 때문에 그런 자리를 버리고 한국으로 가려는 게 말이 안 되잖아."

"그렇죠. 저 같아도 말렸을 거 같아요."

"그래도 아버지는 그걸 다 버리시더라고. 그리고 공방도 넘기시고, 매일같이 데이비드가 찾아왔는데도 거절하셨어. 그리고 한국으로 넘어왔지."

"데이비드⋯ 혹시 데이비드 모리슨 말씀하시는 거예요?"

세운은 피식 웃으며 말을 이었다.

"맞아. 늙어 보여도 나보다 한 살 어려. 백발이라서 그런기? 하하, 아무튼 한국에 오니까 '내가 태어난 나라가 이런 곳이구나' 그런 생각이 드니까 설레더라. 그리고 아버지한테 미안하게도, 이곳에서 계속 살았으면 괴로운 생활을 하지 않아도 됐을 거란 생각도 들었고."

"그럼 한국에 오셔서 여기 계속 사신 거예요?"

"아니, 처음에는 압구정? 거기서 살았지. 여기는⋯ 후⋯⋯."

세운은 다시 맥주를 들이켰다.

"그게… 에뚜알하고 일이 틀어졌어. 처음에는 분명 수제 고급화를 내세운 신상 브랜드를 내기로 했거든. 그런데 내가 한국에 왔을 때가 딱 IMF가 터져 버렸을 때야. 그래서 그 계획이 물거품이 돼버린 거야. 거기까진 이해해. 그런데 계약을 어떻게 했는지, 아버지가 뭐만 하려고 하면 계약 위반이라면서 아무것도 못하게 하는 거야. 그래서 여기도 내 이름으로 차린 거야."

"아……."

"그런데 그놈들이 아버지가 가게에 있는 것도 트집을 잡더라고. 아버지도 더 못 참으시겠는지 아는 분들에게 연락을 하더라. 그동안 참고 계셨던 게 신기했지. 후후, 아무튼 그동안 쌓은 인맥들로 밀어붙여 계약 자체를 무효화시켜 버렸어. 그걸로 끝난 줄 알았거든. 그런데 그 자식들이 매일같이 찾아와서 새로운 조건을 내거는데, 그게 전부 아버지 이름만 빌리려고 하는 거였어. 아버지가 자기 제품에 얼마나 프라이드가 높은데 그걸 해줄리가 있나. 그쪽에서는 벌써 홍보 준비 중이라고 한 걸 보면, 처음부터 이름을 빌리려고 그딴 수작질을 했던 거지."

"아, 그래서 그런 소문이 있었다는 거구나."

"무슨 소문?"

"아드리아노 선생님이 에뚜알과 함께한다는 소문이 있었다고 들었거든요."

"호정에서 일방적으로 낸 거지. 그래서 어쨌든 여기서 시작하게 된 거야. 그런데 엄청 끈질기더라고. 널리고 널린 게 가죽 가게인데, 뭘 어떻게 했는지 가죽 자체를 구할 수가 없더라. 수제

화 가게에서 가죽이 없으면 신발을 어떻게 만들어. 하하, 그때 우리 아버지 정말 멋있었지."

세운은 손가락으로 전화기를 받는 시늉을 했다.

"'나 아드리아노인데, 한국으로 가죽 보내줘. 기존 수량보다 10배 정도 더 많이' 딱 그러는데 엄청 멋있더라고. 그리고 며칠 안 지나서 가죽이 정말 왔어. 그것도 정말 구하기 힘들다는 로사 가문에서 만든 가죽이. 이 동네에서 난리가 났지. 아니, 이 동네만이 아니라 한국에 있는 디자이너들은 물론이고 이름 좀 있다 하는 사람들은 전부 찾아왔어."

"전화 한 통으로요?"

"어, 아무리 IMF라고 그래도 살 만한 사람은 살 만했는지 예약을 걸기 시작하더라. 그때 당시 구두값이 한국 돈으로 300만 원 정도 했어."

우진은 혀를 내밀었다. 현재 가격으로도 상당히 비싼 가격이었다.

"그런데 호정에서 또 찾아왔어. 그때가 장마철이라 확실히 기억하거든. 비가 이렇게 많이 내리는 나라구나 싶었는데, 호정에서 온 사람들이 그 빗속에서 우산 들고 종일 서 있었거든. 그래서 아버지가 거절해서 돌려보낼 생각으로 올라오라 그랬거든. 그랬더니 아니나 다를까; 기존 기획대로 고급화 브랜드를 내겠다고, 거기 수장을 맡아달라고. 우리 아버지 성격이 한번 아닌 건 아니거든. 그러니까 딱 잘라 싫다고 그러셨지. 그런데 어쩐 일로 별말 없이 가대? 그래서 아버지하고 난 이제 좀 편하게 지내겠구나 생각하고 오히려 반갑게 여겼지."

"그럼 혹시 호정에서……."

"들어봐. 비가 계속 와도 이 동네가 물이 차는 동네가 아니었
거든. 그런데 다음 날 내려갔더니 앞 유리 알지? 그게 깨져 있더
라. 아버지나 나나 정신도 제대로 못 차리고 가게부터 들어갔는
데 난장판도 그런 난장판이 없었어. 물에 떠 있는 가죽, 가라앉
은 가죽, 얼마나 오래 잠겨 있었는지 이미 퉁퉁 분 것들도 상당
했지. 완전 미친놈처럼 건져 올렸어. 그런데도 도무지 쓸 만한
건 하나도 없더라고."

듣고 있던 우진은 주먹을 꽉 쥘 정도로 화가 났다.

"그때는 한국에 온 지 얼마 안 돼서 보험 같은 것도 몰랐고,
그냥 다 책임져야 하는 상황이었어. 로사에서 온 가죽만 아니었
으면 이 정도는 아니었을 건데… 그게 컸지. 이탈리아에서 가져
온 돈으로 여기 사고, 그러다 보니까 로사에 보낼 돈이 없었어.
나 때문에 여기 파실 생각도 없으셨고. 며칠 동안 생각하시더니
결국 호정에 전화를 하시더라. 그리고 전화에 대고 소리치시는
게 마지막으로 기억하는 아버지 목소리야."

"왜요?"

"통화라서 잘은 모르는데, 옆에서 들은 내용으로는 아버지가
저번에 했던 제안을 받아들인다고 그랬는데 그쪽에서 거절했나
봐. 그리고 아버지가 당신들이 그걸 어떻게 아냐고 소리치신 걸
보면, 호정에서 우리 사정을 이미 다 알고 있었겠지. 어디에 말
한 적도 없는데. 비가 며칠 동안 계속 와서 문 연 가게들이 없었
거든."

"그래서 화 때문에 쓰러지신 거예요?"

"아니, 전화 끊고 경찰에 신고한다고 나가시다가 계단에서 넘어지셨어. 머리부터 부딪혀서 한 일 년을 병실에만 계시다 가셨어. 내가 어떻게 해볼 방법이 없더라. 지금이야 CCTV가 다 달렸지만 그때는 그런 것도 없고, 내가 뭘 할 줄 아는 것도 없고."

듣는 자신도 화가 날 정도이니, 호정 얘기가 나왔을 때 세운이 왜 그렇게 화를 냈는지 이해가 갔다. 맥주를 또 한 캔 들이켜는 세운을 보던 우진은 조심스럽게 말했다.

"헤슬에 도움을 청하시진 않으셨어요?"

"끄어억. 미안, 트림이 나오네. 그럴 수가 없었지. 그렇게 잡는 걸 뿌리치고 왔는데 어떻게 도와달라고 그래. 그리고 난 아버지와 다르게 할 줄 아는 건 만드는 것뿐인데."

아마 자신이 세운이나 아드리아노였어도 그러긴 힘들 것 같았다. 얘기를 듣고 나니 세운에 이곳에 남아 있는 이유도, 팔리지도 않는 신발을 만들고 있던 이유를 알 것 같았다.

"우진 씨가 알아서 할 일인데 내 얘기가 너무 길었네. 피곤할 텐데 쉬어."

땡동땡동.

"이 시간에 누구지? 매튜 그 양반인가?"

"제가 나가볼게요."

인터폰이 아니었기에, 우진은 현관문에 대고 말했다.

"매튜 씨세요?"

"헬로, 이곳이 LJ 컴퍼니가 맞습니까?"

"어? 누구세요?"

우진은 현관문을 조금만 열고 밖에 있는 사람을 살폈다. 그런데 처음 보는 젊은 백인과 그 뒤에 어디선가 본 듯한 백발인 백인이 보였다. 우진은 고개를 갸웃거리다 말고 현관문을 쾅 닫아버렸다.

"어!"

"왜 그래? 누군데."

"어!"

"뭘 어야! 누구냐니까? 참 나, 우진 씨도 참 이상해."

세운은 우진을 대신해 현관문을 열었고, 우진과 마찬가지로 다시 쾅 닫아버렸다.

"어?"

그러자 밖에서 현관문을 두드리며 소리를 질렀다.

"맞네! 맞았어! 내가 잘못 본 게 아니잖아! 세운 마르키시오! 날세, 데이비드! 문 열게!"

집이 울릴 정도로 현관문을 두드렸다. 우진은 이게 무슨 상황인가 싶어 세운을 봤다.

"잘못 찾아오셨어요."

"잘못 찾아오긴! 날세! 나라고! 데이비드 모리슨!"

"여기 세운이라는 사람 안 살아요. 이사 갔어요."

"이 친구가! 목소리도 똑같구만. 장난 그만하고 문 열게나. 내 오랜 친구 세운."

우진은 마치 연극 대사처럼 들리는 말에 멍한 얼굴로 세운을 봤다. 세운은 뻔뻔하게 거짓말을 하더니 이내 얼굴을 찡그리며 문을 열었다.

"내 오랜 친구! 세운 마르키시오! 이 친구야!"

데이비드는 들어오자마자 세운과 격하게 포옹을 했다. 우진은 여전히 멍한 얼굴로 그 상황을 지켜봤다. 세운은 너무 놀라 술까지 다 깼는지 눈동자가 맑아졌다.

"여긴 어떻게 알고 왔어……?"

"다 아는 수가 있네. 내가 아드리아노 씨 얘기를 듣고 얼마나 침통했는지 아는가! 왜 하늘은 천재를 그렇게 빨리 데려가는지."

"어… 여전하네. 일단 들어와."

　다 같이 거실로 자리를 옮겼다. 우진은 잡지에서나 보던 데이비드가 자신이 만든 옷을 입은 모습에 심장이 두근거렸다.

"사실 제프 그 이상한 놈 때문에 알게 됐네. 얼마 전 제프 우드 인터뷰에서 그놈이 이 옷을 칭찬하는 게 아닌가. 그래서 제프를 면박 줄 생각으로 어렵게 찾아내서 구매했네. 그런데 디자인은 평범해도 생각보다 훌륭한 옷이었네. 그리고 무엇보다! 구두! 하하, 난 딱 보자마자 자네가 떠올랐네. 그래서 찾아보니 역시나더군! 옷에 어울리는 구두, 기품이며 완벽한 재봉, 완벽한 대칭, 구름 위를 걷는 듯한 푹신함. 이 세상에 아드리아노가 없다면 자네밖에 더 있겠나!"

　우진은 옷 때문에 연락을 했던 게 아니라 구두 때문이라는 걸 안 순간 부끄러워 얼굴이 붉어진 한편 걱정이 생겨 버렸다.

　그때, 세운이 어깨에 손을 올렸다.

"그거 내가 디자인한 거 아닌데. 여기 옆에 있는 이 친구… 아니, 여기 선생님이 하신 거야."

"누구를 말하는 겐가? 이 젊은이?"

"I.J 디자이너 임우진 선생님이야. 자네가 지금 입고 있는 옷 직접 디자인한. 네가 찾던 구두도 마찬가지고."

그제야 데이비드는 우진에게 관심을 보였다. 우진은 제프 우드와 마찬가지로 존경하던 데이비드 앞이라 심장이 미친 듯이 두근거렸다. 하지만 세운을 보는 데이비드의 눈빛에 우진은 심호흡을 하고 어깨를 쫙 폈다.

"안녕하세요. I.J 디자이너 임우진입니다."

*　　　　*　　　　*

이상한 말투로 세운을 반기는 데이비드 때문에 우진은 존경하던 마음보다 걱정이 앞섰다. 세운이 이대로 헤슬로 가버릴 수도 있다는 생각에 자신도 모르게 어깨에 힘이 들어갔다.

"그렇군요. 오랜 벗이 반가워 실례를 했군요. 전 데이비드 모리슨이라고 합니다."

악수하는 손이 떨리긴 했지만, 최대한 담담해 보이려 노력했다. 이대로 세운이 가버리면 가게는 물론이고 구두를 만들 사람까지 없어지는 것이다.

우진은 세운을 한 번 바라보고선 입을 열었다.

"I.J에서 가죽 관련한 모든 것을 책임, 통괄하시는, 저희에게 없어서는 안 될 세운 선생님과 친구라는 말씀 들었습니다."

"하하하하, 나 언제 그렇게 높아진 거야! 우진 씨, 왜 그래. 편하게 해."

"편한데요!"

"하하, 긴장하면 목소리부터 커지네."

세운은 우진이 왜 저렇게 행동하는지 바로 알았다. 자신을 필요로 하는 모습에 기분이 적잖이 좋아져 웃음소리가 커졌다. 이를 데이비드는 신기한 얼굴로 바라봤다.

　　"허허, 20년 만에 보니 자네도 많이 변했구만."

　　"변해야지. 그런데 넌 어떻게 그렇게 한결같아. 얼굴이 노안이라고 말투까지 맞춰 살 필요 없잖아."

　　"허허허, 자네가 잘 지내는 것 같아 이제 마음이 좀 편하네. 그런데 구두도 전부 이분이 디자인을 하셨다고?"

　　"어, 너 예전에 우리 어렸을 때 기억나? 내가 직접 그린 디자인으로 만든 신발을 보고는, 가죽 아깝게 뭐 하는 짓이냐고 화내고 그랬잖아."

　　"허허, 내가 자네 마음에 상처를 줬나 보구만."

　　"휴, 됐어. 아무튼 그때나 지금이나 비슷해. 옷부터 신발, 액세서리까지 전부 여기 젊은 선생님 작품이야."

　　"허허, 그런가? 우리 헤슬에도 저분 같은 분이 들어와야 할 텐데 말이야."

　　우진은 갑자기 쏠리는 시선에 부담스러워 고개가 저절로 숙여졌다. 그러다 데이비드의 배가 눈에 들어왔다. 옷이 불편한지 계속 잡아당기고 있었다. 그럴 리가 없었기에 우진은 옷을 유심히 쳐다봤다. 한참을 쳐다보던 중 데이비드의 목소리에 정신을 차렸다.

　　"그럼 자네는 이분과 함께하는 겐가?"

　　"그렇지."

　　"내가 같이 가자고 해도 말인가?"

"아는 사람도 없는데, 뭐. 가도 이탈리아로 가면 모를까, 뉴욕으로는 안 가."

"허허허, 내가 있지 않은가."

데이비드는 가볍게 농담을 건네며 미소를 지었다. 그러고는 우진을 힐끔 보고선 다시 입을 열었다.

"그럼 제프 우드로 가려는 겐가?"

"내가? 무슨 소리를 하는 거야?"

"저기 저분은 이미 제프 그 작자와 연이 있는 것 같은데. 아닌가?"

우진은 고개를 빠르게 돌렸다. 이미 알고 있으면서 지금까지 모르는 척을 했다고밖에 생각되지 않았다. 하지만 데이비드는 여전히 아무 일도 아니라는 듯 인자한 표정을 짓고 있었다.

"이보게, 세운. 자네가 제프 우드로 가서 자네의 기술을 가르치는 순간 헤슬은 끝이라네."

우진은 은인이나 다름없는 제프 우드를 악당처럼 여기는 데이비드의 말에 의문과 함께 반감이 들었다.

"제프 우드가 어떻게 커왔는지 아나? 제프 우드를 내세워 유명한 디자이너들을 영입했지. 그리고 그들의 노하우가 담긴 디자인들과 제작 방법을 흡수했어. 그래, 먼저 그걸 넘긴 놈이 멍청하다는 건 인정하네. 하지만 그 디자이너들은 어떻게 됐을 거같나? 제프 우드에 몸담고 있는 사람도 있었지만, 방식을 인정하지 않고 나와서 다시 숍을 차린 사람도 있네. 그럼 그 사람들은 어떻게 됐을 거 같나? 이보게, 젊은 선생. 어땠을 거 같나?"

우진은 처음 듣는 얘기에 쉽사리 대답하지 못했다. 그러자 데이비드가 어깨를 으쓱거리곤 말을 이었다.

"아류. 자신의 디자인, 고유한 방식임에도 불구하고 아류로 치부되었네. 제프 우드에서 기술을 전수받았다는 말만 해도 살 만했겠지. 하지만, 제프 우드는 그러지 않았지. 오로지 돈 버는 것에 목적을 두었으니."

우진은 제프의 얼굴을 떠올려 봤다. 다소 직설적이긴 하지만 유쾌하고 자신감이 넘치는 사람이었고, 우진은 좋은 기억만 갖고 있었다.

"제프 선생님이 그러실 분은 아닌 거 같은데요. 제가 디자인을 다시 할 수 있게끔 도와주신 분이시거든요."

"제프 그 사람만 보면 나도 그렇게 생각했을 걸세. 하지만, 거긴 이미 숍이 아닌 기업이라네. 디자이너라고 할 수 없지."

"그럼 헤슬은 아닌가요? 헤슬도 큰 브랜드인데."

"허허, 다른 사람이 본다면 그렇게 생각할 수 있지. 하지만, 헤슬에서는 디자이너의 의견이 들어간 제품은 전부 디자이너 이름이 제품 번호가 된다네. 아드리아노 시리즈만 보더라도 알 수 있지 않나? 세운, 그렇지 않은가?"

세운이 고개를 끄덕거렸다. 그럼에도 우진은 아직은 데이비드의 말에 동의하지 않았다. 그렇지만, 사람이기에 약간 혼들리는 마음은 어쩔 수 없었다. 그 순간 예전에 매튜가 한 말이 문뜩 떠올랐다.

'유출되면 평생 함께 일하겠다고 한 게 이걸 걱정해서인가……?'

가만히 생각하던 우진은 자신도 모르게 피식 웃었다. 디자인을 훔쳐간다고 해도 우진의 옷은 한 사람한테만 어울리는 옷인데다가, 여러 벌을 만들어도 각자 다른 체형에 맞춰 제작하기에 걱정되지 않았다. 그렇다고 우진의 눈을 뽑아 가진 않을 거고.

그러자 고민할 가치가 없어져 버렸다. 매튜에겐 미안하지만, 차라리 디자인이 유출되어 평생 옆에 있었으면 좋겠다는 바람이었다.

"그런데 데이비드 선생님. 혹시 제가 따라 해도 되나요?"

"뭘 말하시는 겐지."

"제품에 디자이너 이름을 넣는 거요. 옷은 제가 만들어서 괜찮은데 신발은 살짝 걸렸거든요. 세운 시리즈로 해도 되려나."

"뭐? 우진 씨, 됐어. 하하."

데이비드는 기껏 말해줬더니 엉뚱한 말을 하는 우진이 기가 찼다.

SNS에 있는 일부 옷의 디자인은 괜찮았지만, 그가 따로 주문해 지금 입고 있는 옷은 상당히 평범했다. 제프가 인터뷰에서 극찬한 것처럼 편한 느낌은 아니었다.

데이비드도 처음에는 모른 척하고 넘어가려다, 신발을 보고 찾아온 것이었다. 헤슬의 이름을 알리는 데 큰일을 했던 아드리아노. 그리고 연락이 끊겼던 친구 세운을 위해.

"뭐, 그건 다른 회사들도 많이 하는 방식이니, 굳이 내가 허락할 필요가 없다고 보네만. 허허."

우진은 옷에도 이름을 붙이는 생각을 하며 혼자 피식거리다가 또다시 데이비드가 옷을 당기는 모습이 보였다.

"저기 옷이 불편하세요?"

"허허, 편하네. 왜 그러시나?"

"자꾸 당기서서……."

그러자 세운도 합류했다.

"어? 이거 신기할 정도로 편한데. 나 이것만 입잖아."

"허허, 편하대도."

"그러고 보니 좀 끼는 것 같기도 하고. 우진 씨가 한번 봐봐."

우진은 몇 번이나 확인하고 만들었음에도 실수를 한 건 아닐까 걱정됐다. 실수한 옷을 비싸게 팔아버렸다는 생각에 곧바로 태블릿 PC를 들고 나왔다. 그러고는 주문자를 확인했다.

"다른 이름으로 주문하셨어요?"

그때, 데이비드와 함께 온 사람에게서 대답이 들렸다.

"제 이름으로 주문했습니다. 샘, 샘 해리스입니다."

우진은 대답을 듣자마자 혹시나 하는 생각이 들었다.

"치수도 샘 씨 걸로 기입하셨나요?"

"네, 보시다시피 선생님과 제가 체형이 비슷합니다. 선생님 옷을 제작할 때 대부분 제 치수로 만들었는데 지금까지 이상 없었습니다."

마치 자신의 잘못이 아니라는 듯 말하는 모습이었다. 그럼에도 우진은 그제야 이해했다는 듯 다행이라며 한숨을 내쉬었다. 그러자 데이비드가 우진을 보며 씨익 웃었다.

"티셔츠 하나에도 책임지려는 모습. 보기 좋구만, 허허."

"우진 씨가 말하는 건 그게 아니야. 네가 입을 걸 네 치수로 재야지."

우진은 안도감에 미소를 보이고는 샘에게 다시 물었다.

"나머지 치수도 대충 적으신 거예요?"

"아닙니다. 제 치수대로 그대로 기입했습니다."

"아······."

우진이 샘과 데이비드를 번갈아 보며 아쉬워하자, 세운이 마구 웃었다.

"왜 웃는 겐가?"

"그 옷 네 옷이 아니야. 임자가 바뀌었네. 내가 다른 옷 줄 테니까 벗어. 그쪽 분도 와이셔츠 벗어요."

세운은 방으로 가더니 티셔츠를 가져와 데이비드에게 건넸다.

"어차피 자고 갈 거잖아. 벗어봐."

"허허."

세운은 오히려 자기가 신난 얼굴로 데이비드가 벗어놓은 티를 샘에게 건넸다. 그러자 샘이 약간 찜찜한 얼굴로 마지못해 티셔츠에 목을 넣었다. 그러고는 몸을 이리저리 움직여 보더니 신기한지 옷을 쓰다듬었다.

"어떠세요?"

"편합니다."

"휴, 다행이네요. 그게 몸에서 1㎝ 정도 크게 만들었거든요. 그래서 접으면 좀 이상한 모양이에요."

"허허, 무슨 티셔츠를 직접 만든 것처럼 말하나?"

"전부 직접 만들었어요. 치수에 맞게, 최대한 편하게, 어깨부터 늘어지는 걸 염두에 두고. 그리고 자수까지 전부 박았거든요."

데이비드는 고개를 갸웃거리더니 샘이 입은 옷을 살폈다. 아무리 봐도 사람이 박은 솜씨가 아니었다. 자신을 놀리는 건 아닌지 세운과 우진을 봤지만, 상당히 진지한 얼굴이었다.

게다가 옷이 마음에 드는지 팔을 빙빙 돌려보는 샘 때문에 더욱 궁금해졌다.

"젊은 선생, 나도 하나만 만들어주게."

그러자 우진이 곤란한 얼굴을 하고선 입을 열었다.

"그게… 한정이라서요. 죄송해요."

＊　　　＊　　　＊

다음 날. 우진은 위층에 머무는 데이비드 때문에 잠을 설친 채 가게로 내려왔다.

정리할 것도 없고 아직 홈페이지도 다시 열지 않았기에 주문도 없었다. 어차피 이른 시간이라 다른 사람들이 오려면 시간이 남아 있었기에 우진은 컴퓨터 앞에 앉았다. 그러고는 SNS에 접속했다.

여전히 일반인들에게는 그다지 알려지지 않아 댓글은 많이 없었다. 하지만 이미 답을 보냈던 브랜드에서 또다시 보낸 쪽지들이 보여 우진은 머쓱하게 웃었다.

일반인들보다 기업에게 인기 있는 상황이었다.

우진이 입고 있는 티만 하더라도 제프 우드에서 단체로 주문하지 않았더라면 아직도 다 팔리지 않았을 것이었다. 우진도 스스로를 잘 판단하고 있었다.

현재로서는 개인에 맞는 옷을 만들기 때문에 기업이 원하는 기성복과는 어울리지 않았다. 매튜의 말로는 단순히 자신을 미리 영입하려고 보낸 쪽지들일 뿐이었다.

어차피 매튜가 아니면 자신이 해야 하는 일이기에, 우진은 쪽지마다 최대한 정중하게 거절을 표하는 답장을 보냈다. 한참 답장을 보내고 있는데, 한글로 적힌 쪽지가 보였다.

호정 모직.

어제 받았을 때는 내심 기대도 되었는데, 세운의 얘기를 듣고 나니 고민이 되었다.

그때, 가게 문을 여는 소리가 들렸다.

"일찍 나오셨습니다."

"네, 잠도 안 오고 해서. 일찍 일어난 김에 답장 보내고 있었어요."

매튜는 짐을 내려놓지도 않고 우진이 보낸 답장을 확인하더니 고개를 끄덕거렸다.

"좋네요. 비슷한 내용을 두 번이나 보내긴 했지만, 상대방도 디자이너가 직접 보낸 메시지에 호감을 느낄 것 같습니다."

"네?"

"어제 회식 끝나고 호텔로 가서 제가 보냈었습니다."

"쉬시지."

"괜찮습니다. 그런데 호정 모직은 어떻게 하실 겁니까? 한국어를 공부하고 있는데 아직 부족해 무슨 내용인지 자세히 알아볼 순 없었습니다."

"어제 알려 드린 게 다이긴 한데… 어떡하죠?"

"나쁜 제안은 아니라고 봅니다. 제프 우드만 하더라도 섬유 공장을 직접 운영하고 있으니까요. 소매로 원단을 구매하고 있는 우리로서는, 제프 우드처럼 하진 못하더라도 꾸준히 원단을 공급해 주는 기업이 있다면 충분히 받아들일 조건이라고 봅니다."

"네, 아는데……."

우진은 세운의 얘기가 걸렸다. 본인이 아니라 매튜에게 얘기를 꺼내기도 마음에 걸려 어떻게 해야 하나 고민 중이었다.

그리고 그때, 사무실을 두드리며 당사자가 들어왔다.

"나 때문에 그러는 거면 신경 쓰지 말라고 했잖아!"

"아, 오셨어요."

밖에서 들렸는지 세운이 콧등을 씰룩거리며 들어왔다. 그 뒤로 함께 온 사람을 본 매튜는 얼굴이 굳어졌다.

"오랜만에 뵙습니다, 선생님."

"허허, 오랜만입니다. 이런 곳에서 뵐 줄이야. 놀랍군요. 여전히 딱딱하시군요. 허허."

"네, 그럼 볼일 보시죠."

우진은 이미 알면서 모른 척하는 데이비드 때문에 헛웃음을 뱉느라 자리를 피하려는 매튜를 보지 못했다. 그러자 세운이 매튜를 잡았다.

"둘이 아는 사이일 줄은 몰랐네. 우리 밥 먹으러 가려고 하는데, 두 사람 같이 안 갈래요?"

"전 괜찮습니다."

우진도 체할 것 같았기에 매튜와 남아 있기로 했다.

"우진 씨, 내 걱정하지 말고, 마음 가는 대로 해. 난 밥 좀 먹고 올게. 그리고 저것 좀 어떻게 해줘. 자기가 잘못 주문하고 나한테 부탁하잖아."

"허허허."

세운이 데이비드와 가게를 나가자, 매튜가 의자에 털썩 주저앉았다. 좀 전까지 당당함으로 일관하던 것과 상반된 모습이었다.

"매튜 씨도 놀라셨어요?"

"갑자기 나타났는데 당연히 놀라죠. 언제 알고 계셨습니까?"

"아! 어젯밤에 오셨어요."

매튜는 잠깐 생각을 하더니 우진을 향해 조심스럽게 물었다.

*   *   *

"그럼 마음을 정하신 겁니까?"

"네?"

"저분이 직접 오실 정도면 이미 마음을 먹고 온 것 같은데, 미리 말씀해 주시지 그러셨습니까."

"아, 오해세요. 저 때문에 온 거 아니에요."

매튜는 오해를 하게 내버려 두면 끝도 없이 오해하기에, 우진은 서둘러 사실대로 얘기했다. 어제 SNS를 보고 신나하던 걸 매튜도 봤었기에, 우진은 자신 때문에 그가 온 것이 아니라는 얘기를 하면서 부끄러워했다.

매튜는 아직 의심이 가시지 않은 눈빛으로 쳐다봤다.

"세운 선생님하고 친구분이시래요. SNS에 글 올린 게 저 때문이 아니라, 구두 보고 연락하신 거더라고요······."

"그냥 아는 사이가 아니라 친구라고요?"

"네, 그러던데."

"생각보다 더 대단하군요. 그럼 더더욱 놓쳐선 안 되겠군요. 제프 우드와 헤슬. 두 곳의 지원을 받는 브랜드라."

우진은 흠칫 놀랐다. 자신은 세운을 데려갈까 걱정하고 있는데, 매튜는 그런 걱정 따윈 하지도 않는지 어떻게 이용할까 고민했다.

"그럼 일단 호정 모직과 만나보시죠."

"그건 좀 곤란할 거 같아요. 잘못하면 세운 선생님하고 같이 일하지 못할 상황이 올 수도 있거든요. 제가 자세히는 말씀드리지 못해서 죄송해요."

"선생님, 모직과 어패럴은 같은 의류업이라 해도 완전 다른 계열입니다."

"그래도 좀 그… 어? 아세요?"

"아드리아노 선생님에 대해 알아보다가 알게 됐습니다. 정확히는 모르지만, 어느 정도 유추해 볼 수 있었습니다."

"그럼 왜 지금까지 모른 척하셨어요?"

"다른 사람의 일을 제가 먼저 말하는 건 좋지 않은 행동인 것 같은데, 안 그렇습니까?"

우진은 되레 무례한 사람이 된 것 같은 느낌에 괜히 헛기침을 했다.

"정 마음에 걸리시면 계속 소매로 구매하시는 방법밖에 없습니다."

"좀 기다리면 다른 곳에서도 연락이 오지 않을까요?"

"알겠습니다. 좀 더 기다려 보도록 하죠. 그런데 아까 뭘 어떻게 해달라는 건지 여쭤봐도 되겠습니까?"

우진은 가볍게 미소를 짓고는 설명했다.

"스무 분에게 한정해서 만들었는데 또 만들면 다른 사람들 속이는 기분이라서요."

"잘하셨습니다. 그렇지 않아도, 저도 제이슨 씨가 부탁한 걸 거절했습니다."

"휴, 거절한 게 잘한 일인가 걱정했거든요. 매튜 씨 말 들으니까 마음이 편해졌어요."

이상한 데서 마음이 맞은 두 사람은 마주 보며 고개를 끄덕거렸다.

* * *

제프 우드 대표 제이슨은 늦은 밤까지 뻔뻔하게 소파에 앉아 있는 제프를 한심하단 눈빛으로 봤다.

"넌 도대체 왜 그러는 거야?"

"뭘?"

"뭘? 몰라서 물어? 인터뷰 말이야. 왜 인터뷰를 또 해. 그것도 이 늦은 밤에!"

"내가 틀린 말을 하진 않았지."

제이슨은 더 이상 못 참겠는지 짜증이 가득한 얼굴로 제프 앞에 앉았다.

"그러니까 안 해도 될 말을 뭐 하러 하냐고! 처음에 했던 인터뷰! 그거 도와주려고 일부러 했던 거잖아!"

"아닌데? 정말 옷이 좋아."

"좋기는! 내가 입어봤는데 불편하기만 하던데!"

"노노. 너 다른 사람 옷 입어봤겠지. 전혀 달라."

제이슨은 매튜에게 한 벌 보내달라고 주문했다 거절당한 것이 떠오르자 더 짜증이 났다.

"아무튼. 그럼 도와주려고 했던 말을 왜 나까지 언급하면서 고치냐고."

"매튜한테 연락 못 받았어?"

"매튜? 매튜 카슨? 어제 전화했을… 아니, 아무튼 왜!"

"너 정말 싸웠냐?"

오해 때문에 피하는 매튜는 그렇다 쳐도, 매튜가 한국에 간 이유를 회사에서 유일하게 알고 있는 제프마저 놀려대자 제이슨은 화를 참지 못하고 버럭 소리를 질렀다.

"야! 매튜, 그 사람 당장 오라고 그래!"

"하하하, 진정해. 뭘 또 그렇게까지."

"후, 그래. 후우… 그래서 매튜가 뭐라는데."

"데이비드 모리슨. 지금 한국에 있다고 하더라."

"누가?"

"데이비드 모리슨."

"설마. 밖으로 나가질 않는 사람이 한국에 있다고? 설마 우진이라는 그 사람 때문은 아니지?"

"그럼 왜 있겠어."

제이슨의 미간이 찡그려졌다.

지금까지 우진의 행적과 결과물을 봐왔지만, 아무리 봐도 회사에 어울리는 디자이너는 아니었다. 그렇다고 헤슬에 넘기고 싶은 마음은 추호도 없었다. 자신도 갖고 싶진 않지만, 그렇다고 남한테 넘겨주기도 싫은 그런 마음이었다.

"그래서 패션위크 때 올라갈 디자인 선공개하면서 고작 그런 말을 했다는 거야?"

"틀린 말 안 했는데? 그냥 협력관계라고만 했어."

"협력은 개뿔!"

"맞잖아. 매튜를 괜히 보냈어? 파견이야, 파견. 그럼 다른 데서 끼어들 여지가 없지!"

사실 제이슨도 맘에 안 들지는 않았다. 선공개를 해 이목을 집중시키고, 부수적인 효과로 I.J와의 관계도 밝혔다.

그러다 문득 매튜의 얼굴이 떠올랐다.

"그거 나하고는 관계없는 거다."

*   *   *

오후가 되어 I.J 홈페이지를 다시 오픈한 우진은 모니터를 보며 고개를 갸웃거렸다.

주문량이 많을 줄 알았는데 하나도 없었다. 혹시라도 해외 주문이 많으면 해외에 가야 할까 봐 걱정까지 했는데, 막상 오픈하고 나니 잠잠했다.

다만 이상하게 한국의 'Moon 매거진'이란 곳에서 계속해서 숍을 촬영하고 싶다고 연락을 해왔다.

분명 좋은 기회였지만, 응접실에 있는 데이비드가 한국에 비밀리에 온 것이었기에 지금 당장은 그럴 수 없었다.

"숍 홍보도 중요하지만, 데이비드 씨와 인맥을 쌓는 게 더 중요합니다."

"네, 괜찮아요."

"Moon 매거진이란 곳에는 저희가 조만간 연락 준다고 했습니다."

데이비드가 이 주 일정을 잡았기에 아마 그 후가 될 것이었다.

매튜는 할 말이 끝났다는 듯 아무렇지 않게 볼일을 봤다. 혼자서 가게 일을 다 하는 것처럼 보였다.

사무실에 함께 있던 성훈은 아무것도 안 하고 앉아 있기가 부담스러운지 계속 사무실을 들락거렸다.

"삼촌, 그냥 계셔도 돼요. 곧 주문 들어올 거예요."

"하하, 그게 아니라 응접실에 어르신이 혼자 있는 게 그래서. 혼자 계속 중얼거리는데 내가 알아들을 수가 있어야죠."

"어르신 아닌데… 그런데 아직도 계세요?"

"세운 형님도 어디 가셨는지 아무것도 안 하고 앉아 있네요."

"저, 삼촌. 말 편하게 하세요. 제가 불편해요."

우진은 머쓱하게 웃는 성훈을 뒤로하고 사무실 창으로 응접실을 봤다. 데이비드는 명상이라도 하는 건지 허리를 꼿꼿하게 편 채 앉아 있었다. 게다가 뭘 하는지 혼자 중얼거리고 있었다.

데이비드는 다시 옷을 만들어달라 부탁했고, 우진은 당연히 거절했다. 그러자 그때부터 계속 저러고 있었다. 아무래도 다시 제대로 거절하는 게 서로 편할 거라 생각한 우진은 응접실로 나갔다.

"데이비드 선생님."

"네, 잠시만요. 지금 통화 중이라서요."

가만 보니 혼자 중얼거리는 게 아니라 블루투스로 통화를 하는 중이었다. 우진은 헛웃음을 뱉고선 앞에 앉았다.

들리는 전화 내용으로는 파리 컬렉션에 대한 이야기를 하고 있었다. 그 대화에 우진은 부러운 한편 이곳에 한가하게 앉아 있는 데이비드가 신기했다. 잠시 후 데이비드가 통화를 마치고선 우진을 봤다.

"한 시간 이십 분. 언제 나오나 기다렸습니다. 허허, 이제 옷을 만들어줄 수 있나요?"

"죄송한데, 그건 곤란해요."

"그럼 어떻게 해야 옷을 맞출 수 있는 겁니까? 조건이 있는 겁니까?"

"조건은 없는데 아무래도 다른 분들과 형평성을 맞추려다 보니까… 죄송해요."

"소개를 보니까 나만을 위한 옷을 만들어준다고 하던데, 내 옷을 맞추는 데 다른 사람의 형평 같은 게 필요합니까?"

"혹시 티셔츠가 아니라 옷을 맞추시려는 건가요?"

"허허, 그렇습니다."

우진은 자리에서 벌떡 일어나 사과부터 했다.

"죄송해요. 티셔츠를 만들어달라고 하신 줄 알고… 정말 죄송합니다. 바로 준비할게요."

"허허, 원래는 티셔츠를 만들어달라고 했었죠."

"네?"

"그런데 안 된다는 걸 내가 어떻게 할 수 있나요. 허허, 아쉬운 대로 다른 걸 맞출 생각입니다."

그러고 보니 아직 왼쪽 눈으로는 데이비드를 본 적이 없었다. 지금 입고 있는 옷은 세운의 티셔츠이기에, 제프와 다르게 다른 옷이 보일 것이 분명했다.

"금방 스케치할 도구들 챙겨 올게요. 잠시만 기다려 주세요."

우진은 렌즈를 빼며 사무실로 향했고, 태블릿 PC와 스케치북을 들고 매튜와 함께 나왔다. 그리고 데이비드를 본 우진의 얼굴엔 함박 미소가 걸렸다.

멋있는 건 둘째 치고 완전 다른 사람이었다.

백발 대신 갈색이 조금 섞인 듯한 검은 머리칼, 그리고 몸에 쫙 붙는 슈트였다. 그리고 기본 넥타이 대신 짧은 타이의 양쪽을 핀으로 고정하는 스틱 타이를 착용했다.

무엇보다 검은색 스틱 타이의 중심에 금속으로 된 I.J의 로고가 떡하니 박혀 있었다.

우진은 시작하겠다는 말도 없이 곧바로 자리에 앉아 데이비드를 그렸다. 그러자 데이비드가 우진이 아닌 매튜에게 질문을 던졌다.

"원래 제 의사는 상관이 없는 겁니까?"

"아닙니다. 일단 선생님께서는 고객에 어울리는 최우선의 디자인을 뽑아내시고 그 뒤에 의견을 조율하십니다. 충분히 만족하실 겁니다."

"허허, 매튜 씨가 그렇게 말한다면."

데이비드는 씨익 웃고는 우진이 스케치하는 모습을 지켜봤다.

그림은 보이지 않았지만 스케치북 위에 움직이는 손놀림이 상당히 빨랐다.

정물화라도 그리려는 듯 목이 아플 정도로 자신과 스케치북을 번갈아 보는 우진이었다. 그림을 그리다 말고 생각하질 않나, 그리고 답을 찾았다는 듯 손가락을 튕기기도 했다.

궁금하긴 했지만 집중을 하는 것 같아 가만히 기다렸다. 하지만 너무 오래 걸리는 탓에 약간 답답함을 느꼈다. 그 순간 우진이 입을 열었다.

"일어나서 뒤로 돌아보시겠어요?"

"허허, 알겠습니다. 그런데 슈트군요? 하긴 제가 슈트를 자주 입는 편이죠. 그런데 넥타이는 제 스타일이 아니군요."

"선생님이 집중하실 땐 필요한 말만 하시고, 다른 말들은 못 들으십니다. 조금만 기다렸다 질문해 주시죠."

먼저 말은 거는데 듣지는 못한다는 설명에 데이비드는 웃음이 나왔다. 그러면서도 우진이 시키는 대로 움직였다.

거의 한 시간이 지났다 느꼈을 때, 우진의 목소리가 들렸다.

"한번 보시겠어요?"

상당히 오래 걸렸기에 약간 기대를 하면서 스케치북을 건네받았다. 색까지 정성스럽게 칠한 그림을 본 데이비드는 고개를 들어 우진을 봤다. 제프 우드에서 사람까지 보냈으니 어느 정도 실력이 있을 거라 생각했음에도 놀라웠다.

단정하면서도 목 부분에 포인트를 줘 저절로 시선을 집중시켰다. 게다가 검은색, 흰색, 은색의 배율이 과하거나 부족하지 않았다. 어떻게 보면 실용적으로 보이기도 했고, 어떻게 보면 파티

복으로도 부족하지 않은 디자인이었다.

저 나이대의 디자이너들은 잘 풀려야 수습이었다. 당연히 기본을 배울 것이고, 배운 기본을 바탕으로 자신의 색을 찾아갈 텐데, 앞에 있는 우진은 달랐다.

그러다 보니 데이비드는 자신도 모르게 취조를 하듯 질문했다.

"슈트 뒤트임을 한 이유는?"

"선생님 허리가 살짝 굵으셔서 뒤트임으로 라인을 살리려고요."

"그럼… 난 항상 행커 치프를 꽂는데, 이 재킷에는 아예 포켓이 안 보이는데?"

"스틱 타이 때문에요. 정면에서 포인트가 두 곳이나 들어가면 시선이 분산되고 게다가 너무 번잡스러울 거 같아요."

"여기 메탈이라고 써놓은 거 말인가?"

"네, 마음에 안 드세요?"

"아닐세. 그럼 그림에서 이건 뭔가. 내가 보기엔 손목까지 오는 장갑 같은데, 왜 왼손에만 이게 있는 건가?"

우진은 그 대답에서 잠시 머뭇거렸다. 지금까지는 신체를 커버하는 디자인들이었으니 손가락이 뚫린 장갑이 보인 이유가 분명 있을 것이다. 하지만 겉으로 보기엔 손목이 특이하지 않은데, 가려야 할 이유가 전혀 없었다.

"저 이런 질문을 해서 죄송한데, 혹시 손목이 불편하시거나 상처가 있으신가요?"

"음, 세운이 벌써 말한 겐가?"

세운에게 들은 건 아니지만, 데이비드의 말에서 아픈 게 맞다는 걸 알아챘다.

"아니에요. 좀 아프신 게 아닌가 해서요."

"허허, 어떻게 안 겐가? 손목 디스크로 수술을 받았는데도 여전히 아프긴 하네. 누구한테 들었는가? 저기 있는 매튜 씨인가?"

그러자 매튜가 아니라며 고개를 저었다.

"저도 모르고 있던 겁니다. 저희 선생님께서는 스케치를 할 때, 그 사람의 단점까지 커버하는 디자인을 뽑아내십니다."

"허허, 무슨 말도 안 되는. 이보게, 저 말이 정말인가?"

마땅히 설명할 방법이 없던 우진은 머쓱하게 웃으며 고개를 끄덕거렸다.

그때 가게 문이 열리면서 미자가 들어왔다. 손님을 확인한 미자가 조용히 사무실로 향하려 할 때, 매튜가 미자를 붙잡았다.

"혹시 홈페이지에 있던 바디컨 원피스 보셨습니까?"

"봤습니다. 좋은 작품이어서 기억합니다."

"그 모델이 이 여성분입니다. 그 원피스를 스케치할 때도 앉은 자리에서 뽑아내신 거죠."

데이비드는 긴가민가했지만, 지금 당장 알아볼 방법이 없다 보니 당장은 믿는 수밖에 없었다. 그러고는 스케치북을 마저 살폈다.

"이 검은 머리는 혹시 날 그린 겐가?"

"아! 네. 슈트와 어울리게 젊어 보일 거 같거든요."

"여긴 고객 머리까지 신경 쓰나? 허허, 내가 모델이 된 것 같은데. 정말 염색하면 이렇게 보일 거라고 생각하나?"

흑갈색을 표현하기 힘들어 검은색으로 색칠했지만, 그것만으로도 20년은 젊게 보였다. 그렇기에 우진은 확신에 찬 얼굴로 고개를 끄덕였다. 그러자 데이비드도 스케치가 마음에 드는지 고민하는 듯했다.

"이곳에선 힘들고, 미국에 돌아가면 생각해 보지. 몇 년 만에 남의 손에 머리를 맡기겠구먼. 허허, 그럼 옷은 언제 완성되나?"

이 옷을 입은 데이비드의 모습을 보고 싶었던 우진은 상당히 아쉬운 얼굴을 했다. 그때, 옆에서 스케치북을 힐끔 훔쳐보고 있던 미자의 목소리가 들렸다.

"백인은 검은 머리로 잘 안 할 텐데……."

*　　　　*　　　　*

미자는 자기가 뱉은 말에 놀라 입을 가렸고, 우진은 그런 미자를 보며 물었다.

"그럼 뭘로 하는데요?"

"백인은 보통 브루넷으로 하거든요. 흑갈색인데 좀 더 갈색이 밝아 보여요."

"그걸 어떻게 알아요?"

우진은 자신이 원하는 색을 정확히 말하는 미자를 빤히 보며 물었다. 그러자 미자는 쑥스러운지 얼굴이 붉어진 채 설명했다.

"저희 집이 카페 하기 전에 미용실을 했거든요. 어렸을 때부터 돕다 보니 아예 미용 자격증까지 따긴 했어요. 그래서 공부를 좀 해서 조금 알거든요."

예전 원피스 사진을 찍을 때 커피숍 주인아주머니가 한 말이 떠올랐다.

"그럼 미자 씨도 자격증 따신 거예요?"

"그렇긴 한데 너무 어렸을 때부터 하다 보니까 나중에는 하기 싫어졌어요."

"아… 그래요?"

우진의 표정에서 아쉬움이 보이자, 미자는 혹시 자신이 필요한 건 아닐까 하는 생각이 들었다.

"그런데 지금은 배워두길 잘했단 생각이 들어요."

"그럼! 저 좀 도와주실래……."

우진은 말하다 말고 데이비드를 봤다. 마음대로 정할 수 없었다. 완성된 모습이 보고 싶기야 하지만, 이런 곳에서 머리를 만질 사람이 아니었다.

"한번 볼게요."

미자는 곧바로 데이비드에게 다가갔다.

"Excuse me."

데이비드는 머리에 손을 꽂아 머릿결을 만지는 미자를 황당한 얼굴로 봤지만 미자는 개의치 않고 머릿결을 쓰다듬었다.

"할아버님 머릿결은 엄청 좋으세요."

"컥……."

다행히 데이비드는 미자의 말을 알아듣지 못했다. 그저 자신의 머리를 만지며 친절하게 미소를 짓고 있는 여자를 신기해했다.

"뭐라고 하는 건가?"

"아… 머릿결이 좋으시대요……."

"허허."

데이비드를 아예 모르는 미자였기에 가능한 일이었다. 지금도 스케치를 보며 머리에 손을 올린 상태였다. 그리고 그 상태로 스케치를 가리키며 입을 열었다.

"염색하고 이렇게 자르면 엄청 젊어 보이실 거 같은데… 디스컷 하면 베리 영! 오케이?"

데이비드는 마구 웃었고, 우진은 이래선 안 된다는 생각과 모른 척하고 있으면 머리를 자를 것 같다는 생각에 고민했다. 하지만 아무래도 안 될 것 같다는 생각에 나서려 할 때 데이비드가 우진을 보며 말했다.

"스타일리스트도 있는 숍이었군? 젊은 사람들이 주축이 되는 숍이라… 어디 한번 맡겨봅시다."

우진은 예상하지 못한 대답에 어안이 벙벙했다. 매튜가 무슨 뜻인지 궁금하단 얼굴로 봤지만, 우진은 설명 대신 여전히 데이비드의 머리카락을 쓰다듬고 있는 미자를 봤다.

'옷이 보인 이유가… SNS를 관리하는 게 아니라 이거였어?'

*　　　　*　　　　*

다음 날.

작업은 매우 순탄했다. 데이비드가 계속 붙어 있었지만, 그저 지켜보기만 할 뿐이었다. 물어보면 알아서 하라고만 했다. 그럼에도 우진은 데이비드에게 의견을 계속 물었다.

"이상하군. 어째서 재킷보다 와이셔츠에 공을 들이는 건가?"

우진은 머쓱하게 웃었다. 재킷 속에 있어 와이셔츠가 제대로 보이지 않았다. 그렇다고 대충대충 마음대로 만들면 아버지 때처럼 실수할까 봐 최대한 데이비드의 의견을 물어가며 만들었다.

"정성스러워서 좋긴 하네. 허허, 그런데 자네는 언제부터 옷을 만든 겐가?"

"네?"

"바느질이 너무 능숙해서 말이지. 조금 느리긴 해도 우리 헤슬 재봉사들하고 비교해도 손색이 없어서 묻는 말일세."

"아… 과찬이세요. 어렸을 때 부모님이 봉제 공장 하셨거든요."

"그런가? 봉제 공장이면 미싱으로 하는 게 아닌가?"

"가끔 샘플 작업 할 때는 손바느질도 했거든요."

"그럼 샘플 작업 하는 사람들은 전부 자네만큼 하는 건가? 허허, 사람 참 겸손하기는."

그 뒤로도 데이비드가 계속 붙어 있었지만, 그다지 불편하지 않았다. 앞에 서 있기만 해도 위축되던 제프 때와는 다르게, 인자한 미소 때문인지 편안한 느낌이었다. 고객이 아니라 같이 일하는 느낌까지 받았다.

"원단은 이게 좋을 거 같아요. 저번에 다른 분 재킷을 만들 때 쓰긴 했는데 한번 보실래요?"

"쥬드로인가? 꽤 좋은 원단을 사용하는구먼. 이것도 좋지. 그런데 임 선생."

"네, 말씀하세요."

"디자이너에게 실례가 되는 말이지만, 우리 헤슬의 원단을 사용할 순 없겠나? 허허, 부담 줄 생각은 없네. 그저 원단만이라도 헤슬에서 만든 원단을 사용하고 싶어서 그런 것이니, 물론 거절해도 된다네."

"어떤 원단인지 볼 수 있을까요?"

"이 원단과 거의 흡사하니 걱정하지 않아도 될 걸세. 한번 보고 판단하시게."

어차피 쥬드로 원단을 사용하려고 해도 주문해야 했기에, 일단 보고서 판단하기로 했다.

그리고 저녁이 되어갈 때, 기다리던 미자가 도착했다. 짐이 많다는 소리에 하루 종일 붙어 있던 매튜도 함께였다. 많다는 말이 사실이었다는 듯 가게 안으로 짐이 계속 옮겨졌다.

심지어는 미용실 의자까지 들고 오는 매튜였다. 그리고 그런 매튜와 함께 오랜만에 보는 얼굴도 있었다.

"오빠 오랜만!"

"미숙이 오랜만이야."

"안 따라오면 언니가 죽인… 아! 아파, 아프다고! 돈만 안 줘봐, 내가 엄마한테 다 말한다!"

"시끄럽게 하지 말고 입 다물어. 여기 숍이야."

미숙은 콧등을 씰룩거리며 가게를 둘러보더니 가게가 그다지 마음에 들지 않는 듯 얼굴을 찡그렸지만, 미자가 두려운지 입 밖으로 내진 않았다. 우진이 그 모습을 보고 피식 웃을 때, 미자가 조심스럽게 다가오더니 데이비드에게 고개를 꾸벅 숙였다.

"어떤 분인지 몰라서 그랬어요. 죄송해요."

어제 퇴근 전에 우진에게 설명을 듣고 나서야 그에 대해서 알게 된 미자였다. 우진은 미소를 지으며 데이비드에게 얘기를 해주었다.

"어제는 누군지 몰라봤다고 그러네요."

"허허, 내가 누군지 알면 달라지나? 고객 신분에 따라 달라지는 겐가?"

"아! 그건 아닙니다."

"그럼 됐네. 자네는 원단을 만져보지도 않고 알 수 있나? 저분도 마찬가지 아닌가. 그러니 신경 쓰지 말라고 전해주게."

우진은 미자에게 말을 전해주었고, 많은 생각이 들게 만드는 데이비드의 말에 자신도 모르게 신분에 따라 다르게 생각한 건 아닐까 돌아보게 되었다.

"올, 외국 사람이라 마인드가 다른데! 언니, 저 할아버지 멋있다. 그렇지! 엄청 유명한 사람이라며?"

"시끄럽고 준비나 해."

"어휴! 알았다, 알았어! 헤이, 매튜! 투게더 세팅, 헬프 미. 오케이? 허리 업! 허리 허리!"

매튜는 하루 종일 꽤나 시달렸는지 몸을 살짝 떨더니 마지못해 미숙에게 향했다. 그러고는 들고 왔던 두 개의 의자 중 하나를 응접실 가운데에 놓더니 데이비드를 앉혔다. 그 옆으로 미자가 섰고, 마치 스태프라도 되는 듯 미숙과 매튜가 뒤에 섰다.

"준비 다 됐어. 클리퍼부터 줘?"

바리캉을 건네받은 미자는 데이비드가 알아듣지도 못하는 한국말로 말을 하더니 전원을 켰다.

위이이잉, 위이이잉.

옆머리에 이어 뒷머리까지 바리캉으로 밀 때, 데이비드와 함께 왔던 샘이 들어왔다. 우진은 샘이 화를 내진 않을까 걱정했는데, 그는 아무런 반응도 없이 인사를 하고선 우진의 옆에 섰다.

"저희가 실수한 건 아닌지 걱정이에요."

"아닙니다. 항상 직접 잘라서 불만이었는데, 오히려 잘된 것 같습니다."

"직접이요?"

"네. 그냥 마음대로 자르시고 거기에 맞춰 옷을 만드십니다. 본인이 모델이 되죠. 유명한 사진 모르십니까? 중국에서 난리 난 사진."

"아, 앞머리만 삭발했던 사진이요?"

"그것도 혼자 머리를 미시다가 나중에 자른다고 하시더니 그러고 다니셨습니다. 뭐, 어떻게 하고 다니셔도 사람들이 알아서 의미를 부여하니까 그걸 즐기십니다."

우진은 어이가 없으면서도 한편으로는 마음이 편해졌다. 역시 사람은 유명해지면 무얼 하더라도 박수를 받는구나, 란 말이 새삼 느껴졌다.

그러는 사이 옆머리가 깔끔해졌고, 미자는 손에 바리캉 대신 가위를 쥐었다. 미자의 손이 거침없이 움직였고, 머리카락이 천 위로 떨어져 나갔다.

"드라이."

마치 드라마에서 보던 의사처럼 보지도 않고 말을 하면 뒤에 있던 미숙이 준비를 했다. 자매여서인지 호흡이 기가 막혔다.

드라이기를 받은 미자는 머리카락을 털어내며 데이비드의 머리를 세웠다.

"거울."

"허허, 좋습니다."

"선생님이 보시기엔 어떠세요?"

왼쪽 눈으로 보이는 모습과 스타일이 거의 일치했다. 그 실력에 미자가 새롭게 보여 우진의 입에서 감탄이 절로 나왔고, 미자는 수줍은 미소를 보였다.

"어휴, 놀고들 있네. 염색 바로 할 거야?"

"어, 내가 배합할게."

시중 염색약처럼 흑갈색으로 염색을 하는 줄 알았는데, 미자는 여러 색을 섞어가며 염색약을 만들었다. 그러고는 확인해 볼 필요도 없다는 듯 데이비드의 머리에 손을 올렸다.

"그냥 막 하셔도 돼요?"

"우리 언니 그냥 한 거 아니에요. 내 머리 보여요? 내가 이미 실험당했으니까 걱정 마요."

우진은 그제야 미숙의 머리색을 봤다. 데이비드에게서 봤던 색보다 약간 밝은 느낌이었다.

"조금만 더 어두웠으면 좋겠는데."

"그럼 오빠가 하든지!"

"미안해요. 가능할까요?"

그러자 미자가 고개를 끄덕이더니 다시 배합했다. 그러고는 우진을 보며 조용하게 말했다.

"선생님, 고객 앞에서 그러면 불안해하실 거 같은데, 웃으면서 말씀해 주세요."

"아! 미안해요."

"전 괜찮은데……."

미자는 데이비드의 앞에 서더니 미소를 보였다. 그러고는 염색약을 바르기 시작했다. 매튜는 미숙의 명령대로 들고 왔던 의자 중 또 다른 의자를 들었다.

"화장실이 어디예요?"

"아! 머리 감아야죠."

"화장실에서 어떻게 감아요. 물 준비하려고 그러는 거니까 어딘지만 알려주세요."

당찬 미숙의 모습에, 우진은 미숙도 고용하고 싶다는 생각이 들었다.

*　　　　*　　　　*

늦은 밤 작업실에 남아 패턴을 그리던 우진은, 좀처럼 집중이 되지 않는지 들고 있던 펜을 내려놓고는 작업대에 걸터앉았다.

하루 동안 여러모로 많은 것을 배운 날이었다.

데이비드와 미자, 두 사람이 했던 말이 가슴에 크게 다가왔다. 지금까지 한 게 없다 보니, 변했다는 말보다 생각하지 못한 부분이라는 게 옳았다.

그동안 여러 사람에게 들었던 당당하라는 말은 항상 신경 쓰고 있어서인지 예전처럼 말을 더듬거나 놀라는 일이 줄었다. 하지만 너무 거기에 신경을 썼는지, 스스로 느끼기에도 고객에 대한 진심이 없었다.

그저 왼쪽 눈으로 보이는 게 신기했고, 다음에 보일 옷을 궁금해하는 게 다였다.

옷을 입는 사람의 편안함보다 그저 왼쪽 눈과 똑같이 만드는 게 다였다. 진심이 없었다.

아니, 딱 한 번 있었다.

아버지 니트.

아버지가 돌아가실 줄 알고 만들었던 니트, 그 옷만은 진심이 담겨 있었다. 그 옷이 떠오르자 아버지가 처음에 해주신 말도 떠올랐다.

신뢰 있는 사람, 돈보다 사람부터 생각하는 사람이 되라는 조언.

어느 것 하나 제대로 지키지 못한 것 같아 우진은 씁쓸하게 웃었다.

지키기는커녕 생각조차 못하고 있었다. 지금은 어째서인지 해외 기업들의 연락이 갑자기 뚝 끊겼지만, 며칠 전까지만 해도 해외 유명 브랜드에서 스카우트 제의를 받았고, 그로 인해 알게 모르게 어깨가 올라가 있던 상태였다.

눈이 또다시 보이지 않게 될지도 모르는데 그저 보이는 것만 쫓은 자신이 한심했다.

그런 생각을 하자 부모님 얼굴이 그리워졌지만, 지금 상태로 전화하면 스스로가 부끄러워 제대로 말도 하지 못할 것 같았다.

그렇다면 남은 것은 한 가지.

정말 진심이 담긴 옷을 만드는 것. 그리고 지금 완성이 눈앞에 있었다.

그때, 옷의 주인에게서 전화가 걸려왔다.

"네, 선생님!"

─허허, 이거 밤에 실례가 아닌지 모르겠네.

"아니에요. 작업 중이었습니다."

─그런가. 음, 그런데 미안해서 어쩌나. 다음 달에 있을 파리 컬렉션에 보낼 작품에 문제가 생겨 급하게 출국해야 할 것 같네만. 미안하네.

"네?"

─미안하게 됐네. 옷은 받은 걸로 치고 옷값은 보내도록 하지.

"아⋯⋯."

자신이 잡을 수 있는 사람이 아니었다. 말로만 듣던 세계 4대 패션쇼 중 하나인 파리 컬렉션에 문제가 있다는데, 옷을 잘 만들 테니 기다려 달라고 할 수는 없었다. 아쉽지만 어쩔 수 없었기에 우진은 전화를 붙잡고 고개를 끄덕거렸다.

─정말 미안하네. 나중에 시간 되면 들르도록 하겠네.

"아닙니다. 많이 배울 수 있어서 영광이었어요."

─허허, 그리고 원단을 그 주소로 보냈다고 하니, 다른 옷을 만들 때 쓰든지 하게나.

"안 그러셔도 되는데. 감사합니다."

전화를 끊은 우진은 아쉬운 마음에 한숨을 쉬며 작업대를 정리했다. 그러다가 태블릿에 그리다 만 패턴이 보였다. 우진은 한참이나 그 패턴을 가만히 들여다봤다.

몇 분 전만 해도 진심을 다해 만들겠다고 했던 옷. 우진은 헛웃음을 뱉었다.

진심을 다하겠다고 생각한 지 얼마나 지났다고, 못 본다는 생각에 만들 생각을 접으려 했다.

하지만 그 생각도 잠시, 원단도 배송이 오는데 옷을 배송하지 못할 이유는 없었다.

우진은 패턴을 내려다보더니 이내 다시 자리에 앉았다.

제8장
호정 모직 최 이사

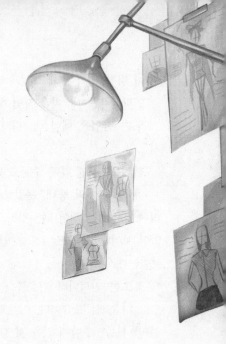

　호정 모직 최 이사는 차로 이동하며 기획 팀에서 조사한 보고서를 봤다.

　제프 우드가 I.J와 협력관계라는 것을 밝힌 내용이었다. 지금 대중에게 유명하진 않았지만, 업계에선 조금씩 I.J에 대한 소문이 퍼져 나가던 참에 제프 우드가 입을 연 것이다.

　항간에는 디자이너가 한국 국적이 아니다, 제프 우드의 차세대를 이끌 디자이너다 별의별 소문이 다 돌았지만, 제프 우드가 껴 있단 사실을 안 이후 끼어들 여지가 없다고 생각했는지 어떤 업체도 직접 교류하지 않았다.

　하지만 최 이사가 생각하기에는 달랐다. 기획 팀에서 조사해 온 내용도 그렇고, 오히려 제프 우드와 인연을 만들 수 있는 기회라고 생각했다.

"이 팀장, 연락이 왜 그렇게 안 되는 거야?"

"연락은 됐는데, 지금 작업 중이라고 합니다."

"무슨 작업을 매일 해. 디자이너가 그림 그려서 넘기면 끝이지."

"작업 중일 땐 다른 주문도 받지 않는다고 합니다."

"참, 망하기 딱 좋네. 옷값도 슈트가 기본 100만 원이라며. 우리 어패럴에서 찍어내는 것도 그 정도 하잖아? 참, 뭐 별 볼 일 없어 보이던데. 제프 우드랑 연관된 거 확실해? 로고도 좀 달라 보이는데?"

"로고는 인피니티 기호를 중점으로 정장과 캐주얼을 사각형 수로 나눈 것 같습니다. 아무래도 자료가 너무 없다 보니까 직접 만나보는 수밖에 없을 것 같습니다."

"그런데 뭔 숍을 신설동에 차렸어."

최 이사는 피혁 가게들이 즐비한 거리를 보며 못마땅한 듯 혀를 찼다.

"이 동네도 많이 변했네. 예전엔 죄다 노점상이었는데."

"와보신 적 있으십니까?"

"예전에 내가 어패럴 있을 때 와봤지. 아직 멀었어?"

"이제 거의 다 와갑니다."

잠시 후, 차가 멈추자 최 이사는 주변을 훑어보며 고개를 갸웃거렸다.

"이상하게 낯이 익네. 여기 맞아?"

"네, 맞습니다."

"그래? 근데 뭐 이렇게 허술해. 간판만 새것 같은데, 벌써 망한 거 아니야?"

"일단 들어가 볼까요?"

"아니야, 같이 들어가자고."

딸랑.

문을 열고 들어간 최 이사는 눈에 보이는 풍경에 자신도 모르게 뒤를 돌았다. 분명 I.J임을 확인하고 들어왔는데 눈에 보이는 건 숍이 아니었다.

미용실에서나 보여야 하는 장면이 펼쳐지고 있었다. 그리고 부녀 정도 사이로 추정되는 사람들이 보였다. 딸처럼 보이는 미용사는 힐끔 쳐다보고는 끝이었고, 대신 아버지뻘로 보이는 남자가 입을 열었다.

"어떻게 오셨습니까?"

"여기, I.J라는 숍이 아닙니까?"

그러자 남자가 목에 천을 두른 채로 일어섰다. 최 이사는 떨어지는 머리카락을 보며 한 걸음 물러서서 남자를 봤다.

"죄송합니다. 가게에 손님이 찾아오는 건 처음이라서 못 볼 꼴을 보였습니다."

"그건 됐습니다. 여기 디자이너 좀 만나고 싶은데요."

"지금은 선생님이 작업 중이셔서 주문을 안 받으시는데, 예약하시고 가시겠어요?"

최 이사는 뒤에 서 있던 이 팀장을 봤다. 그러자 이 팀장이 앞으로 나서며 명함을 건넸다.

"호정 모직에서 나왔습니다. 선생님께 호정에서 왔다고 하면 아실 겁니다."

남자는 명함을 잠시 보더니 곤란한 얼굴을 보였다. 그러더니 가위를 들고 있던 어린 여자에게 물었다.

"유 실장, 조카님 작업 중이지?"

"네, 아까 드린 빵도 안 드셨더라고요."

"어떡하지? 한번 가봐야겠다."

"실장님! 제가 한번 가볼게요!"

갑자기 얼굴이 밝아진 여자가 안으로 사라졌다. 최 이사는 여전히 천을 목에 매고 있는 남자를 보며 고개를 갸웃거렸다.

"여기 실장님이셨습니까?"

"하하, 어떻게 하다 보니까… 아! 저도 명함을 드렸어야 했는데, 명함을 만든 지 얼마 안 돼서. 여기."

〈I.J Metal Craftsman〉

실장 한성훈.

최 이사는 명함을 보다가, 문득 안으로 들어갔던 여자도 실장이라고 했던 것이 떠올랐다.

'지들끼리 실장 하고 그런 거 아니야?'

마치 소꿉놀이라도 하는 것 같은 느낌에 잘못 찾아온 건 아닐까 생각이 들었다. 남자가 그제야 목에 두르고 있던 천이 보였는지 급하게 천을 떼어냈다.

"죄송합니다. 금방 치울 테니 잠시만 기다려 주세요."

남자가 급하게 빗질을 할 때, 안에서 슬리퍼를 끄는 소리와 함께 누군가 나왔다.

상당히 어려 보이고, 툭 치면 쓰러질 것 같은 사람이 흐느적거리며 걸어왔다. 그러더니 말도 없이 위아래로 훑어보고 서 있었다.

"임우진 디자이너 맞으십니까?"

"아, 네. 안녕하세요. 임우진이라고 합니다."

"아! 안녕하십니까. 호정 모직 최진형입니다."

우진은 앞에 보이는 남자가 신기한 나머지 인사가 늦었다. 굉장히 세련된 슈트를 입고 있는데, 렌즈를 빼고 있던 왼쪽 눈에서는 공장에서 입을 법한 작업복처럼 보이는 옷을 입고 있었다.

'호정 모직이라고 하더니 보이는 것도 작업복인가?'

우진은 소파에 앉으라고 권하면서 여전히 최 이사를 살폈다. 어머니, 아버지에게서 봤던 상복처럼 무늬를 찾을 수 없는 옷이었다.

"큼큼, 제 옷에 문제라도."

"아! 아니에요. 어떻게 찾아오셨어요?"

"크흠, 다름이 아니라 몇 번 연락을 드렸습니다."

"네, 정말 감사하게 생각하고 있습니다. 그런 제안은 처음 받아봤거든요."

최 이사는 긍정적으로 느껴지는 답변에 환한 미소를 지었다.

"이번에 저희가 개발한 호정 HC는 캐시미어 250수로, 절대 해외 원단에 뒤떨어지지 않는다고 자부합니다. 한국 섬유 시장이 무시할 수준은 아니란 건 물론 아실 테고, 그중에서도 한국을 대표하고 있는 저희 호정 모직의 원단이라면 만족하실 거라고 생각합니다."

"그런데 제가 원하는 원단을 전부 공급해 주신단 거예요?"

"물론입니다. 이 팀장, 준비한 카탈로그 좀 보여 드리지."

그러자 뒤에 있던 사람이 서류처럼 된 스와치를 건넸다.

겉면을 넘기자 원단 조각이 붙어 있고, 원단에 대한 설명이 적혀 있었다.

우진은 그 원단을 한 장씩 만졌다. 상당히 괜찮다고 느껴지는 원단도 많이 있었기에, 만약 원단을 제공받을 수 있다면 큰 도움이 될 것 같았다.

"저희 기획 팀에서 구매해서 제공하는 형식이 될 겁니다. 그럼 옷 가격에 따른 세금이 조금 늘겠지만, 지금 들어가시는 비용의 1/5도 안 되실 겁니다. 하하."

"그럼 전 정말 호정 모직 원단을 사용했다고만 홍보하면 되는 거예요?"

"물론입니다! 하하, 앞으로 여러 패션쇼를 나가실 텐데, 그때 그냥 호정 모직과 좋은 관계다, 라고 정도만 하셔도 됩니다. 하하."

"패션쇼요······?"

우진은 살짝 당황했다. 미국으로 돌아간 데이비드 때문에 패션쇼를 생각해 봤다.

하지만, 미리 옷을 만들 수 없는 지금으로서는 패션쇼는 불구하고 가게에 있는 마네킹 옷도 만들 수 없었다.

멋쩍어진 우진은 목덜미만 쓰다듬었다.

"제가 패션쇼에 나갈 생각이 없어서요."

"왜요! 제프 우드가 인정한 실력이면 당연히 디자이너 브랜드를 내셔야죠. 그럼 그때 저희 호정 모직도 이용해 주시고. 하하, 지금만 봐도 직원분들이 전부 같은 옷을 입고 있는데, 벌써 브랜드 론칭을 생각하시는 거 아닙니까? 하하."

우진은 멋쩍게 웃고만 있었고, 최 이사는 거의 넘어온 듯 보여 환하게 웃었다.

"이거 온 김에 저희도 한 벌 구매해야겠습니다. 그 티셔츠와 바지! 구두까지 온 김에 구매하죠. 하하. 이봐, 이 팀장. 자네하고 자네 가족도 한 벌씩 구매하지. 하하."

그러자 이 팀장이라는 사람이 최 이사의 귀에 속삭였고, 최 이사는 한정판이라는 말을 들었는지 헛기침을 했다. 우진은 자신에겐 관심이 하나도 없는 모습에 씁쓸했다. 오로지 제프 우드와 데이비드 때문에 왔다는 것이 느껴졌다.

"하하, 농담입니다. 한정판인 거 알죠. 하하, 입던 거라도 구매하려고 했는데 구하기가 영 어렵더라고요. 그래서 그냥 아쉬워서 해본 말입니다. 하하."

어색한 표정으로 변명하는 최 이사였다. 우진은 충분히 이해하기에 그저 웃어넘겼다.

"여기까지 찾아오신 건 감사한데 제가 혼자 정할 수 있는 게 아니라서요."

"물론 그러시겠죠. 그저 저희는 저희 제품이 이런 게 있다 소개해 드리고 싶은 마음이 커서 실례를 무릅쓰고 찾아뵌 겁니다, 하하."

그때, 가게 문이 열리면서 세운과 매튜가 들어왔다.

"아, 진짜 이 사람 좀 어떻게 해줘! 오늘도 불백 먹… 아, 손님이 계시네. 죄송합니다……?"

세운은 인사를 하다 말고 고개를 갸웃거렸다. 그러고는 눈을 가늘게 뜬 채로 최 이사를 뚫어지게 봤다. 그러다 천천히 걸음을 옮겼다.

"최 실장? 너 이 새끼! 여기가 어디라고 와!"

세운은 앉아 있는 최 이사의 멱살을 잡아 올렸고, 그 순간 우진은 최 이사라는 사람이 세운의 일과 연관되어 있는 사람이란 걸 바로 알아차렸다. 아직 미자나 성훈은 세운의 사정을 모르기에 놀란 눈으로 말리려 했다.

"마 실장님, 손님한테 왜 그러세요!"

"놔! 이 새끼가 무슨 손님이야!"

"당신 이거 안 놔? 이게 무슨 짓이야!"

"여기가 어디라고 찾아와!"

최 이사도 세운을 본 순간 알아봤다. 자신을 한직으로 좌천시키게 만든 일등 공신을 몰라볼 수 없었다. 게다가 실장이라고 하는 걸 보면 I.J와도 연관이 깊은 것처럼 보였다.

"하하, 참 나. 당신 이거 안 놔? 이 팀장, 경찰 불러."

"그래, 불러! 불러, 이 새끼야!"

그 모습을 보고 있던 우진은 눈까지 붉어진 세운을 물끄러미 바라봤다. 물론 호정 모직의 제안이 솔깃했지만, 아무것도 없던 자신을 도와준 세운을 모른 척할 수 없었다.

"실장님, 그만하세요. 최 이사님도 그 손 놓으시고요."

예상은 했지만, 들리지 않는지 멱살을 놓지 않았다. 그러자 미자가 마치 얼굴을 때리려고 하는 듯 주먹을 얼굴 앞으로 휘둘렀고, 깜짝 놀란 최 이사가 손을 놓았다.

"선생님이 손 놓으시래요."

"뭐야! 당신 미쳤어?"

우진은 미자의 행동에 흠칫 놀랐지만, 정신을 차리고 세운마저 떼어놓았다. 그리고 두 사람의 가운데에 섰다.

"최 이사님, 아무래도 제안은 거절해야 할 것 같아요."

"허, 이거 참. 이봐요. 고작 저런 사람 때문에 로또 당첨된 거나 다름없는 제안을 거절해요?"

"말이 좀 심하신 거 같아요. 뒤에 계신 분은 고작 저런 사람이 아니에요. 저 때문에 여기 이런 곳에 계셔서 그렇지, 해외 유명 디자이너가 직접 찾아오시는 분이세요."

"하, 무슨. 거짓말이란 걸 내가 모를 줄 압니까? 팔리지도 않는 신발이나 파는 주제에 해외는 무슨. 동남아 신발 공장에나 취직하면 모를까."

모든 사정을 아는 우진은 최 이사가 참 무섭다는 생각이 먼저 들었다. 세운을 지켜보고 있었다는 말이 아닌가.

"잘못 아셨어요. 저희 실장님은 제게 과분할 정도로 실력 좋으신 분이시거든요."

"말도 안 되는 소리."

"조만간 직접 들으실 수 있으실 거예요. I.J의 제품이 얼마나 굉장한지. 옷도 물론이지만, 구두 역시 세계 최고로 좋은 제품을 만들 거거든요."

우진은 매튜에게 배운 대로 어깨를 쭉 편 채 최대한 친절하고 정중하게 말했다. 그러자 최 이사는 대꾸하지 않고 우진을 한참이나 보더니 이내 등을 돌렸다.

*　　　*　　　*

　며칠 뒤. 룸을 잡아놓고 술을 마시던 최 이사는 생각할수록 화가 오르는지 술잔을 거칠게 내려쳤다.

　"그 개새끼!"

　가족 그룹이라 불리는 호정 그룹.

　직계가 아닌 방계임에도 30대 초반에 실장이란 자리로 중요 직을 맡았다.

　호정 어패럴 기획 팀 실장. 오로지 아드리아노와의 계약으로 일궈낸 자리였다.

　직계가족이 경영을 맡는다는 무언의 약속이 있는 어패럴에서 최연소로 실장까지 맡았으니, 직계가 아님에도 차세대 실세라는 소문까지 돌던 자신이었다. 하지만 아드리아노가 한국에 들어왔을 때 재수 없게도 IMF가 터져 버렸다.

　이미 회사에서 구조조정 및 몸집을 줄이고 있었기에 타격은 크지 않았지만, 그로 인해 자신이 기획한 브랜드까지 폐기되었다.

　최진형은 어패럴이 아닌 다른 곳으로 가게 될까 두려웠다.

　모직이 그룹의 핵심이라고는 하나, 지금 상태로 모직이나 그 밖에 다른 곳으로 가버리면 지금까지 다른 가족들도 그랬듯이 다시는 돌아올 기회가 없었다.

　이미 모직의 중요 자리는 전부 큰아버지의 사람으로 차 있었기에 기회가 있을 리가 없었다.

그로 인해 발악을 하며 버텼고, 모두가 주춤하기만 하던 IMF 시절을 기회로 삼는 기획을 다시 세웠다.

아드리아노가 직접 만드는 구두보다 아드리아노의 이름을 빌려 대량으로 찍어내는 것.

살기 위해 바쁜 서민을 아예 배제해 버렸다. 그리고 그 기획은 당연히 성공할 것이라 판단했다. 하지만 장인이라는 사람들이 어떤 사람인지 너무 몰랐다.

시간만 잡아먹고 일에 진척이 없었다. 회유도 해보고 협박도 해봤지만, 아무런 소용이 없었다.

그러던 중 아드리아노가 죽어버렸다. 그는 기획이 엎어진 순간 한직으로 발령되었고, 최 이사 본인도 죽은 것이나 다름없는 절망을 느꼈다.

최 이사는 양주를 가득 따르고 단숨에 술잔을 비웠다.

그때, 그다지 반가운 얼굴은 아니지만 현재 자신에게 필요한 사촌이 들어왔다. 직계가족이라는 이유로 돈과 명예를 전부 가지고 있는.

"형님, 날 보자고 하시고. 무슨 일입니까?"

—

제9장

뭐 하시는 분이세요?

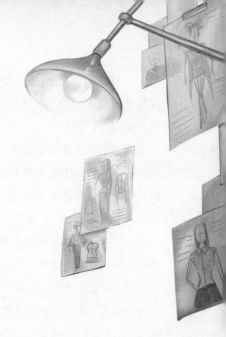

한참 설명을 듣던 최 이사의 사촌 최민형의 입에서 웃음이 새어 나왔다.

"이거, 형님이 나를 아직 이사 나부랭이로 알고 있는 거 같은데?"

"아니지! 당연히 아니지. 어패럴 대표니까 하는 말이야."

"하하, 그걸 알면서 나한테 일개 디자이너가 만든 티셔츠 쪼가리나 베끼라는 게 할 말입니까?"

"아니야, 그냥 그런 티셔츠가 아니야."

"지금 뭔가 단단히 오해하는데, 우리 호정입니다."

"민형아, 그래서 그런 게 아니야. 사실… 예전에 내가 맡았던 일 알고 있잖아."

"알죠. 할아버지한테 쫓겨난 일."

"그 아드리아노의 아들이 한국에 있어. 그리고 아까 말한 숍에서 일하고 있더라. 좀 더 커서 그 일을 다시 꺼내면 우리 호정이 곤란할 거 같아서."

"우리? 우리 호정이 곤란한 일은 없을 거 같은데요. 형님이 곤란하지. 아예 우리가 먼저 터뜨릴까요? 세계적인 브랜드의 구두 디자이너를 죽음까지 몰고 간 임직원을 발견하고 지금이라도 사과드린다고? 그래, 이게 좋겠네."

최 이사는 얼굴이 붉어진 채 술잔을 매만졌다. 그 모습을 본 최민형은 가벼운 미소를 짓더니 빈 잔에 술을 따라주었다.

"이봐요, 형님. 이럴 땐 협박 같지도 않은 말로 같이 위기감을 느끼자고 한 것부터가 잘못입니다. 좀 솔직해집시다. 도와달라는 말이 그렇게 안 나옵니까?"

"흠……."

"내가 형님이 도와달라고 하면 모른 척하겠습니까? 왜, 빚지는 거 같아서 그럽니까? 빚 있으면 종혁이 어패럴로 못 보낼 거 같아서? 하하."

아들 얘기에 최 이사는 속내가 전부 들켜진 것만 같았다. 세운을 막아야 하는 것도 있었지만, 아들 종혁이 어패럴로 가는 기회라고도 생각했기에 반갑지 않은 얼굴을 마주한 자리였다.

"일단 직원들한테 말은 해놓을 테니, 검토해 보고 결정하죠."

"그래."

"형님도 허구한 날 술만 드시지 마시고요. 작은아버지는 건강하시죠?"

"그럼. 아직 건강하시지. 무슨 말인지 알았다. 조만간 큰아버지께 인사드리러 가마."

"하하, 알겠습니다. 그럼 술 마저 드세요."

민형이 나가자 최 이사는 소파에 등을 기댔다.

이렇게 또 민형을 마주하고 나니, 그동안 감추고 있던 아쉬움
이 피어났다. 평생을 치여 살던 아버지. 세 형제 중 하필이면 막
내인 아버지가 둘째만 되었더라도.

"빌어먹을 한국. 뭔 가족이 다 해 처먹어!"

*　　　　*　　　　*

며칠 뒤.

앞서 만든 옷 주인들에게 미안하지만, 데이비드의 옷은 지금
까지 만든 옷 중 최고였다. 디자인만으로 보면 다른 옷일지 몰라
도, 재단부터 재봉까지, 심지어는 안에 들어간 심지까지 전부 한
땀 한 땀 정성 들여 바느질했다.

우진 혼자만 정성을 들인 건 아니었다. 데이비드와 친구였기
에 세운도 우진과 마찬가지로 정성 들여 구두와 벨트를 완성시
켰다.

성훈 역시 두 사람에게 시달려서인지 그 어느 때보다 열심히
만들었다.

우진은 마네킹에 걸어놓은 옷을 보며 씨익 웃었다. 이제 장갑
만 만들면 완성이었다. 그냥 만들 수도 있었지만, 손목 안쪽까지
보이지 않아 왼쪽 눈으로 제대로 보지 못했다.

그럼에도 우진은 불안한 얼굴이 아니었다. 손목 디스크로 수

술까지 받은 데이비드에게 무엇이 가장 필요한지부터 생각했다.

"세계 최고가 될 디자이너가 만든 옷이라 그런지 잘 나왔네."

"아, 네."

"하하. 자, 여기. 이거 한 실장이 보여주라더라. 금속으로 만든 옷걸이인데 난 꽤 괜찮아 보이더라고. 오늘 내내 뭐 하나 봤더니, 거기 옷걸이 가운데에 로고 파고 있더라고. 하하."

우진은 손에 들린 차가운 금속 옷걸이를 바라봤다. 버튼과 마찬가지로 니켈 도금을 했는지 은빛이 반짝거렸다. 그리고 세운이 설명한 대로 옷걸이 가운데에 I.J 로고가 새겨져 있었다. 상당히 고급스러운 느낌을 받았다.

"혼자 아무것도 안 하는 것 같다고 그러더니 그걸 만들더라고. 내가 보기엔 괜찮은 거 같은데, 어때?"

"좋아요. 정말 마음에 들어요."

옷만이 아니라 부수적인 것들까지 정성이 들어갔다. 데이비드만이 아니라 이 옷걸이와 옷을 받는 사람 모두가 좋아할 것 같았다. 그러다 보니 내심 서인대 김 교수나 동연대 최 교수 및 한정판을 구매했던 사람들에게 미안해졌다.

아무래도 이 옷걸이라도 선물해 줘야 마음이 편안해질 것 같았다.

"이거 좀 더 만들 수… 아니에요. 제가 한 실장님한테 직접 가 볼게요."

띠리— 띠리리—

우진이 일어설 때, 휴대폰이 울렸다. 휴대폰을 확인한 우진은 반가운 번호임에도 왠지 모르게 불안한 느낌이 들었다.

"임 선생, 안 받아?"

휴대폰을 가만히 보던 우진은 세운의 말에 고개를 끄덕이고
는 이내 덤덤한 표정으로 통화 버튼을 눌렀다.

"네, 아버지. 무슨 일 있으세요?"

─우진아, 대구로 내려와야 할 것 같다.

불안한 예상이 맞은 것 같았다. 하지만 전부터 예상하고 있
어서였는지, 아니면 눈으로 확인하지 않아서인지 스스로 느껴도
이상하리라 느껴질 만큼 차분했다.

"네, 지금 바로 내려갈게요."

우진은 이유도 묻지 않고 바로 전화를 끊었다. 그러자 옆에 있
던 세운이 우진의 얼굴을 살피며 물었다.

"임 선생, 왜 그래? 무슨 전화인데 표정이 그렇게 안 좋아?"

"할아버지가 안 좋으신가 봐요. 매튜 씨 사무실에 있죠?"

"그렇긴 한데. 어디 많이 아프서?"

"네. 곧 돌아가실 것 같아요."

오히려 세운이 당황스러웠다. 항상 당황하는 쪽은 우진이었고
무엇을 말하고자 하는지 늘 표정에서 드러났는데, 이번만은 담
담한 우진이 상당히 생소하게 느껴졌다.

"매튜 씨랑 같이 다녀올게요."

"그, 그래."

*　　　　*　　　　*

새벽이 되어서야 병원에 도착했다. 우진은 아버지가 알려준

대로 병실을 찾아 올라갔다.

그 병실은 다른 병실들과 다르게 환하게 불이 켜져 있었고, 로비에 있는 간호사들은 무거운 얼굴로 병실을 바라보고 있었다. 문조차 열려 있었기에 우진은 조용하게 병실에 들어섰다.

"저 왔어요."

"우진이 왔구나."

어머니는 얼마나 우셨는지 말하지 않아도 알 수 있었다. 우진은 어머니의 손을 쓰다듬고선 할아버지의 얼굴을 봤다. 못 본 사이에 깡말라 주름이 깊게 파였고, 눈을 감은 상태로 호흡기에 의존한 채 미약한 숨만 뱉고 계셨다.

"할아버지, 저 왔어요."

"그래요, 아버지… 우진이 왔는데 눈 좀 떠보세요……"

어머니는 울음이 가득한 목소리로 속삭이듯 말했다. 그럼에도 여전히 미동이 없었다. 한 시간, 두 시간, 아침이 될 때까지 우진은 자리를 지켰다.

그리고 그사이, 의사가 마지막 인사를 하는 게 좋을 것 같다고 해서 불렀다는 얘기를 아버지께 전해 들었다. 예상하고 있었던 우진은 덤덤한 얼굴로 곁을 지켰다.

이윽고 해가 떴을 때, 할아버지의 눈꺼풀이 움직였다.

"아버지!"

"아버님."

그러자 할아버지의 초점 없는 눈동자가 천천히 움직였다. 호흡기가 거추장스러운지 인상을 찡그리자, 어머니는 울먹거리며 호흡기를 열었다.

"저 누군지 알아보시겠어요?"

"크르음. 알지… 내 딸… 정애."

"흑, 맞아요! 아버지, 저 정애예요. 이렇게 알아보면서 며칠 동안 왜 알아보지도 못하고!"

할아버지 고개가 살짝 움직였다. 그러고는 흐린 눈동자로 아버지를 봤다. 그러자 어머니의 어깨를 감싸고 있던 아버지가 한발짝 앞으로 나왔다. 서로 아무런 말도 없이 한참이나 바라봤다.

"아버님, 정애 잘 보살피겠습니다."

그 말을 듣고 싶었던 것인지 할아버지의 고개가 끄덕여졌다.

우진은 지금 할아버지가 하는 게 마지막 인사라는 것을 느꼈다. 이제 자신의 차례였다.

우진이 다가가자 할아버지의 손이 힘겹게 올라왔다. 우진이 손을 잡았지만, 힘이 부치신지 목소리가 들리지 않았다.

"우진이한테 제가 얘기할게요."

어머니가 대신 말을 하자, 할아버지는 그러라는 듯 고개를 끄덕거렸다. 그리고 그 순간 잡고 있던 할아버지의 손에 힘이 들어갔다. 하지만 아주 잠시일 뿐, 이내 병실 심전도계에서 듣기 싫은 소리가 들렸다. 그리고 그와 동시에 대기하던 의사가 들어왔다.

*   *   *

다음 날.

직계가족이 어머니 한 사람뿐임에도 불구하고 조문 오는 사람이 꽤 있었다. 유일한 친척이라 할 수 있는 오촌 이모는 물론이고 할아버지의 평소 지인도 있었다.

하지만 자리를 채운 대부분의 사람들은 아버지와 연관된 분들이었다.

"참, 임 사장도, 다른 사람을 통해 이런 얘기를 들어야 하나. 이것 참 서운하네."

"와주셔서 감사합니다."

"그래, 나중에 얘기해."

서울과 대구면 꽤 먼 거리임에도 많은 분들이 오셨다. 예전에 공장에서 봤던 아주머니들은 직접 팔을 걷어붙이고 돕고 계셨다. 평소 아버지가 어떤 인간관계를 쌓고 계셨는지 직접 볼 수 있었다.

우진은 왼쪽 눈을 감은 채 접객실을 보고 있었다. 담담하다고 생각한 것과 달리 마음은 조급했는지, 렌즈를 벗어놓은 상태로 와버린 것이다.

눈이 피로해진 우진은 그나마 편안한 분향실로 들어서다, 슬픈 얼굴로 할아버지의 영정 사진을 보는 부모님을 봤다. 자신이 만들지 않은 옷임에도 환하게 빛나던 모습. 신발을 벗어 지금은 빛이 나지 않았지만, 다른 모습으로도 보이지 않았다.

계속 상복을 입은 모습으로 보인 덕분에, 제프를 봤을 때 생각했던 것이 맞았다는 걸 알았다.

자신이 만든 옷이 아니라도 맞는 옷을 입으면 빛이 난다는 것.

하지만 자리가 자리인 만큼 관찰하고 있을 순 없었다.

우진이 할아버지의 사진을 물끄러미 보는데, 밖에서 요란한 소리가 들렸다.

"제가 나가볼게요."

여전히 왼쪽 눈을 감은 채 접견실로 나간 우진은 익숙한 얼굴들을 발견했다.

I.J 식구들.

그리고 그들과 함께 장례식 화환을 든 사람들이 끊임없이 내려왔다. 장례식장 입구를 화환이 가득 채웠다. 갑자기 일어난 소란에 접객실에 있던 사람들의 시선이 모두 화환으로 쏠렸다.

그러자 검은 양복을 입고 온 매튜가 앞으로 나오며 우진에게 조용하게 말했다.

"제프 선생님께서 와보지 못해서 미안하다고 전해달라고 하시면서 부탁하신 겁니다. 저도 잘 몰라서 저기 저분들 도움을 많이 받았습니다."

"감사해요……."

"흠, 눈이 불편하십니까? 안 그래도 유 실장이 짐 챙겨 왔으니 인사드리고 가져오겠습니다."

매튜가 사람들을 따라 안으로 들어갔고, 우진은 화환을 바라봤다.

화환 문구에는 한글로 제프 우드라고 적혀 있었다. 우진은 이번 역시 받기만 하는 것 같다는 생각에 화환을 물끄러미 보았다. 미자를 비롯한 나머지 사람들은 조의를 표하고선 자리를 잡았다.

살짝 고개를 숙여 감사를 표한 우진은 어머니가 계신 분향실로 들어왔다. 그러자 어머니가 잠긴 목소리로 물었다.

"우진아, 저게 다 뭐야?"

"저 도와주시는 분이 보내신 거예요. 매튜 씨 회사 아시죠? 제프 우드?"

그러자 먼저 반응한 건 얼마 후 결혼하는 오촌 이모의 딸이었다. 몇 번 본 적 없기에 그냥 누나라고 부르는 정도가 다인 사이였다.

"그럼 저게 그 유명한 제프 우드에서 보냈다는 거야?"

"제프 우드에서 보낸 건 아니고, 제프 선생님이 보내신 거 같아요."

"그게 더 대박이잖아. 어머, 유학 갔다 왔다더니 굉장하네. 이럴 줄 알았으면 너한테 웨딩드레스 부탁할걸!"

옆에서 대화를 듣고 있던 어머니는 할아버지의 영정 사진을 보며 무언가 떠오른 듯 입을 열었다.

"할아버지가 뭐 맡겨놓으신 게 있었는데."

"뭔데요?"

"전화번호. 할아버지가 아는 동생인데, 원단 도매업을 하신다네. 말해뒀으니까 전화하면 알게 될 거라고 하시더라. 엄마가 따로 챙겨뒀으니까 나중에 전화해 보고, 우진이 넌 네 손님한테 인사드려. 감사하다고."

우진은 고개를 끄덕거리고는 분향실을 나와 IJ 식구들이 자리 잡은 곳으로 향했다.

인사도 할 겸 매튜에게 렌즈를 받을 생각으로 인사하려 할 때, 누군가 어깨를 잡았다.

우진은 뒤를 돌아봤고 자신도 모르게 양쪽 눈으로 어깨를 붙잡은 사람을 봤다.

"어?"

"네가 인식이 놈 외손자렸다?"

우진은 눈을 깜빡거리며 앞에 보이는 할아버지를 위아래로 훑었다.

나이는 돌아가신 외할아버지와 비슷해 보였다. 하지만 처음 보는 얼굴이었다.

그런데 왼쪽 눈으로 보이는 옷은 한정판으로 만든 하얀 티에 청바지였다. 지금까진 저 옷을 입고 있던 사람 모두가 함께하고 있었기에 우진은 앞에 서 있는 노인을 보며 물었다.

"뭐 하시는 분이세요?"

제10장

누구세요?

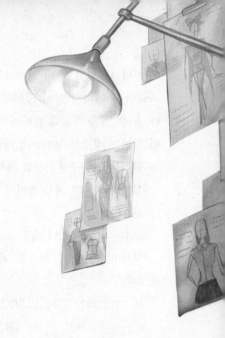

인사도 아니고 대뜸 뭐 하냐고 물은 셈이었다. 당황하는 노인의 표정을 보고서야 실수했다는 걸 깨달았다. 마음의 준비를 하고 있었다면 이런 실수를 하지 않았을 텐데, 너무 갑작스럽게 보인 탓에 차분하게 대처하지 못했다.

"아! 말이 잘못 나왔어요. 죄송해요. 할아버지 친구분이세요?"

"크흠, 그렇네만."

"이리로 앉으세요."

I.J 식구들 바로 옆 테이블에 자리를 마련했다. 양해를 구한 우진은 매튜에게 렌즈를 건네받아 착용하고 돌아왔다.

"아까는 놀라셨죠. 죄송해요."

"됐네. 그런데 왜 여기 자리 잡은 게야?"

"불편하시면 옮겨 드릴까요?"

"아니, 나 말고, 자네 말이야."

궁금한 나머지 앞에 앉아버렸다. 분명 연관이 생길 사람이었다. 무슨 일을 하길래 할아버지의 친구라는 사람이 한정판 옷을 입고 있는 것으로 보이는지 너무 궁금했다.

"할아버지 친구분이라고 하셔서요."

"엄연히 따지면 내가 형이지."

"아, 네."

노인은 피식 웃더니 대뜸 고갯짓으로 밖을 가리켰다.

"인식이가 그렇게 외손주 자랑하더니, 다 거짓말은 아니었나 보고만?"

"아, 그냥 아는 분이 보내주셨어요."

"아는 분이 제프 우드면 대단한 거 아닌가? …놀라긴, 네 할아비가 뭐 하던 사람인 줄 알 텐데. 여기 온 사람도 대부분 이쪽 일하는 사람일 거고."

노인이 제프 우드라는 이름을 잘 알고 있는 것같이 말해 약간 놀랐지만, 뒷말을 듣고 수긍했다. 지난번에 어머니에게서, 우진이 태어나기도 전에 할아버지가 대구에서 방직공장을 하셨다는 걸 들었다.

그제야 왜 화환이 들어왔을 때 다들 웅성거렸는지 이해되었다. 할아버지 손님은 물론이고 아버지 손님까지 전부 패션에 관련된 일을 하는 분들이었다.

"서울에서 옷 가게 한다고?"

"네, 얼마 안 됐어요."

"그래. 그럼 원단은 지금까지 어디에서 받아서 썼나?"

"아니요. 아직 소량으로 구매를 해서요. 소매로 구하거나 누가 주시고 그러셨어요."

옆 상에 있던 I.J 식구들은 가게에 대해 말하는 우진을 봤다. 기밀이라고 할 것도 없지만, 만약에 노인이 묻는다면 바로 말해줄 것처럼 착실히 대답하는 우진을 보며 다들 의아해했다. 세운은 나누는 얘기가 이상한지 매튜에게 실시간으로 통역했다.

"그럼 전화번호하고 주소 적어주게. 필요한 건 전부 구해줄 테니."

"네?"

"뭘 자꾸 되물어. 나 서문에서 원단 장사 해. 그러니까 원단 싸게 대준다고."

우진은 그제야 왜 이 노인이 같은 옷을 입은 것으로 보였는지 이해했다. 옆에서 이 상황을 보고 있는 I.J 식구들만 봐도 전부 도움이 되는 사람들이었기에, 이 노인도 분명 I.J에 도움이 되는 사람일 거라고 생각했다.

우진은 생각할 필요도 없다는 듯 바로 대답했다.

"감사합니다!"

"크흠, 고민하지도 않는 걸 보면 인식이를 빼다 박았고만."

"그런가요?"

"그렇지. 그러다 망했거든."

우진이 헛기침을 하자 노인은 피식 웃더니 옆 테이블을 쳐다봤다.

"옆에서 훔쳐 듣는 양반들이 같이 일하는 사람들인가?"

"아, 네."

"생각보다 동료가 많고만? 저 외국인도?"

"네. 옆에 계신 분들이 전부예요."

"그래. 인식이한테 듣기로는 구멍가게라고 하던데, 그 정도는 아닌가 보고만?"

노인은 피식 웃고는 일행들을 보며 물었다.

"저기서 가게 살림 꾸리는 사람이 어떤 분이신가?"

"저기 저분이세요. 매튜 카슨이라고 미국인이세요."

"그럼 영어 할 줄 아는 사람이 필요하겠고만. 알았네, 지금은 일 얘기를 할 때가 아니니까 조만간 다시 들르도록 함세."

노인은 음식은 손도 안 대고 자리에서 일어섰다.

"이만 가야겠고만."

노인이 나가려 하자 장례식장에 있던 사람들 일부가 자리에서 일어나 노인에게 인사했다.

"됐네, 인식이가 마련한 자리인데 나한테 인사는 무슨. 들던 거나 마저 들게나."

노인은 구시렁대듯 말하며 나갔고, 우진은 인사하는 사람들을 바라봤다. 전부 나이가 있는 것으로 보아 할아버지와 관련된 사람들이었다.

그때, 입구에서 노인의 목소리가 들렸다.

"넌 안 나오고 뭐 하는 게야? 어리바리한 건 인식이하고 똑같고만."

"네?"

"연락처도 안 주고 어떻게 연락하란 말이냐!"

며칠 뒤.

학교에 오랜만에 나온 미자는 친구들이 있는 학교 식당으로 가느라 캠퍼스를 걷고 있었다. 강의실부터 식당까지 거리가 있던 터에 한참을 걷던 미자는 옆에 지나가는 사람을 보고 고개를 갸웃거렸다. 그러고는 고개를 숙여 자신이 입고 있는 옷을 봤다.

"뭐야?"

그러고는 다시 지나쳐 가는 남학생의 뒷모습을 봤다. 등에는 지금 미자가 입고 있는 옷과 비슷한 무늬가 새겨져 있었다. 자신의 옷은 인피니티 무늬였지만, 남학생의 옷에는 사각형 안에 커다란 인피니티 무늬를 세워 8처럼 보이게 만든 무늬가 있었다.

분명히 이 옷은 한 벌 빼고는 죄다 외국에서만 팔려서, 한국에서는 I.J에 있는 사람들만 가지고 있다고 들었다. 그리고 한국에서 유일하게 돈을 주고 산 사람이 자신이었다. 미자는 남학생을 따라갈 생각으로 몸을 돌렸고, 걸음을 빨리 걸어 남학생의 옆에 섰다.

그리고 팔뚝을 보니 차이점이 보였다. 자신의 옷에는 등에 새겨진 무늬가 축소되어 박혀 있었지만, 남학생의 옷에는 로고 대신 그림이 박혀 있었다.

옆으로 앉은 사자가 왕관을 쓴 그림.

TV에서도 간간히 저 브랜드의 광고가 나오고 있었고, 미자 본인도 저 브랜드의 트레이닝복을 가지고 있기에 잘 알고 있었다.

미자는 걸음을 멈추고 불쾌한 얼굴로 강의실로 올라가는 남학생의 뒷모습을 바라봤다. 그때 친구에게서 전화가 왔다.

"미안한데 나 오늘 그냥 갈게."

—너 오후 강의 빠지려고?

"응. 갑자기 일이 생겨서… 내일 봐."

지금 미자에겐 강의가 중요하지 않았다.

*　　　　　*　　　　　*

가게에 우진이 없다 보니 할 수 있는 게 없었다. 매튜는 혼자 시장조사 하고 홈페이지를 관리한다고 바빴지만, 다른 사람들은 할 일이 없어 빈둥댔다.

"우리 우진 씨가 언제 오려나."

"그러게요. 이사하느라 문 닫고, 데이비드 씨 옷 만든다고 주문도 안 받고. 너무 오래 쉰 거 같아서 걱정이에요."

"하긴 한 달이나 넘게 문 닫고 있었으니까. 아예 폐업했다고 생각할 수도 있겠네. 그래도 망하진 않을걸? 여차하면 데이비드 오라고 해서 같이 사진이나 한 방 찍은 후에 SNS에 올리면 될 거 같은데. 히히."

세운과 성훈이 할 일이 없어 시답잖은 대화로 시간을 보낼 때, 사무실 문이 열렸다.

"우진 씨!"

"조카! 아니, 임 선생!"

"다녀왔습니다."

그러자 매튜도 하던 일을 멈추고 인사를 건네며 우진에게 다가왔다.

"미스터 장이 보유하고 있는 원단 목록을 받았습니다."

오자마자 일 얘기부터 하는 매튜였다.

"조금 놀랐습니다. 원단은 물론이고 가죽까지 취급하고 있었습니다. 해외에서 직수입으로 들어오는 원단 수도 상당하고요. 단가는 조절해야겠지만, 보유량만은 어디도 비교하기 힘들 것 같습니다. 그리고 미스터 장이 조만간 이곳으로 오신다고 하셨습니다."

"네, 알겠어요. 일단 저는 옷 좀 갈아입고 올게요."

자리를 비운 사이 벌써 연락을 주고받고 있었다. 역시 같은 옷을 입은 사람 중에 도움이 안 되는 사람이 없었다.

그러다가 서울로 오기 전 어머니가 주셨던 연락처가 생각났다. 우진은 3층으로 올라가면서 지갑에 넣어둔 메모지를 꺼냈다.

할아버지의 글씨체로 적혀 있는 집 번호였다. 할아버지가 신경 써주셨는데 거절해야 한다는 사실이 죄송했다.

하지만 아무래도 같은 옷을 입고 있는 장 노인이 끌렸다. 장노인도 할아버지로 인해 만난 것이나 다름없다고 스스로를 납득시킨 우진은 목을 한번 가다듬고 번호를 눌렀다.

"안녕하세요."

—그래.

우진은 대뜸 반말부터 하는 모습에 전화를 한번 보며 피식 웃었다. 할아버지 친우분 아니랄까 봐 목소리도 우렁찼다.

"전 임우진이라고 합니다. 백인식 할아버님 외손주입니다."

―알아. 왜 전화한 게야?

"아……."

상당히 툴툴대는 말투에 우진은 고개를 갸웃거렸다. 전화하면 알 거라고만 전달받았기에 원단에 관련된 일이라고 생각했는데, 잘못 연락한 건가 싶었다.

―왜 전화했냐니까? 마음에 안 드는 거라도 있는 게냐?

이상한 말을 하는 노인의 목소리며 말투가 어디서 들어본 것만 같아 고개를 갸웃거린 우진은 천천히 설명했다.

"그게… 할아버지께서 전화하면 알 거라고 하셨거든요."

―뭐? 저세상에서? 너 무당이야?

"아니요, 저는 원단 가게 하시는 아는 동생이라고만 알고 있습니다. 사실 왜 전화하라고 하셨는지 잘 몰라서요."

―동생? 동생? 인식이 썩을 놈이! 그리고 이놈 이거, 웃긴 놈이네. 너 지금 장난치려고 전화한 게냐?

"아닙니다. 아니에요. 그게 아니라 저희가 거래처가 생길 것같아서 말씀드리려고 전화했습니다. 장난 전화 한 거 아니에요."

―뭐? 이 녀석아, 거래처가 어딘데! 뭐가 마음에 안 들어서 그래! 그 미국인이랑 얘기도 잘 끝났는데.

우진은 그제야 한 사람이 떠올랐다.

"누구세요?"

―뭐? 이 녀석이, 처음에는 뭐 하냐고 묻더니 이제는 누구냐고? 나 장필도다. 이놈아!

"…아! 어르신, 죄송합니다."

할아버지가 남긴 연락처가 장 노인이란 걸 깨달은 우진은 전화에 대고 고개를 숙여 인사했다. 그리고 상황을 설명하자 장 노인은 다행히 이해하는 듯싶었다.

—인식이 그 자식이 원래 앞뒤 잘라먹고 말하는 게 있으니까 내 이해하지. 발인은 잘했고?

"네. 많은 분들이 도와주셔서 무사히 잘 끝났어요."

—그래, 요즘 날도 좋았으니 다행이지. 어디다 묻었느냐?

대부분이 할아버지에 관련된 대화였다. 장 노인도 할아버지에게서 자세한 얘기는 듣지 못했다고 했다. 대뜸 연락해서 자기 죽으니까 외손주 좀 도와주라고 한 게 마지막 통화였다고 했다. 성격상 장례식이 끝날 때까지 기다릴 수 없어서 아는 척했다고도 말했다.

제대로 설명을 하지 않은 할아버지나, 그걸 참지 못하고 직접 찾아온 장 노인이 생전에 같이 있을 모습을 생각하니 웃음이 나왔다. 그렇게 한참이나 할아버지에 대한 얘기를 했다.

—다음 주 정도에 서울로 올라갈 테니 그리 알거라.

전화를 끊은 우진은 장 노인과 전화번호의 사람이 같은 분이라는 사실에 안도의 한숨을 뱉었다. 그러고는 종이에 적힌 할아버지 글씨에 고개 숙여 인사했다. 미리 예상하고 받아들이고 있어서였는지 죽음이 크게 다가오지 않았는데, 이런 식으로 도움을 받게 되니 죄송한 마음이 컸다.

그때, 갑자기 현관문이 열리면서 세운이 큰 소리로 우진을 불렀다.

"우진 씨! 우진아! 내려와 봐! 큰일 났어!"

"왜 그러세요?"

"우리 유니폼 카피당했어! 빨리 내려와 봐!"

우진은 옷을 갈아입지도 않고 곧바로 내려갔다. 그러자 아까 없던 미자도 와 있었다. 매튜의 자리에서 다 같이 얼굴을 맞대고 있는 모습이었다.

"선생님!"

"네, 잠시만요. 매튜 씨, 카피라니 그게 무슨 말이에요?"

"지금 알아보고 있습니다만, 아무래도 호정 어패럴 브랜드인 라이언 킹덤에서 비슷한 디자인으로 출시가 된 듯합니다."

우진도 급하게 매튜의 옆으로 자리를 옮겨 모니터를 봤다.

"이게 뭐예요?"

"TV 프로그램이라는데 호정에서 협찬을 한 듯합니다."

모니터에는 우진도 들어본 적 있는 연예인들이 라이언 킹덤 로고가 새겨진 옷을 입고 있었다.

"완전 다른데요?"

"이름표 때문에 잘 안 보여서 그럽니다."

매튜가 마우스를 내리자 제품 전체에 대한 소개가 나와 있었다. 자신이 만든 모양과 비슷한 무늬가 등에 떡하니 새겨져 있었다.

인피니티 무늬를 세로로 세워 8로 보이게 만들어놓았다. 그냥 숫자 8처럼 보이는 디자인이었고, 하얀색만 있는 LJ 제품과 다르게 색도 굉장히 다양했다.

우진은 완전 다른 옷으로 보여 크게 신경 쓰이지 않았다.

"이거 완전히 다른 거 같은데……."

"네, 그렇긴 합니다만, 우리 이미지에 타격이 있습니다. 아무래도 대기업인 만큼 대량으로 물량을 뿌려댈 텐데, 그럼 우리 옷이 비슷하게 카피한 이미테이션이 돼버리고 맙니다. 무엇보다 가격이 이건 한국 돈으로 19,900원. 우리는 세트 한정으로 판매했다고 해도 약 30배가 넘는 차이입니다."

애기를 들어보니 그럴 수 있다는 생각이 들었다.

그래 봤자 신체에 맞게 하나하나 수작업으로 만든 옷과 똑같은 치수로 찍어낸 옷은 차이가 있었다. 하지만 보는 입장에서는 큰 차이를 느끼지 못할 것이다.

그럼에도 우진은 그다지 걱정되지 않았다. 다만 세운이 신경 쓰여 옆을 보니 역시나 치밀어 오르는 화를 꾹 참고 있는 얼굴이었다.

그리고 그때, 가게 문 열리는 소리가 들렸다.

"실례합니다. Moon 매거진에서 나왔습니다. 계십니까?"

—
제11장
해결책을 찾아서

기자라는 사람의 카메라를 보고 반응한 건 매튜였다. 인터뷰하지 않겠다며 손과 고개를 저었다. 그런 매튜의 행동에 나머지 사람들은 의아한 얼굴로 속삭였다.

"우리도 언론 플레이하면 좋은 거 아니야?"

"지금 안 하겠다고 하는 거예요?"

"어, 저 양반이 왜 저러지? 호정 그 새끼들 하는 짓거리 보면 당장 인터뷰해도 모자랄 판에."

매튜는 결국 기자들을 밖으로 내몰았고, 자신도 가게 밖으로 나가더니 셔터까지 내려 버렸다. 그리고 옆문으로 다시 들어온 매튜는 우진을 향해 말했다.

"어떤 인터뷰가 와도 당분간 하시면 안 됩니다."

"왜요?"

"갑자기 인터뷰하러 온다는 게 이상하지 않습니까? 좋은 기사를 쓸 거면 사전 요청을 하고 제대로 인터뷰 요청을 했지, 이렇게 갑자기 찾아오진 않았을 겁니다. 그리고 지금 당장 우리에게는 아무런 화제도 없는데 그런 I.J를 찾아왔다는 점이 수상합니다."

"그럼 호정에서 보냈다는 건가요?"

"그건 저도 모르죠. 아닐 수도 있지만, 당장은 인터뷰를 하셔도 사람들의 호기심만 불러일으킬 뿐입니다."

우진은 약간 놀란 얼굴로 매튜를 봤다. 사람과의 관계에 있어선 눈치 없던 매튜가 일에 대한 건 빈틈이 없어 보였다.

"다만 문제는 이걸로 끝나진 않을 겁니다. 뭘 어떻게 어떤 식으로 나올지는 아직 알 수 없지만, 이미 시작한 것 같으니 최대한 타격받지 않도록 준비하셔야 합니다."

세운은 화를 참느라 얼굴이 붉어진 상태였고, 성훈은 세운이 전해준 말을 듣고 가게가 망할 수 있다는 생각에 곤란한 얼굴이었다.

그런데 그런 자신들과 다르게 나이도 어린 우진은 아무런 걱정도 없는 얼굴이었다. 그저 대수롭지 않은 일이라 여기고 고개만 끄덕거리고 있었다.

"우진 씨, 걱정 안 돼?"

사실 별로 걱정되지 않은 건 사실이었다. 대답은 우진이 아닌 매튜에게서 나왔다.

"별로 걱정하시지 않아도 됩니다. 워낙 가진 게 없어서 망해도 다시 일어서면 그만입니다."

"뭐? 그런 거야?"

우진은 어이없는 얼굴로 매튜를 보고는 헛웃음을 뱉었다. 잘 나간다 싶더니 또 이상한 방향으로 흘러갔다.

"그런 거 아니고요. 전 그냥 열심히 잘 만들었어요. 호정에서 나온 건 열부착인 거 같은데 제가 만든 건 자수잖아요. 기본 티셔츠인데도 여기저기 차이가 많아요. 게다가 바지도 없잖아요. 바지가 중요한데. 그리고 입어본 사람들은 알아줄 거예요. 참, 그리고 저 내일은 어디 갈 곳이 있거든요. 내일은 출근 안 하셔도 돼요."

우진은 직원들을 보며 미소 짓더니 이내 3층으로 올라갔다. 그러자 남아 있던 직원들은 동시에 한숨을 뱉었다.

"간이 큰 거야, 아니면 그만큼 자신 있다는 거야?"

"아직 조카님이 어려서 뭘 몰라서 그런 거 같아요."

"모르긴 뭘 몰라요. 자기 작품에 자신 있는 모습이 멋있기만 한데."

"하긴, 유 실장 말처럼 옷이 좋긴 좋아. 우리만 해도 완전 유니폼이잖아. 입어본 사람만 알 수 있다는 게… 흠."

"그 사람들도 입었잖아요. 제프라는 사람한테 연락해 볼까요?"

미자의 말에 성훈과 세운의 고개가 매튜에게 향했다.

"왜 보십니까?"

"하하. 왜 보긴, 제프 그 사람은 요즘 뭐 하나?"

"어제 들었을 때는 파리에 있다고 했습니다."

세운은 이 정도 얘기했으면 알아들었을 텐데, 되레 왜 묻냐는 매튜의 모습에 얼굴을 찡그리며 설명했다.

"지금은 곤란합니다. 파리 컬렉션 준비 때문에 민감할 때입니다."

*　　　*　　　*

다음 날. 매튜도 없이 혼자 움직이던 우진은 짐을 한가득 들고 집으로 들어왔다.

"우진 씨, 그게 다 뭐야?"

"별거 아니에요."

"뭔데? 뭘 이렇게 사왔대."

"손목 보호대예요."

세운은 우진의 짐을 건네받고선 거실에 내려놓았다.

"지금 이럴 때가 아닌데. 이건 뭐 하려고 이렇게 많이 샀어? 손목 아픈 거야?"

"그런 건 아니고요. 데이비드 씨 장갑 만들려고요."

"뭐? 이렇게 만들려고?"

"그건 아니고요. 일단 좀 손목 보호대가 어떤 느낌인지 착용해 보려고요. 전에 데이비드 씨가 손목이 안 좋으시다고 그러셨거든요. 기왕 만드는 김에 디자인만이 아니라 실제로도 도움이 됐으면 해서요."

세운은 손목 보호대를 이미 착용하고 있는 우진을 물끄러미 봤다. 저 나이대라면 분명 흔들려야 정상일 텐데, 그런 것이 전혀 보이지 않았다.

어떻게 보면 자기 작품에 자신 있는 장인처럼 보이기도 했고, 어떻게 보면 아직 어려서 멋모르는 것처럼도 보였다.

"우진 씨는 걱정 안 돼?"

"걱정되죠. 그래도 뭐 어떻게 할 수 있는 게 없잖아요. 제가 어느 정도 이름이 있다면 모를까, 지금은 제가 해야 할 일을 하는 게 맞는 거 같아요. 실장님도 너무 화내지 마세요."

세운은 오히려 자신을 다독이는 우진의 말에 피식 웃음이 나왔다. 자신만 없었더라면 호정과 거래도 했을 수도 있었을 텐데, 원망하거나 아쉬워하는 모습이 보이지 않았다. 알게 된 지 오래되지도 않았건만, 자신의 편에 서준 우진이 고마웠다.

"그런데 실장님 이거 착용해 보신 적 있으세요?"

"그놈의 실장님은… 후, 내가 그런 걸 왜 착용해. 나 통뼈야."

"원래 이렇게 빽빽한가… 움직일 때 엄청 신경 쓰일 거 같은데. 오히려 손목이 아플 거 같아요."

"그래야 고정돼서 안 움직이지."

우진은 장갑만 따로 그려놓은 스케치북을 들고 왔다. 스케치북을 펼쳐놓고선 손목 보호대와 비교해 가며 어떤 식으로 만들지 생각했다.

"안쪽 살이 닿는 부분이니까 아무래도 버클은 무리 같고, 이런 것처럼 밴드 형식으로 해야겠네요. 스판 하나로는 얇을 것같은데. 뭐 좋은 게 없을까요?"

"내가 그걸 어떻게 알아. 정 궁금하면 그 영감님한테 물어보면 되잖아."

그때, 초인종 소리가 들렸다.

"어? 유 실장, 오늘 쉬라니까 왜 왔어? 그건 뭐고."

"선생님 계셔요?"

"응, 들어와. 우진 씨, 유 실장 왔어."

미자는 무거워 보이는 보자기를 들고 들어와 식탁에 올려놓았다.

"이게 뭐야?"

"김치예요. 선생님하고 마 실장님 두 분만 사신다고 그래서. 엄마가 담그셔서 맛있을 거예요."

"그럼 집에서 여기까지 이거 들고 왔어?"

"이대로 드시지 말고 덜어서 드세요. 공기가 닿으면 금방 쉬니까."

세운은 입맛을 다시며 바로 전자레인지에 일회용 밥을 돌리러 갔고, 우진도 그제야 일어나 식탁에 앉았다.

"아주머니께 감사하다고 전해주세요."

"그런데 어디 아프세요……?"

"아니요?"

"그럼 손목 보호대는 왜 저렇게 많이 사셨어요?"

우진은 장갑을 만드는 데 참고한다는 얘기를 해주었고, 미자는 그제야 미소를 보였다. 그리고 세운이 일회용 밥을 들고 와 자연스럽게 식사로 이어졌다.

"예전에 손목 삐끗했을 때 써본 적 있는데, 약국에서 파는 거랑 인터넷에서 파는 거랑 별 차이를 못 느끼겠던데."

"그래요?"

"네. 전 그랬어요. 아, 전에 인터넷에서 엄청 싼 거 산 적 있어요. 실리콘인데, 고정감은 좀 없는데 일단 엄청 편했거든요. 물에 닿아도 괜찮고."

"실리콘은 염색을 원하는 대로 하기 힘들겠죠? 무늬도 새겨야 하는데 안 찢어지려나? 일단 고마워요. 스판덱스만 생각하고 있었는데 실리콘도 생각해 볼게요."

미자는 도움이 된 것 같은 기분에 식사를 하면서 미소가 사라지지 않았다.

"스판덱스면 수영복처럼 만드시려고요?"

"너무 얇아서 그것도 고민이에요. 레이어드로 하자니 신축성이 걸리더라고요."

"두꺼운 걸로 하면 되죠."

"고무 같은 거요? 그럼 꽉 막혀 있어서 피부에 안 좋을 거 같거든요."

미자도 우진의 말이 맞다는 듯 고개를 끄덕거렸다. 그러고 가만 생각하더니 입을 열려다 이내 머뭇거렸다.

"왜 그러세요? 아직 정해진 게 없는 상태라 아무거나 말해주셔도 돼요."

"그게… 저도 잘은 모르는데, 학교 수영 시간에 배운 게 생각나서요."

"뭔데요?"

"대회에 금지된 수영복인데 신소재로 만들어졌다고 하더라고요. 통풍은 기본이고 테이핑한 느낌까지 든다고 그러던 게 생각나서……."

"아! 그걸 어디서 구하죠?"

"그건 저도……."

우진은 이미 머릿속에서 작업을 시작했는지 허공에 손을 움직였다. 그러고는 이내 무엇이 안 되는지 고개를 젓기도 했고, 식탁에서 일어서더니 거실에 있던 손목 보호대를 직접 착용해 보기도 했다.

"벨크로로 하면 되겠다."

"찍찍이? 스판에 찍찍이 붙인다고? 재봉은 어떻게 하려고?"

"시접을 많이 접어서 해보려고요. 팔목 바로 위에 벨크로 붙여서 벗기 편하게 만들까 싶어요. 일단 한번 만들어볼게요."

"수영복 천은 있어?"

"아니요. 일단 동대문 가서 스판덱스 사다가 만들어보려고요. 다녀올게요."

"지금 문 닫았을걸? 원단 가게 8시인가 9시인가에 닫잖아."

"아!"

세운은 미자를 보며 잘했냐는 듯 씨익 웃고는 우진을 앉혔다.

"일단 그 원단을 구할 수 있는지부터 알아봐야지. 기껏 만들어봤는데 원단 못 구하면 말짱 꽝이잖아."

"꽝은 아니에요. 어차피 스판으로 만들어보려고 했으니까요."

"참 나, 아무튼."

"그런데 신소재면 동대문에 없겠죠?"

고민하던 우진은 잠시 휴대폰을 보며 생각에 잠겼다. 그러다가 결국 휴대폰을 집어 들고는 곧바로 통화를 눌렀다.

―왜 또 오밤중에 전화한 게야!

"아! 죄송해요. 주무셨어요?"

―아직. 왜 전화했어?

"물어볼 게 있는데요. 혹시 어르신이 취급하는 원단 중에 신소재도 있나 해서요."

―신소재? 무슨 신소재?

우진이 원하는 소재를 얘기해 주자, 장 노인은 버럭 화를 냈다.

―그렇게 말하면 어떻게 아냐, 이놈아! UK_D, UK_DII, Armond, Bella! 이런 걸 말해야지. 무식한 놈아!

"그렇게 많이 가지고 계세요?"

―종류 말이다, 이놈아. 그런데 옷이나 만들지, 뭔 수영복까지 만들려는 게냐?

"수영복이 아니고요. 고객 옷 중에서 손목을 보호하는 장갑좀 만들려고 하는데, 마땅한 원단이 없더라고요."

―장갑? 참 나, 물갈퀴를 만들려고 하느냐? 지 할아비보다 더 이상한 놈이란 말이야. 그럼 생각해 놓은 것도 없이 일단 질러본 게고?

"네. 장갑이 완성돼야 옷을 보낼 수 있어서 꼭 필요하거든요. 너무 오래 기다리셔서. 검은색이면 돼요."

―알았다. 올라갈 때 일단 구할 수 있는 걸로 가져가마.

"먼저 보내주시면 안 될까요?"

―이놈아! 우리도 찾아보고! 없으면 구해 와야 할 거 아니냐!

장 노인은 버럭 화를 내더니 끊어버렸고, 우진은 전화를 보며 피식 웃었다.

"그 영감님하고 통화한 거야?"

"네."

"아직 거래를 트지도 않았는데 이미 거래를 튼 것처럼 전화하네. 하하, 이럴 땐 또 당당하단 말이야."

이미 같이할 거라는 확신이 있던 우진은 그저 미소만 지었다.

＊　　　　＊　　　　＊

호정 어패럴의 라이언 킹덤 디자인 팀의 신입 디자이너는 지금 상황이 상당히 못마땅했다.

얼마 전 갑자기 위에서 이상한 디자인이 내려오더니, 그 디자인을 약간 변경하라는 지시를 받았다. 이쪽 업계에서 잘나가는 옷에 대한 넉 오프가 있다는 얘길 듣긴 했지만, 이렇게 대놓고 베끼는 것일 줄은 생각도 못 했다.

더군다나 잘나가는 제품도 아니었고, 특별한 것도 없어 보이는 디자인이 자신의 디자인보다 먼저 출시된 것에 자존심에 금이 간 상태였다. 물론 주력 상품은 아니었지만, 분명 금수저 중한 명을 띄워주려고 하는 일 같았다.

결국 시키는 대로 할 수밖에 없었기에 위에서 원하는 대로 변경된 디자인을 넘겼다.

이런 일이 처음이다 보니 제품에 신경이 쓰일 수밖에 없었다.

그런데 이상한 점이 보였다. 디자이너 이름에 적힌 건 금수저도 아니고 팀장이나 디자인 팀 선배들 이름도 아니었다. 제품 설명서에 자신의 이름이 떡하니 적혀 있었다.

〈라이언 킹덤. 제1디자인 팀. 홍단아.〉

생산부까지 찾아가 알아봤더니, 무난한 디자인이어서인지 발
주량도 꽤 괜찮다고 들었다. 그러다 곧 승진하겠다는 축하 인사
까지 받게 되었다. 집에서는 딸이 성공한다는데 싫어할 리가 없
었다.

뭔가 훔친 것 같은 기분에 마음이 좋지 않았지만, 그런 마음
을 모르는지 디자인 팀 팀원들의 태도도 별반 달라지지 않았
다.

하지만 이상하게 눈치가 보였고, 시간이 지날수록 눈치를 봐
야 하는 이런 상황이 싫었다. 자리에 앉은 홍단아는 깊은 한숨
을 뱉었다.

차라리 몰래 쉬쉬하고 넘어갔으면 미안하긴 하더라도 마음은
편했을 것 같은데, 대놓고 홍보를 하다 보니 여간 신경 쓰이는
게 아니었다.

〈이번 라이언 킹덤의 'Eight'은 저렴한 가격으로 소비자들이 만족하
는 최고의 품질로 나온 제품입니다. 디자인 자체는 기본이라 할 수 있습
니다. 시중에서 흔히 볼 수 있는 제품이죠. 하지만 'Eight'은 다릅니다.
8이라는 숫자가 갖는 의미가 많지만, 이번 'Eight'은 '풍요'와 '재출발'을
의미하는 뜻에서 기획한 제품입니다. 재출발! 앞으로 라이언 킹덤에선
'Eight' 시리즈가 나올 겁니다. 그리고 재출발의 의미를 기하는 바에서
수익금의 일부를 앞으로 고통받는 어린이들에게 후원할 예정입니다. 많
이 기대해 주시길 바랍니다.〉

　　　　*　　　　　*　　　　　*

　며칠 뒤.

　I.J에서 라이언 킹덤 기사를 본 세운은 어이가 없었다. 화가
치밀어 오르는지 얼굴까지 붉어졌다.

　"이 자식들 이거 봐! 이런 양아치 같은 새끼들! 베낀 주제에 지
들이 생색내고 난리도 아니네. 매튜 씨! 정말 이렇게 내버려 둬
도 돼?"

　라이언 킹덤의 옷을 보던 매튜도 답이 없는지 인상만 찌푸리
고 있었다. 휴대폰 같은 가전제품이라면 아주 작은 도용이라도
문제 삼을 수 있지만, 의류만은 아니었다.

　지금까지 패션업계에서는 로고나 브랜드 이름 등 트레이드마
크에 대해 지적재산권 침해를 주장하는 경우가 대부분이었다.
그래서 비슷한 디자인으로 로고만 바뀌어 나오는 일이 다반사였
다.

　더군다나 라이언 킹덤에서 나온 티는 무늬도 변형시켰기에 더
욱 문제 삼기가 어려웠다.

　아예 로고를 베꼈다면 모를까.

　이렇게 되면 아예 다른 제품이라고 넘길 수도 있었지만 현재
로서는 그렇게 할 수도 없었다. 인터넷 각종 커뮤니티에 올라온
사진들이 문제였다. 비슷한 디자인임에도 엄청난 가격 차이라는
제목의 글이 퍼지고 있었다.

—이제 하다하다 티셔츠 쪼가리도 몇 십만 원이네.

　—라 킹에서 나온 거랑 비슷한 듯?

　—이딴 게 팔십? 여기 어디임?

　—I.J라는 개인 숍에서 나온 한정판임. 나도 지금부터 한정판만들 생각. ㅋㅋㅋㅋ

　—삭제된 댓글입니다.

　맞춤옷에 대해 설명한 댓글도 가끔 보였지만, 이미 판세가 기울어진 곳에선 아무런 소용이 없었다. 오히려 옹호하는 댓글이 보이면 뭇매를 맞고 댓글을 지우는 사람들도 있었다.

　졸지에 돈만 밝히는 숍이 되어버렸다.

　"도대체 며칠째 장갑만 만드는 거야, 우진 씨는? 지금이 장갑 만들 때야?"

　세운은 답답한지 가슴을 두드렸다. 우진에게 얘기를 했지만 일단은 장갑이 우선이라는 대답만 들었다.

　그리고 그때, 우진이 성훈과 함께 사무실로 들어왔다.

　"휴, 다들 계셨네요?"

　"다 했어?"

　"네, 디자인은 이렇게 하려고요. 어르신이 원단 가져다주시면 그때 제대로 만들 거고요. 일단 한번 착용해 보실래요?"

　우진은 팔꿈치 바로 밑까지 올라오는 장갑을 끼고 팔을 세운에게 내밀었다.

　"고무장갑도 아니고, 아무튼 다 만든 거지? 그럼 이제 이것들 좀 봐."

세운이 우진을 강제로 컴퓨터 앞에 앉혔다. 그러고는 라이언 킹덤에서 올린 기사부터 보여줬다.

"흠, 아까 삼촌한테 듣긴 했는데, 이건 우리가 어떻게 할 수가 없어요. 의류에선 원단이 특이하거나 완전 새로운 디자인이 아니면……."

"됐고! 남 얘기처럼 말하네. 그건 아까 저 양반한테 충분히 들었거든? 그럼 이건 어떡할래? 저 옷이랑 우리 옷이랑 비교하는데!"

커뮤니티에 올라온 글을 보여주자 우진도 그제야 얼굴을 찡그렸다.

"봐, 심각하지?"

"엄청 똑똑하네요. 여기서 우리가 카피라고 해봤자 소용없겠네요. 더군다나 기부까지 한다고 해서 이미지도 챙기고. 그런데 따져보면 티셔츠는 한 8만 원 정도인데. 신발이 포함된 가격이란 말도 없네요."

"그게 중요해? 이미지가 바닥을 치는데? 이 바닥에서 이미지가 얼마나 중요한지 몰라?"

"알죠. 그런데 옷 잘 만드는 방법밖엔 뭐 할 수가 없을 거 같아요."

"어우! 답답해! 안 되겠어. 일단 특허등록부터 하고!"

"로고는 이미 등록돼 있어요."

그때, 가게 입구에 승합차 한 대가 멈췄다. 화난 상태인 세운은 손가락질을 하며 밖으로 나가려 했다.

"왜 남의 가게 앞에 차를 세우는 거야!"

"벌써 오신 건가?"

"뭐야, 누구 오기로 했어? 혹시 그때 그 영감님?"

"네, 맞네요. 일찍 오셨네요."

우진의 말처럼 장 노인이 가게 밖에서 손가락을 까딱거리는 모습이 보였다.

"일단 원단부터 옮기고 조금 이따가 얘기해요."

"우진 씨! 야야, 저거 옮겨놓으면 또 장갑이나 만들 거잖아! 매튜! 뭐라고 말 좀 해봐."

매튜도 생각이 많은지 별다른 대꾸를 하지 않고 우진을 따라나섰다. 결국 세운도 발뒤꿈치를 들 정도로 신난 모습의 우진을 따라나섰다.

가게 문을 연 우진은 장 노인에게 인사부터 건네고는 곧바로 차 안을 기웃거렸다. 짐칸에는 상자들과, 돌돌 말린 원단이 가득했다.

"인석아! 기웃거리지 말고 걸리적거리니 비키거라! 차 부장, 미안한데 좀 옮겨주겠나?"

"네, 회장님."

우진을 비롯해 세운 역시 회장이라는 말에 화들짝 놀라 서로를 번갈아 봤다.

그때, 차 부장이라는 사람이 차에서 접이식 손수레를 내리더니 상자들을 실었다.

"으데로 옮기까요?"

"아! 가게 안쪽으로요. 제가 들고 갈게요."

"괘안습니다. 가벼운데 뭐 한다꼬. 됐으요. 안내나 해주이소."

따로 보관 창고가 없었기에 우진은 작업실로 안내했다. 손수레에서 박스를 내린 차 부장은 주섬주섬 안에서 종이를 꺼냈다.

"제품 수량, 맞나 확인하고 서명하이소."

"아! 네."

우진은 커터 칼로 상자를 뜯었다. 처음부터 공짜로 받을 생각은 없었기에 영수증과 하나하나 비교했다. 그러던 중 우진은 상자에 적힌 브랜드를 보고 살짝 놀랐다.

"'Bella' 원단이에요?"

"예, 예. 그게 아마 회장님이 직접 가져온 걸 낀데. 아! 맞네. 여 있는 거 거의 다 회장님이 구한 겁니다. 뭐 문제는 없죠?"

전에 말한 대로 신소재란 신소재는 전부 있는 듯했다. 나일론과 라이크를 혼방한 원단부터 화학물로 코팅한 특수 원단들까지, 양은 그렇게 많지 않았지만 종류는 상당히 다양했다.

우진의 입가엔 미소가 번졌다.

"다 확인됐으면, 여 싸인하시면 됩니다. 거 말고. 여이, 여이."

그제야 영수증에 적힌 가격이 보였다. 얼마 되지도 않는 원단 가격만 240만 원이 넘었다.

우진은 자신도 모르게 매튜가 있는 사무실 쪽을 힐끔 쳐다보고선 사인을 했다.

'괜찮아, 괜찮아! 나중에 또 쓸 일이 있을 거야!'

＊　　　　　＊　　　　　＊

매튜가 한국어를 못 하기에 대신 안내를 한 세운은, 응접실 소파에서 가게를 둘러보는 장 노인을 조심스럽게 살폈다.

처음부터 뭔가 있는 노인이라고 생각했는데, 회장님일 거라고 는 생각지 못했다. 게다가 우진과 인연이 있으니, 혹시 어떤 도움 을 주진 않을까 막연한 기대까지 생겼다.

"가게가 직원 수에 비해 조촐하고만."

"1층만 있는 게 아니라, 2층하고 뒤에 작은 작업실이 하나 더 있습니다."

"그렇습니까?"

"네, 어르… 회장님, 말씀 편하게 하시죠."

"차차 편해지면 편하게 하지요."

그러고 보니 풍기는 느낌 자체가 TV 드라마에서 보던 회장님 이었다.

정체를 밝히지 않은 채 한복 같은 걸 입고서 중절모를 쓰고 주인공을 도와주는 그런 회장님.

비록 한복도 아니고 중절모도 없었지만.

"저, 회장님. 어디 그룹이신지……."

"음……? 무슨 뜻인지요?"

"하하, 이거… 제가 모른 척했어야 하는데 알려고 한 것 같아 서 실례를 범했습니다. 아까 같이 오신 분이 회장님이라고 하셔 서."

"아, 차 부장? 상가에서 상인들 일 도와주는 사람입니다만. 그 리고 난 그쪽이 생각하는 그런 회장이 아니라오. 서문 시장 상 가 번영회장이었다오. 그것도 예전 일이라서 내가 그렇게 부르 지 말라고 해도 저런다오."

"커억."

세운은 기침까지 해댔다. 매튜에게 미리 말하지 않은 게 천만다행이라 여기고는 장 노인을 훑었다. 정체를 알고 보니 또 상가번영회장처럼 보이는 모습에 스스로 바보 같다는 생각이 들어 헛웃음을 뱉었다.

그러자 지켜보던 장 노인의 얼굴이 약간 일그러졌다.

"이보시오. 그쪽이 착각한 것 같은데 그게 웃기오?"

"아! 오해십니다. 회장님이시라길래 우진 씨 좀 도와달라고 할 생각이 들어서 그만… 죄송합니다, 어르신."

"됐소. 그런데 뭘 도와달라는 게요?"

세운은 다시 사과를 하며 지금 우진이 처한 상황을 얘기했다. 감정이 섞이다 보니 누가 듣더라도 호정 그룹이 악당처럼 느껴지게 설명했다.

"이 바닥에선 흔한 일이고만."

"그러니까 영감님! 언제까지 흔하다고 당해야만 합니까!"

"법으로 문제 삼을 수도 없는 걸 어떻게 하겠소? 패션 쪽이 아직 그런 부분에선 취약하다오."

회장님에서 영감님이 된 장 노인 역시 우진, 매튜와 비슷한 답을 내놓았다.

세운 역시도 분명 힘든 일이라는 걸 알지만, 이미 한번 당해본 세운으로서는 가만있을 수가 없었다.

그리고 그때, 쭈뼛거리며 사무실로 들어오는 우진이 보였다. 우진은 대뜸 매튜에게 사과부터 했다.

"이거 영수증인데 결제해 주세요."

영수증을 보던 매튜는 자신의 책상으로 가더니 모니터와 종이를 비교했다.

"수량은 제가 한 번 더 확인하겠습니다. 결제는 엊그제 이미 다 했습니다."

"어? 알고 계셨어요?"

"네. 돈을 냈으니 물건이 온 거 아니겠습니까? 당연한 겁니다. 일단 손님부터 만나시죠. 오래 기다리셨습니다."

혼자 걱정하던 우진은 머쓱해져 매튜에게 고개를 숙이고는 소파로 향했다.

"어르신, 감사해요."

"어르신은 무슨. 할아버지라고 불러!"

"네. 그런데 직접 오셨어요?"

"그럼 누가 와. 그것보다 듣자니 지금 어렵다며? 아주 지 할아비 닮아서 망하기 딱 좋네."

장 노인의 말에 동의한다는 듯 고개를 빠르게 끄덕거리는 세운에게 얘기를 들었다는 걸 안 우진은 가볍게 웃고 말았다.

"웃기는. 어떡하려고?"

"지금은 어떻게 할 방법이 없어요."

"그럼 나중에는 있고?"

"30년 뒤에는 있을 거 같아요."

"인석아! 농담 따먹기 하지 말고."

"그런 게 아니라 일단 유명해져야 어떻게 할 수 있을 거 같거든요. 매튜 씨가 한 30년 하면 유명해질 거라고 했어요."

"농담하는 거 보면 아직 여유는 있나 보고만. 그런데 30년은

커녕 30일도 못 버티겠구만. 너만 생각하는 건 아니지? 저분이나, 네 뒤에 서 있는 외국인이나 다 널 믿고 일하고 있을 텐데."

장 노인은 여유가 있어 보이는 우진을 보며 말했다. 우진도 알고 있는지 미소를 지으며 고개를 끄덕였다.

"네, 열심히 하고 있어요. 사실 매튜 씨하고 마 실장님은 괜찮은데… 성훈 삼촌이 조금 걱정되거든요. 같이하기로 힘들게 결정하셨을 텐데, 제가 울상 짓고 있으면 더 심란하실 거 같아서요."

우진의 얘기에 장 노인은 얼굴을 찡그렸다. 그러고는 세운을 한 번 보고 매튜를 한 번 보고선 고개를 절레절레 젓더니 우진을 향해 소리를 쳤다.

"이 웃긴 놈아. 웃는다고 해결돼? 착한 척하고 싶은 게냐? 웃고 있다가 망했다는 소리 듣는 게 더 충격인 게야! 그럼 네가 말한 삼촌이라는 그 양반은 널 어떻게 기억할까? 뒤통수 친 놈으로 기억하는 법이야."

장 노인은 혀를 차더니 말을 이었다.

"가게가 작으면 왜 좋은지 아느냐? 같이 헤쳐 나갈 수가 있거든. 거기 외국인 양반도 좀 앉으라고 해. 그리고 그 삼촌이라는 양반도 오라고 하고."

잠시 후 세운이 성훈을 데려오자, 장 노인이 마치 사장이라도 되는 듯 상황을 설명했고, 다른 사람들은 고개를 끄덕거렸다.

"내가 다르게 얘기한 거 있으면 바로 지적하고. 없나? 내가 제대로 이해하고 있는 게 맞군."

세운에게 짧은 얘기를 들었을 뿐임에도 상황을 정확히 유추

하는 장 노인이었다.

"내 생각에도 이 녀석 말대로 인지도를 올리는 게 가장 중요하다고 생각하네만. 자네들 생각을 말해보게."

"그렇게 생각합니다."

"저도 어르신 말씀이……"

"허… 무슨. 이런 바보들을 봤나. 아니, 어떻게 인지도를 올릴지 생각을 해보라고 했더니. 인석아, 너 제프 우드랑 친하다며. 그 양반 한국으로 오라고 해서 TV 한번 같이 나갈 순 없는 게냐?"

매튜에게 통역하던 우진은 피식 웃었다.

사실 도와달라고 할까 고민도 했었다. 하지만, 지금 매튜만 붙여준 것도 감지덕지인 데다가 제프에게 따로 연락할 만큼 가깝다고 생각이 들지 않았다.

"저 외국인에게 토씨 하나 틀리지 말고 통역해."

"네."

"제프 그 사람이 이 녀석을 잘 봤으니까 자네도 붙어 있을 게고. 장례식에 화환도 보냈을 거 같은데. 내 말이 맞나?"

우진이 말을 전하자 매튜가 고개를 끄덕거렸다.

"그럼 제안을 하나 하지. 여기 가게 이름이 I.J라고 했지?"

"네. I.J 맞아요."

"자네가 중간 다리 역할 좀 해주게. I.J하고 제프 우드하고 합동해서 옷을 하나 만들지."

"헙, 그걸 어떻게 말해요. 그리고 저희는 맞춤옷을 만드는 가게라서……"

"인석아! 너! 그리고 저기 저분, 네 옆에 외국인. 전부 똑같은 옷 입고 있는데. 그게 무슨 소리야? 그리고 아까 들어보니까 네가 만들었다는데, 내가 잘못 들은 게냐?"

우진이 머뭇거리자 다시 장 노인이 소리를 쳤다.

"하나도 틀리지 말고 똑바로 얘기해! 뭐라도 해야 할 거 아니냐. 싫다고 하면 어쩔 수 없는 게고. 안 그러냐?"

장 노인의 말처럼 손해 보는 일은 없지만, 그것도 어느 정도 위치가 되어야지 할 수 있는 것이란 생각에 잠시 고민했다.

그사이 옆에 있던 세운이 매튜의 귀에 속삭이고 있었다.

"흠, 저도 어느새 I.J를 마음속에서 저 밑으로 보고 있었던 모양입니다. 죄송합니다. 어렵긴 하겠지만 빠른 시간 내에 준비해서 제프 우드에 제안서 보내보겠습니다."

우진은 세운이 뭐라고 했길래 저런 소리가 나오는지 궁금해졌다.

"난 있는 그대로 말했는데? 콜라보했으면 하는데 급이 안 되서 무리하는 게 아닐까, 라고 물어봤더니 저러는 거야. 나 이상한 말 안 했다."

『너의 옷이 보여』 3권에 계속…

초대형 24시 만화방

신간 100%, 샤워실, 흡연실, 수면실(침대석), 커플석, 세탁기 완비

■ 광명 광명사거리역점 ■

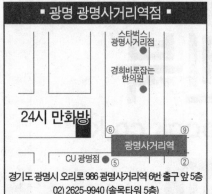

경기도 광명시 오리로 986 광명사거리역 6번 출구 앞 5층
02) 2625-9940 (솔목타워 5층)

■ 강북 노원역점 ■

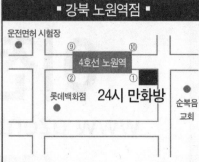

서울 노원구 상계동 340-6 노원역 1번 출구 앞 3층
02) 951-8324 (화용빌딩 3층)

■ 일산 정발산역점 ■

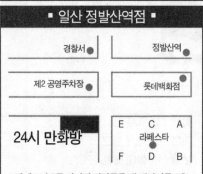

라페스타 E동 건너편 먹자골목 내 객잔건물 5층
031) 914-1957

■ 일산 화정역점 ■

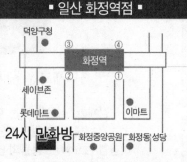

경기도 고양시 덕양구 화정동 984번지 서일빌딩 7층
031) 979-4874 (서일사우나 건물 7층)

■ 부천 역곡역점 ■

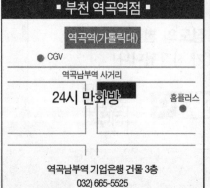

역곡남부역 기업은행 건물 3층
032) 665-5525

■ 부평역점 ■

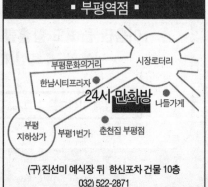

(구) 진선미 예식장 뒤 한신포차 건물 10층
032) 522-2871